# STEFAN BLANKERTZ

# KÖLN 1371

## EIN KRIMI AUS DEM MITTELALTER

Wie Peter vom Eisenmarkt von der
Weberschlacht im November 1371 erzählt,
die Köln auf immer verändern sollte

Emons Verlag

© Hermann-Josef Emons Verlag
Alle Rechte vorbehalten
Umschlagzeichnung: Heribert Stragholz
Druck und Bindung: Clausen & Bosse GmbH, Leck
Printed in Germany 2006
ISBN-10: 3-89705-455-8
ISBN-13: 978-3-89705-455-4

Unser Newsletter informiert Sie
regelmäßig über Neues von emons:
Kostenlos bestellen unter
www.emons-verlag.de

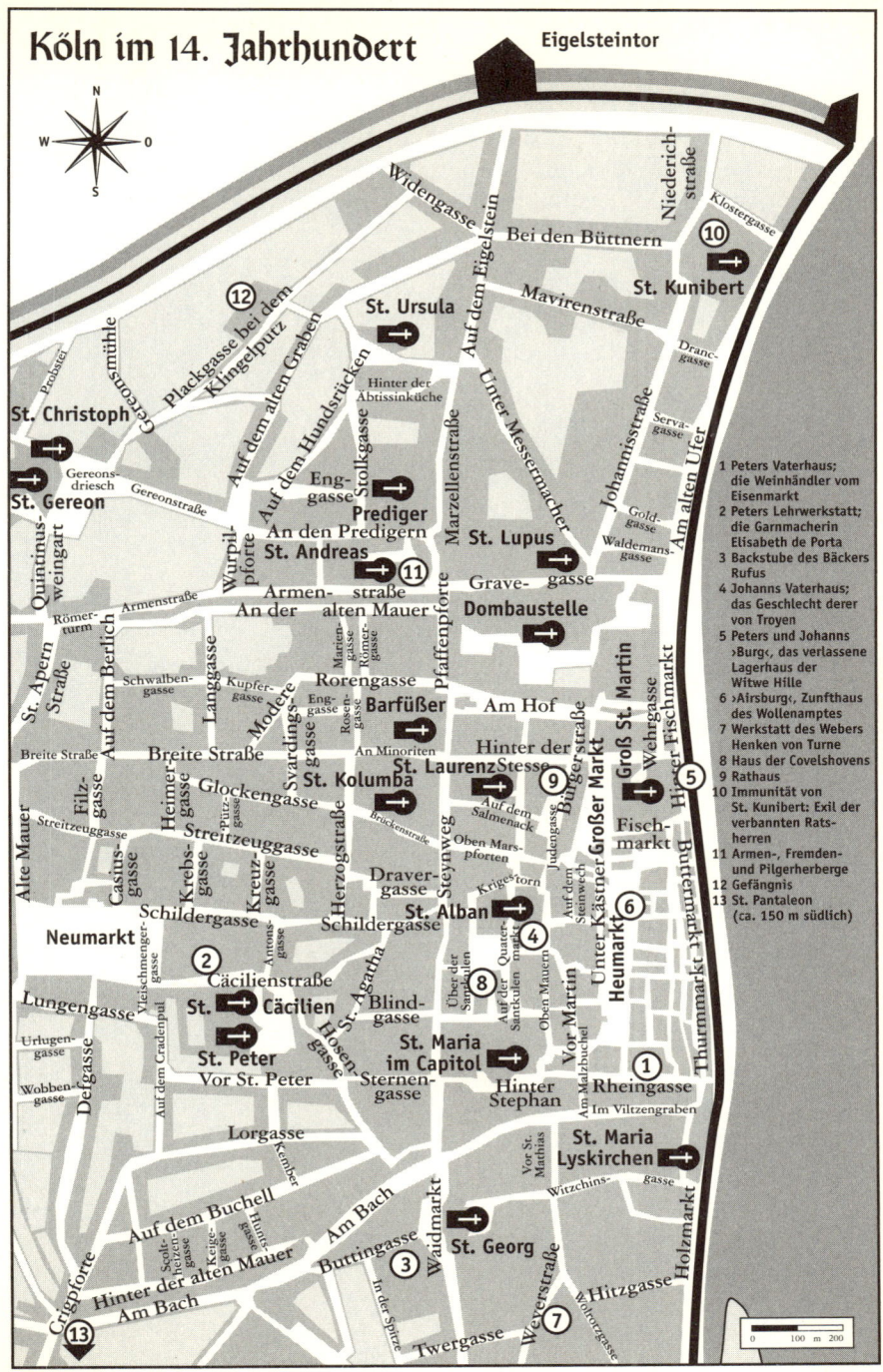

# Köln im 14. Jahrhundert

Eigelsteintor

**N W O S**

Widengasse

Bei den Büttnern

Mavirenstraße

Niederich-straße

Klostergasse

⑩ St. Kunibert

Plackgasse bei dem Klingelputz

Gereonsmühle

Probstei

Gereonsdriesch

**St. Christoph**

**St. Gereon**

Gereonstraße

Quintinus-weingart

Römer-turm

St. Apern Straße

Auf dem Berlich

St. Ursula

Auf dem alten Graben

Auf dem Hundsrücken

Hinter der Abtissinküche

Stolkgasse

Eng-gasse

**Prediger**

**St. Andreas**

An den Predigern

Wurpil-pforte

Armenstraße

Marzellenstraße

Unter der Messermacher

Auf dem Eigelstein

Drang-gasse

Johannisstraße

Gold-gasse

Servas-gasse

Waldemans-gasse

Am alten Ufer

⑫

**St. Lupus**

Grave-gasse

Armen-straße

An der alten Mauer

Pfaffenpforte

**Dombaustelle**

⑪

Marien-gasse

Römer-gasse

Rorengasse

**Barfüßer**

Am Hof

Hinter der Stessen

Langgasse

Kupfer-gasse

Enggasse

Modere

Rosengasse

Swardingsg.

Schwalben-gasse

Breite Straße

**Breite Straße**

An Minoriten

**St. Laurenz**

**St. Kolumba**

Auf dem Salmenack

Oben Mars-pforten

Burgerstraße

Groß St. Martin

Wehrgasse

Hoher Fischmarkt

⑨

Filz-gasse

Streitzeuggasse

Heimer-gasse

**Glockengasse**

Putz-gasse

Kreuz gasse

**Streitzeuggasse**

Herzogstraße

Brückenstraße

Steynweg

Judengasse

Auf dem Steinweg

Buttermarkt

**Fischmarkt**

⑤

Alte Mauer

Streitzeuggasse

Casius gasse

Krebs-gasse

Schildergasse

Antons-gasse

Draver-gasse

**St. Alban**

Krigestorn

Auf dem Quater-markt

Unter Kästner Großer Markt

**Fischmarkt**

Thurnmarkt

**Neumalkt**

②

Vleischmenger-gasse

Cäcilienstraße

**St. Cäcilien**

St. Agatha

Blind-gasse

④

Über dem Sandulen

Auf der Sandkuhlen

Oben Mauern

⑥ Heumarkt

Lungengasse

Urlugen-gasse

Defgasse

Auf dem Cradenpul

**St. Peter**

Vor St. Peter

Hosengasse

**St. Maria im Capitol**

Sternen-gasse

⑧

Vor Martin

①

Rheingasse

Im Viltzengraben

Am Malzbuchel

Wobben-gasse

Lorgasse

Kember

Auf dem Buchell

Am Bach

Waidmarkt

Vor St. Mathias

Hinter Stephan

**St. Maria Lyskirchen**

Witzchins-gasse

Scholt-heitzen

Huntz-gasse

Krige-gasse

Hinter der alten Mauer

Am Bach

**St. Georg**

③

Buttingasse

In der Spitze

Weyerstraße

Hitzgasse

Holzmarkt

Crispforte

⑬

Twergasse

Waltergasse

⑦

0   100 m  200

Stefan Blankertz, Jahrgang 1956, promovierter Soziologe, leitet zusammen mit seiner Frau ein Unternehmen für Personalentwicklung und ist Autor der El-Arab-Trilogie (»Die Konkubine des Erzbischofs«, »Die stumme Sünde« und »Credo«) sowie des Mittelalterkrimis »Demudis«, die ebenfalls im Emons Verlag erschienen sind.

Dieses Buch ist ein Roman. Die Handlung ist frei erfunden, wenngleich im historischen Umfeld eingebettet. Einige Personen, Ereignisse und Orte sind historisch, einige sind es nicht. Der Anhang enthält ein Glossar.

# Inhalt

*Vom Pfennig*
*Wem ich wie Eis entschlüpfte*
*und wie ein Ball weghüpfte,*
*wem solcher Art ich kam abhanden,*
*und allen, die mich untreu fanden,*
*sag' ich: Wer zu mir freundlich war,*
*dem ich sogleich geriet zur Zier;*
*wes Mutes unstet dünkte mir,*
*bei dem nur ich mich machte rar.*
*Nach Walther von der Vogelweide*

# Die Personen

*Der Haushalt der Weinhändler vom Eisenmarkt*
Bruno, Knecht
Fridrun, Köchin und Magd
Gerwin, Vetter von Peter, Waise
Markus Nicol, angehender Weinhändler, erstgeborener Sohn
Martha Nicol, der Kirche geweihte Tochter, jüngste der
  Geschwister
Peter Nicol, Sohn, Lehrknabe bei der Garnmacherin
  Elisabeth de Porta
Richard Nicol, Weinhändler, ermordeter Gatte von Ursula
Ursula Grin, Witwe von Richard

*Der Haushalt der Garnmacherin Elisabeth de Porta*
Agnes, Gesellin
Beatrix, Gesellin
Christine, Tochter
Eike von Repgow, Kaufmann, verstorbener Gatte von
  Elisabeth
Elisabeth de Porta, Garnmacherin, Lehrherrin von Peter
  Nicol
Engelradis, Köchin
Frumhold, Sohn
Ida, Kinderfrau

*Weitere Personen*
Druda Hadevart, Mutter von Peter, Gattin von Lufred
*Edmund Birkelin, Kaufmann im Aachener Exil
Everhard der Grieche, Amptmeister der Weber
Franz von Kusin, Schöffe
*Friedrich III. von Saarweden (1348–1414), Erzbischof
Geberga de Porta, Schwester der Garnmacherin Elisabeth de
  Porta, Gattin von Gernard Gir von Covelshofen

10

Gernard Gir von Covelshofen, Kaufmann, Gatte von
   Geberga de Porta, Schwager von Elisabeth de Porta
*Henken von Turne, Weber, Volksheld
Hille, Witwe eines Fischhändlers
*Johann von Troyen, Sohn von Lufred von Troyen und
   Druda Hadevart, Freund von Peter
*Lufred von Troyen, unter Hausarrest stehendes Mitglied des
   Engen Rates, Vater von Johann
Maria, Prostituierte auf dem Berlich
Martin, Pfarrer in St. Maria im Capitol
Richmodis Hoyer, Mutter von Peters Vetter Gerwin
Rufus, Bäcker in der Buttingasse
*Teilmann Gir von Covelshofen, Neffe von Gernard, Freund
   von Johann von Troyen

Historische Personen sind mit einem Stern gekennzeichnet. Die Darstellung ihres Verhaltens und ihres Charakters im Roman entspricht jedoch nicht in jedem Fall den historischen Tatsachen.

# Vorspiel

*Köln, am 2. Juli 1370*

Henken von Turne wurde auf den Neumarkt getragen, den einzigen Platz von Köln, der groß genug war, um das Volk zu fassen, das nichts sehnlicher begehrte, als ihm, dem Helden, tosenden Beifall zu spenden. Seine engsten Holden, ja sogar der angesehene Amptmeister des Wollenamptes höchstselbst, Herr Everhard, genannt der Grieche, trugen ihn auf Händen. Die Kölner Bürger, die braven Handwerksleute allen voran, schrien sich die Kehlen aus den Leibern, und zahllose streckten ihm, Henken, die Hände entgegen, denn sie wollten ihn berühren, als sei er ein Heiliger und würde ihnen die ewige Seligkeit versprechen.

Es war dies der erhabenste Augenblick seines ganzen bisherigen Lebens. In seinen kühnsten Träumen hatte er Derartiges nicht gesehen, geschweige denn jemals in wachem Zustande gewagt, sich auszumalen, dass einem Menschen solches zu erleben vergönnt sei. Die Begeisterung brandete um ihn herum auf und schwappte zu ihm empor. Die Spritzer berührten ihn ebenso peinsam wie glückspendend. Ja, er hatte es geschafft. Die allzu lange fälschlich als »edel« bezeichneten Verräter Kölns, die bloß ihr eigenes, dreckiges Geldsäckel hatten füllen wollen und der Gott wohlgefälligeren Armen nicht gedachten, die sie damit zu Unrecht beraubten, waren in die verdienten Schranken gewiesen worden. Doch nicht nur das. Um Vorgänge von derartiger Tragweite fürbass zu unterbinden, hatten die Ämpter der Handwerker unter der mutigen Führung der Weber die Mehrheit im Weiten Rat der Stadt an sich bringen können und die Macht des Engen Rates der »edlen« Geschlechter empfindlich beschnitten. Unterdessen waren diejenigen Angehörigen der Geschlechter, die in ihrer Selbstsucht die Ausplünderung der fleißigen Handwerker am ärgsten betrieben hatten, in die gerechte Verbannung geschickt worden, die sie – die

Feiglinge, die sie nun einmal waren – dem Vernehmen nach nicht in der Fremde, sondern in einem leider unantastbaren Bereich der den guten Leuten bloß zur Last fallenden Kirche, der Immunität von St. Kunibert, zu verbringen gedachten. An alldem hatte er, Henken, seinen Anteil; die Heftigkeit jedoch, mit welcher ihm der nimmer enden wollende Dank der Bürger nunmehr aufgedrängt wurde, überraschte ihn gleichwohl und ließ ihn seine kleinlichen Sorgen vergessen: die grausame Verwirrung seiner armen, betagten Mutter, die drückenden Schulden und allem voran die unerträgliche Einsamkeit, die er empfand, weil er seiner tumben Zauderhaftigkeit und trägen Unschlüssigkeit wegen unbeweibt geblieben war.

Mit einem Male jedoch war ihm, als würden alle Stimmen und alle Laute um ihn herum verstummen, und anstelle der unzähligen schwitzenden, grölenden und kreischenden Menschenleiber sah er ein schier unendliches Meer von wogenden, blütenweißen Lilien. Mitten in diesem überaus fein duftenden Meer stand sie. Henken wusste sofort, dass es nie, nie und nochmals nie eine andere würde geben können. Glück durchflutete sein Herz, und er gebot seinen vor Übermut schäumenden Genossen nachdrücklich, ihn hinunterzulassen, und hörte kaum, wie sie verwundert lachten, jedoch willig taten, wie ihnen geheißen. Er bahnte sich hastig den Weg zu der Weibsperson, weil er fürchtete, sie aus den Augen zu verlieren. Dann stand er vor ihr und verbeugte sich, fand sich allerdings unfähig, ein Wort herauszubringen. Sie war nicht mehr jung, aber das herrlichste, anmutigste und liebreizendste Geschöpf, dem er je begegnet war. Die Lilien standen für ihre reine, weiße Haut, rot wie Rosen waren ihre im Wind flatternden Haare und ihr schön geschwungener Mund, wie zwei wunderbare Sterne funkelten ihre Augen. Sie regten ihn an, sich vorzustellen, wie das aussah, was seinen Blicken verborgen blieb.

»Ich bin die Ursula«, sagte das Weib und fügte neckisch hinzu: »Frau Ursula Grin.«

Henken wusste nicht, dass sie die Gattin desjenigen Mannes war, der ihm der wichtigste Verbündete in seinen städtischen und der ärgste Feind in seinen persönlichen Angelegenheiten werden sollte. Und hätte er geahnt, dass er das vor ihm stehende Weib niemals würde besitzen dürfen, selbst nach dem unverhofft frühen Ableben ihres Gatten nicht, hätte er sicherlich geschworen, dass er auf der Stelle tot umfallen wolle.

*

## Baesweiler, am 23. August 1371

Gegen Ende des Tages, die gleißende Sonne machte sich schon daran, sich blutrot hinter den sanften Hügeln zu verbergen, vernahm Richmodis das angsteinflößende Geschrei der Plünderer, und sie fragte den Allmächtigen bitter, ob sie denn nie in Frieden gelassen werden würden. Vor etlichen Jahren, als sie noch jung gewesen war und ihren Gatten Noah, zufällig ein Jude, geehelicht hatte, war der grausame Schwarze Tod über Köln und die ganze Welt hereingebrochen, und man hatte die Juden vertrieben, als seien viele von ihnen seinem Wüten nicht ebenfalls zum Opfer gefallen. Sie hatte zu ihrem Gatten gestanden, wie der Herr es ihr in seinen Geboten aufgetragen hatte, und es war ein Glück gewesen, dass er über ein wenig Gold außerhalb von Köln verfügte. Damit hatte er den heruntergewirtschafteten Hof hier erstanden und einen bedeutsamen Umschlagplatz für Waren aus aller Herren Länder aufgebaut, vornehmlich für Wolle aus England. Die in Burgund aus der Wolle gefertigten Tuche verkaufte er wieder zurück nach England. Richmodis hatte Noah Söhne und Töchter geschenkt, inzwischen fast schon erwachsen, und lange Jahre des Friedens und der Liebe genossen. Warum, o Herr, dachte sie bitter, täuschst du uns so und wiegst uns in falscher Sicherheit, wenn du am Ende doch vorhast, uns zu vernichten? Denn es gab keinen Zweifel daran, dass es darum ging, sie und ihre Familie erneut zu schänden.

Dieses Mal waren sie allerdings nicht gekommen, weil es gegen die Juden ging. Es war ganz egal, was man war, an wen man glaubte oder zu wem man in diesem sinnlosen Streit zwischen den Herzögen von Brabant und Jülich geneigt war, die Mannen des Siegers (Richmodis wusste nicht, welcher Seite sie angehörten) zogen umher, um zu raffen, was sie konnten, und ihrem Herrn, wer immer das sein mochte, die Mittel zu verschaffen, die er für ihre Bezahlung brauchte.

Richmodis trat durch die Pforte und sah, dass Gerwin, ihr Ältester, gemeinsam mit den anderen sich bewaffnet hatte, um sich den Plünderern entgegenzuwerfen und sie aufzuhalten. Sie hörte, wie ihr Gatte seine Söhne anflehte, sich in das vom Allmächtigen für sie vorgesehene Schicksal zu ergeben. Sie aber wollten nicht auf ihn hören, denn sie waren nicht in der Zucht der Juden aufgewachsen. Die Mordbuben preschten auf Pferden über den Hof und legten Feuer, nachdem Gerwin einen von ihnen vom Pferd gestoßen und getötet hatte. Sie rafften, wessen sie habhaft werden konnten, und metzelten gnadenlos alles nieder, was sich bewegte. Den einzigen Trost, den Gott für Richmodis bereithielt, war der Umstand, dass sie tot war, bevor sie mit ansehen musste, wie ihre ganze Familie ausgelöscht wurde.

Die ganze Familie, ausgenommen Gerwin. Denn der lag bewusstlos auf dem Hof, und auch das Feuer verschonte ihn. Als er erwachte, konnte er sich bis zum Vogthof in der Nachbarschaft schleppen, wo seine Wunden versorgt und er gesund gepflegt wurde.

*

*Königsdorf, am 23. August 1371*

Auf einer Ebene, die nichts mit ihr zu tun zu haben schien, war Druda Hadevart durchaus bewusst, dass es sich hierbei um gestohlene Zeit und gestohlenes Glück handelte. In ihrem seligen Schwelgen ließ sie sich davon jedoch nicht im Mindesten beirren. Der Mann neben ihr im Bette war durchaus nicht ihr Gatte. Er, der Weinhändler, hatte seine Abwesenheit seiner Familie gegenüber mit einer Handelsreise begründet, und sie gab vor, ihre kranke Tante zu besuchen, die es wahrhaftig gegeben hatte und die wahrhaftig krank gewesen war, jedoch inzwischen bereits verstorben. Dergestalt war sie an die Gelegenheit gekommen, diese drei Tage zu ergattern, die nichts weniger als den Himmel auf Erden bedeuteten. Noch eine Nacht, und sie würde zurückkehren müssen. Daran wollte sie jetzt nicht denken. Denn heimliche Minne war, erinnerte sich Druda an die Worte des Dichters, die richtige, die man pflegen solle, andernfalls wäre man zu tadeln.

Es ließ sich nicht vermeiden. Sie würde zurückkehren in das unwirtliche Haus ihres Gatten Lufred von Troyen. Lufred war schon vor Langem erkaltet, sodass ihr nur ein Kind, der Johann, geboren worden war. Derzeit befand sich Lufred von den Webern verbannt in der Immunität des Klosterstiftes von St. Kunibert, und sie vermisste ihn zugegebenermaßen nicht das klitzekleinste bisschen. Er kam sich dort ungeheuer wichtig vor, auch gab er hin und wieder Anweisungen, wie die Familie und das Geschäft zu führen seien, als ob sie das nicht auch ohne ihn meistern würde. Was sie am allerwenigsten brauchen konnte, waren unsinnige, undurchführbare und ungerechte Ratschläge. Sie war schon lange nicht mehr gegangen, ihn zu besuchen und sich derartigen Unrat abzuholen; doch unbeirrt gab er Johann äußerst langatmige Briefe mit, durchzogen von nicht minder lächerlichen Äußerungen.

Johann, na ja. Gern hätte Druda ihn, wie sie sich zerknirscht eingestehen musste, gegen seinen Freund Peter eingetauscht, der ein so viel glänzender aussehender und tatkräftigerer junger Mann war und nicht ganz zufällig der Sohn von Richard. Die Minne der beiden Knaben hatte sie überhaupt erst mit Richard zusammengebracht. Sorge bereitete Peter nur in der Hinsicht, dass er in seine jung verwitwete Lehrherrin vernarrt war und, wie sich die anderen Garnmacherinnen erzählten, sie nicht weniger in ihn. Johann jedoch verteidigte seinen Freund standhaft, es handele sich um nichts anderes als die übergroße Huldigung, die er seiner Lehrherrin entgegenbringe, nichts, aber auch gar nichts Anrüchiges sei daran. Immerhin, lächelte Druda in sich hinein, war es besser für ihn, hinter seiner Elisabeth, der Garnmacherin, her zu sein, als wenn er so ganz und gar keine Anstalten machen würde, sich in den natürlichen Gang der Dinge zu fügen und dem Fleische zu seinem Recht zu verhelfen, wie Johann.

Druda seufzte. Gestohlene Zeit hin, gestohlenes Glück her, Druda würde für nichts in der Welt etwas davon hergeben, nicht einmal für irgendeinen jenseitigen Preis, der ihr allzu nebulös und unwirklich erschien. Ihre Gedanken bewiesen ihr derweil allerdings, dass der Mensch aus dem Paradies vertrieben worden war.

Richard erwachte, sah das Weib neben sich hingebungsvoll an und hauchte: »Druda, meine herzallerliebste Druda, dieser Augenblick dürfte niemals vergehen.«

Das Beisammensein mit Druda würde Richard knapp drei Monate später zwar nicht das Leben retten, wohl aber die Ehre.

# Der Tod

Als ich es nämlich erfuhr, hatte ich gerade meine acht Pfennige Wochenlohn aus den überaus holden Händen von Frau Elisabeth de Porta empfangen, die, ohne Frage, für alle Zeiten unerreichbar für mich sein würde.

»Schlag sie dir aus dem Kopf«, sagte Johann, mein Genosse, immer zu mir, nachdem ich ihm gestanden hatte, wie unwiederbringlich mich Cupidos Pfeil versehrt hatte, »wir sind schließlich keine fahrenden Sänger.«

Als ob Elisabeth von solchem Gesindel sich hätte betören lassen! O Frau Minne, bitte hab ein gnädiges Auge auf mich, betete ich Tag für Tag und Nacht für Nacht. Johann, Sohn des Kaufmanns Lufred von Troyen, damals hochwohlgeborenes Mitglied des Engen Rates und als solches von den Webern unter Hausarrest in der Immunität von St. Kunibert gehalten, war ein blasser, schmächtiger Blondschopf, den ich oftmals vor den Grobianen beschützen musste (was mir, wie ich mit Stolz erwähnen sollte, besser gelang als dem gemeinen Teilmann, einem anderen »Freund« von Johann, den ich nicht ausstehen konnte). Für Johann seinenteils gingen Münzen über alles. Er konnte sie, wie er gern mit geschwollener Brust verkündete, riechen, weshalb er auch, wenn ich mit ihm durch die Gassen zog, hie und da einen verlorenen Pfennig fand.

Ich hingegen liebkoste Elisabeths Pfennige nicht, weil sie aus edlem Silber bestanden, sondern weil die Münzen von ihren wundervoll feingliedrigen Fingern berührt worden waren. Seit der längst vergangenen Zeit, da Königin Dido für den Helden Eneas starb, war wohl niemand so minnekrank wie ich, bildete ich mir damals ein.

Ein Magengrollen erinnerte mich an meine Verabredung, und ich entschlüpfte am helllichten Tage der Arbeit, was Elisabeth gegenüber gar nicht recht war. Ich war mit Johann bei dem Bäcker in der Buttingasse verabredet, nicht nur um süßes Naschzeug zu erstehen, nein, Rufus – Gott hab ihn selig, er verstarb im Jahre des Herrn 1408 an Auszehrung, weil er sein eigenes Backwerk nicht mehr ausstehen konnte – hielt für uns Burschen auch immer einen »Libanon« bereit, wenn wir bei ihm unser Geld verfraßen, anstatt es, wie es sich gehört hätte, im Vaterhaus abzuliefern. »Libanon«, so nannten wir ein Glas Milch, gemischt mit Wein und Zucker. Ich lief also im nieseligen Novemberregen durch die Hosen- und dann die Wenstirgasse den Bach der Blaufärber hoch, vorbei am Brauhaus »Zum alten Raben«, und bog dann in die Buttingasse ein. Als ich bei Rufus ankam, dessen Bäckerei eingezwängt zwischen den stinkenden Werkstätten der Färber lag, erwartete mich Johann schon mit einem hilfesuchenden, verlegenen Grinsen um den schmalen, fast lippenlosen Mund.

Neben einigen anderen Burschen lungerte vor Rufus' Backstube auch manch eine derbe, gleichzeitig auch unbändiges Begehren erregende Slune, die ebenfalls ein Geschäft allerdings ganz anderer Art witterte. Johann stöhnte erleichtert auf, als ich ihn zur Begrüßung küsste, denn eine beneidenswert rundliche öffentliche Magd hatte es wohl auf ihn abgesehen und himmelte seine blauen Augen an. Ich wusste, dass er Angst hatte, sich zum Manne machen zu lassen, was wir anderen alle bereits glücklich hinter uns gebracht hatten. Obwohl ich es für durchaus an der Zeit hielt, dass er nachholte, worauf ihn sein Vater seiner Gefangenschaft wegen nicht verpflichten konnte, errettete ich ihn auch dieses Mal wieder, indem ich zu der Slune lachend sagte, wir hätten etwas zu bereden. Ich kniff ihr in den süßen Arsch, wie um ihr zu bedeuten, dass sie es ein anderes Mal bei mir versuchen sollte. Sie sah mich vielsagend an und trollte sich.

Johann trug seinen lächerlich kurzen Rock, der kaum den Ansatz der Beinlinge zwischen den Schenkeln verbarg. Sein linker Beinling war grün und der rechte rot, während der eng am Körper anliegende Rock mit abwechselnd roten und grünen Rauten bedeckt war. Auch seine unglaublich spitzen, für die kühle Jahreszeit weitaus zu dünnen Schnabelschuhe waren rot und grün, der rechte rot und der linke grün. Sein langzipfeliger Gugel, den er nicht, wie es althergebrachter Sitte entsprochen hätte, über das Haar gezogen, sondern nachlässig nach hinten gekrempelt trug, war ebenfalls rot und überdies mit zahlreichen Fransen verziert. Um die Hüfte hatte er einen bronzefarbenen Gürtel geschlagen, und an seinen Oberarmen flatterten weiße Wimpel. Für solch vornehme Gewandung heimste Johann allerdings nicht nur Bewunderung ein, sondern sie setzte ihn auch mancherlei Spott aus: Die einen sagten, es handele sich um Narrenkleider, die anderen dagegen schalten ihn, sich anzumaßen, wie die Edlen selbst herumzulaufen.

Ich besorgte mir Gebäck und »Libanon«, während Johann sich, wie ich aus einem Augenwinkel noch gewahrte, bückte, um einen heruntergefallenen Pfennig vom Boden zu klauben, verloren wahrscheinlich von jemandem, der schon zu beduselt war, um den Verlust zu bemerken und Anspruch auf das wertvolle Metall zu erheben. Andere Vorbeikommende beschwerten sich raubeinig, dass es kein Durchkommen gebe wegen der jungen Müßiggänger, die hier das im Schweiße ihres Angesichts sauer verdiente Geld ihrer Eltern verprassen würden, und man solle den Burschen mal eine gehörige Tracht Prügel verabreichen und ihnen die Ohren lang ziehen, damit sie lernten, fleißig zu sein, anstatt dem allmächtigen Gott die Zeit zu stehlen. Einige Burschen lachten dreckig und stellten sich absichtlich in den Weg, und es drohte zum Handgemenge zu kommen, aber Rufus rief noch rechtzeitig versöhnlich: »Kommt, geht doch mal ein Stück zur Seite!« Schließlich wollte er weder seine Kundschaft verlieren noch Ärger mit den Anwohnern bekommen. Beides wäre überaus nachteilig für sein Geschäft.

»Wohltat der Gunst«, sagte ich bei meiner Rückkehr spitz zu Johann mit Seitenblick auf den gefundenen Silberling und setzte nachgerade hämisch hinzu: »Aber wie gewonnen, so zerronnen. Rufus, der elendste Halsabschneider unter dem Himmel, nimmt jetzt zwei Pfennige für den ›Libanon‹!«

»Gib ihm nicht die Schuld«, ereiferte sich Johann und sah mich mit herausfordernd vorgestrecktem Kinn an, was ihn aber, seiner kindlichen Formen wegen, eher lächerlich denn furchterregend aussehen ließ. »Der Wein ist erneut teurer geworden dieser Tage. Die gottverdammten Weber haben die Akzie auf Wein wieder saftig angehoben. Darum kostet's mehr. Als Sohn eines Weinhändlers solltest du das übrigens wissen.«

»Fluche nicht so laut, ich bitte dich inständig darum, Johann, schon gar nicht über die Weber. Sie geben schließlich dem ehrbaren Handwerk eine gewichtige Stimme im Rat«, zischte ich und setzte besorgt hinzu: »Und außerdem soll es gefährlich sein. Hast du nicht die Geschichte von dem Schulmeister Daniel aus St. Gereon gehört? Den haben sie in den Turm werfen lassen, weil er gesagt haben soll, unter der ›nova ordinatio‹ der Weber sei alles schlimmer geworden statt besser.«

»Peter, du Zage!«, schimpfte Johann laut, puffte mich dann jedoch lachend mit dem spitzen Ellenbogen seines zierlichen Ärmchens in die Rippen. »Lass uns besser den herrlichen ›Libanon‹ kosten, solange wir es uns noch leisten können.«

Ich errötete ob der Herabwürdigung, für die es angesichts der Tapferkeit, mit der ich ihn gegen die Lausejungen zu verteidigen pflegte, nicht den leisesten Anlass gab, ließ mich vernehmlich schlürfend vom »Libanon« verführen und schwieg. Wie ein Echo hörte ich Vater mich einen Zagen rufen, spaßhaft zwar, doch darum nicht weniger verletzend. Es war gegen Ende des Winters vor unerdenklich vielen Jahren gewesen. Wir hatten am Bachufer gestanden, das Eis war schon weitgehend geschmolzen. Vater entkleidete sich, sprang in den Fluss, tauchte unter einer Eisscholle hindurch und gelangte so ans gegenüberliegende Ufer. Er rief mir lachend zu, ich solle es ihm nachtun, aber Nein! Nein! Nein!, ich konnte es nicht.

»Peter, du Zage!«, hatte er gerufen, immer noch lachend, und war auf demselben Weg zurückgekommen.

Er hatte wie ein Hund das Wasser abgeschüttelt und sich den Rest Feuchtigkeit mit dem Rock weggerieben.

»Weißt du, warum ich es mit dem Ober- und nicht mit dem Unterkleid tue?«, hatte er gefragt.

Ich hatte den Kopf geschüttelt und schon beim Zusehen vor Kälte gezittert: »Nun sehen alle, dass dein Rock nass ist.«

»Aber das Unterkleid ist mir näher als der Rock«, hatte Vater gelacht. »Wenn ich es zum Abtrocknen benutzen würde, hätte ich die Nässe dichter am Körper.«

Dies war der Tag gewesen, an welchem ich gesehen hatte, dass Vater ein mächtiger Mann und ich bloß ein Wurm war.

Bald schon verblasste die Erinnerung, jedenfalls die sie begleitenden nachteiligen Gedanken, und wir schwebten in den Wolken, bis ich gewahrte, dass sich mein Vetter Gerwin mit seiner von einem Kampf zernarbten und einem Brand ziemlich verunstalteten Fresse einen Weg durch die vor Rufus' Backstube versammelten Burschen bahnte. Vetter Gerwin gegenüber empfand ich nun wahrlich Furcht, denn er war nicht nur älter als ich, sondern auch kräftiger, ansonsten aber ein Flegel und Müßiggänger. Sein grobschlächtiges, fast bäurisches Äußeres entsprach seinem inneren Wesen vollkommen. Seitdem er Ende August zu uns gekommen und von Vater und Mutter aufgenommen worden war, weil seine Familie im Gefolge der Schlacht bei Baesweiler umgekommen war, hatte er mir schon manches Mal, wenn ich meinen Wochenlohn bekommen hatte, den einen oder anderen Pfennig unter Androhung von kräftigen Hieben abgenommen. Für ihn waren alle »Libanonschlürfer« Milchgesichter, denn er trank den Wein bereits unvermischt. Weil sein Herr Vater ihm verboten hatte, sich zu gewanden, wie wir Jungen es taten, trug er, um seines Vaters seligen Angedenkens willen, weite Kleider, die bis über das Knie reichten wie bei den Alten, wofür er, verfügte er nicht über so unermessliche Körperstärke, sicherlich verlacht worden wäre; was übrigens hinter seinem Rücken oftmals auch geschah. Nie hätte ich mir träumen lassen, dass ausgerechnet er als Bote des Unheils auserkoren war!

»Lass uns abhauen«, raunte ich Johann zu, und mit einem Schlage war alle Weinseligkeit aus meinem tumben Jungenkopf verschwunden.

Doch es gab kein Entrinnen, denn der hässliche Vetter Gerwin hatte schon die furchterregende Pranke nach mir ausgestreckt und erwischte einen Zipfel von meinem schönen Wams.

»Hiergeblieben!«, hörte ich ihn heiser röhren.

Mir sank das Herz. Als ich mich jedoch traute, einen Blick in sein aufgedunsenes Gesicht zu werfen, wusste ich, dass er nicht gekommen war, um Ärger zu suchen. Es war von Schmerz verzerrt. Sogar eine Träne rollte ihm über die wulstige Wange.

Hatte ich mich gerade schon angespannt, um mich loszureißen und mich ihm doch noch zu entwinden, erstarrte ich nun und blieb wie angewurzelt stehen. Die mir nur allzu bekannte Furcht vor ihm wandelte sich in eine namenlose Angst vor einem unbekannten Geschehnis, welchselbiges so arg sein musste, dass es sogar Vetter Gerwin das Wasser in die Augen getrieben hatte. Was konnte das nur bedeuten?

»Oheim Richard«, presste Vetter Gerwin erstickt hervor. »Dein Herr Vater …«

»Was ist mit Vater?«, schrie ich in dunkelster Vorahnung. Mein Herr Vater ging mir nämlich, wie ihr wissen müsst, über alles. So sagt ja auch der Herr in seinen Geboten.

»Ich habe dich allerorten gesucht, Peter«, keuchte Vetter Gerwin fast tonlos, »dein Herr Vater ist … ist tot …«

»Nein«, wehrte ich ab. Ich wohnte zwar bei Elisabeth, als ich jedoch vor ein paar Tagen im Vaterhause gewesen war, hatte sich der Altvordere noch allerbester Gesundheit erfreut.

Vetter Gerwin rang um Worte. Seine grauen Augen waren in Entsetzen geweitet. Schließlich brachte er heraus: »… erschlagen …«

Ich vergrub das Gesicht in den Händen und begann hemmungslos zu schluchzen und nahm keine Rücksicht darauf, dass es nun alle sehen würden.

Ohne Gegenwehr ließ ich mich von Vetter Gerwin am Arm nehmen und den vertrauten Weg über den Waidmarkt durch die Radmachergasse und am Malzbuchel vorbei zum Vaterhaus in die Rheingasse hinter den Heumarkt geleiten. Da ich tränenblind war, rempelte ich einige Leute an, die sich, Verwünschungen ausstoßend, umschauten – umso mehr, als Vetter Gerwin sie, anstatt eine Entschuldigung vorzubringen, kurzerhand zur Seite stieß, um Platz für uns zu bahnen.

*

In der Halle fand ich Vater aufgebahrt, umringt bereits von jeder Menge überflüssiger und störender Verwandter und Freunde. Trotz meiner durch die Trauer eingeschränkten Geisteskräfte vermochte ich es, die heuchlerische Bande der Grins, der Familie meiner Frau Mutter, zu meiden. Nebst mir trafen immer mehr Menschen ein, fassungslos ob dieses grausamen Todes. Mein Herr Vater Richard Nicol war als ausgleichender Ratsherr der Gaffel Eisenmarkt ebenso wie als geschickter Weinhändler und als guter Christ bei vielen geachtet und beliebt. Die Halle mit der großen runden Säule, die ein gewaltiger Löwenkopf aus rot bemaltem Stein krönte, das Wappen unserer stolzen Familie, kam mir ganz verändert vor. Sonst hatte ich sie achtlos durchquert, doch nun war sie zu einer Art Friedhof geworden. Mir wurde schwindelig. Ich dachte schon, mir würde Hören und Sehen vergehen, und ich würde vor eine Wand laufen oder unversehens mit jemandem zusammenstoßen und stürzen. Ich fing mich wieder, mir war jedoch, als hätte sich mein Geist aus dem Leib gelöst. Es gelang mir nicht, den Grund unter den Füßen zu spüren. Ich kniff mir in die Beine, erst ins linke, dann ins rechte, aber der Schmerz blieb das eine wie das andere Mal aus.

Mit den Augen suchte ich nach meiner Frau Mutter. Als ich sie im Gewimmel entdeckt hatte, gestützt von meinem älteren Bruder Markus und von dem Weber Henken von Turne, bahnte ich mir den Weg durch die Leute und fiel ihr um den Hals. Es war herzzerreißend, das sonst so stolze große Weib mit den hochgebundenen feuerroten Zöpfen in sich zusammengesunken dastehen zu sehen. Selbst ihre Haarpracht, die sie, anstatt sie unter einem Gebende zu verbergen, wie es die Kirche, nicht

dagegen ihr Herr Gemahl von ihr verlangte, mit einem groß-
maschigen Netz bändigte, schien eingefallen. Es war und ist
mir unerklärlich und ist gewiss kein Vorbild zu nennen und
verstößt, wie mir auch Pfarrer Martin in ungezählten bitterer
Beichten deutlich aufgezeigt hatte, gegen die Gebote des Erlö-
sers, dass ich sie dennoch nicht liebte, wie ich es sollte, hatte ich
doch immer zum Herrn Vater gehalten, wenn es einmal, was
freilich äußerst selten vorkam, Misshelligkeiten gegeben hatte.

»Mein Junge«, schluchzte Mutter bloß und umschlang mich
allzu fest mit ihren Armen. »Peter, mein Junge.«

»Wer ist der Teufel, der ihn gemeuchelt hat?«, kreischte ich
unter Tränen, versäumte allerdings nicht, mich aus ihrer erdrückenden Umschlingung zu winden. Meine Fassungslosigkeit
drohte in sündigen Zorn umzuschlagen, und das heiße Blut
pochte mir in den Schläfen. Ich vollführte eine ausladende Bewegung, als würde ich ein mächtiges Schwert halten: »Lasst uns
ihn am höchsten Baum vor der Stadt aufknüpfen!«

»Das macht unseren lieben Richard auch nicht wieder le-
bendig«, wandte Frau Mutter traurig, aber vernünftig ein.

Henken blickte mich mitfühlend an. Nun erst nahm ich ihn
richtig wahr. Was für ein Glück meine Frau Mutter doch in
ihrem Ungemache hatte, dass ihr ein solcher Tröster in der Not
zur Seite stand! Henken war ein Held, nein, der Held von
Köln, er hatte uns gerettet vor den üblen Machenschaften un-
redlicher Vertreter der vornehmen Geschlechter, als sie vor
Jahr und Tag im Begriff gewesen waren, Verrat an der Stadt zu
üben (um was es gegangen war, erinnerte ich allerdings nicht
mehr). Er stand dem trojanischen Helden Eneas, von dem der
Dichter erzählt, in nichts nach. Dunkles Haar, wallender Bart,
tiefbraune Augen, herrisches Kinn und tellergroße, starke
Hände hatten ihn auch zum Liebling der Mägde werden lassen,
die ihn mit schmachtenden Blicken umringten, wo er auch ging
und stand, sobald er sich auf den Straßen und in den Gassen
der Stadt zeigte. Warum er sie, obgleich er ohne Weib und Kind
ledig dastand, stets zurückwies, weiß ich nicht. Henken war
immer zurückhaltend gekleidet mit einem losen wollenen Rock,

meist in grün, der angemessen lang bis knapp auf die Knie reichte, braunen Beinlingen und nicht zu spitzen Stiefeln. Sein gütiges Lächeln gab mir Kraft und verlieh mir die Zuversicht, dass wir des Mörders schnell habhaft werden und ihn hernach der gerechten Strafe zuführen würden. Mit seiner ehrfurchtgebietenden tiefen Stimme sagte er: »Handlanger von Herrn Edmund waren es, Peter, daran besteht doch wohl kein Zweifel.«

»Herr Edmund?«, fragte ich stutzig und wischte mir die Tränen ab, die mir für mein nun ja bereits durchaus fortgeschrittenes Alter ungehörig erschienen, wollte ich doch schon ein Mann sein.

»So ist es, Herr Edmund Birkelin«, bekräftigte Henken, wehrte jede weitere Nachfrage meinerseits jedoch deutlich ab: »Über ihn muss ich dir ein andermal berichten. Jetzt ist die Zeit, dich von deinem Herrn Vater in würdigster Weise zu verabschieden.«

Ich trat an den Sarg, der in der Mitte der Halle auf einem Sockel aus Holz stand. Obwohl man es schon unternommen hatte, Vaters Leichnam zu säubern, wenn auch vorläufig und flüchtig, waren die Spuren der Gewalt noch deutlich zu sehen. Sein stets ehrfurchtgebietender Schädel war zertrümmert, die nordstämmig dunkelblonden Haare von Blut verklebt. Ich kämpfte mit Übelkeit, die von dem miesen süßen Zeug in meinem Magen zusammen mit dem schlechten Wein verursacht wurde. (Natürlich wusste ich nur zu gut, dass Rufus schlechten Wein verwandte, schließlich war ich der Sohn eines Weinhändlers!) Ich musste meinen Blick abwenden und bemerkte erst jetzt, dass Johann uns wohl gefolgt war. Er stand über meinen Herrn Vater gebeugt und zog seinen Oberkörper jetzt rasch zurück. Ich starrte ihn verwundert an.

»Ich werde Frau Elisabeth Bescheid geben«, murmelte er und schien zu erröten. Seine helle, fast wie ein Pergament durchscheinende Haut machte, dass man jede seiner seelischen Regungen ohne Schwierigkeiten an ihr ablesen konnte. »Dass ... dass du nicht mehr kommst, heute.«

»Du bist mir ein wahrer Freund«, sagte ich dankbar. Elisabeth, zuckte es mir durch den Sinn. Es mag selbstsüchtig und unehrerbietig klingen, dass ich in solch schwerer Stunde an mich selbst und mein minnekrankes Herz dachte. Nun würde ich vorzeitig zurück in den Haushalt meiner Frau Mutter kehren müssen, um Vaters Geschäft fürbass zu führen, und könnte nicht mehr in der Nähe der über alle Maßen angehimmelten Elisabeth weilen. Ein schier unerträglicher Gedanke, der mich sogar von der Trauer über den Tod meines Herrn Vaters und der Wut auf seinen Mörder abzulenken drohte.

Um meinem Hirn zu befehlen, sich wieder auf das zu richten, was geschehen war, warf ich einen zweiten Blick auf Vaters entstellten Kopf. Blut wie siedendes Wasser schien mir durch die Adern zu schießen. Mir kribbelte es am ganzen Körper, aber gewissermaßen fühlte ich mich, als stünde ich gleichwohl außerhalb meiner selbst. Sollte ich von nun an ganz ohne Vater durchs Leben gehen? Seine Seele würde zweifellos nach nur kurzer Zeit im Fegefeuer, wo er seine kleineren Sünden, die zu begehen niemand vermeiden konnte, würde vergelten müssen, von Gott im Himmelreich aufgenommen werden. Meine Frau Mutter, mein Bruder, meine Schwester und ich würden allerdings fürderhin ohne seine treue Sorge durchs irdische Jammertal wandern müssen. Wie konnte Gott es zulassen, dass ein derart guter Mensch auf eine so brutale Weise ums Leben gebracht wurde? Was dachte sich der Herr eigentlich dabei, meine werte Frau Mutter zur Witwe zu machen, noch bevor die Söhne so weit waren, das Geschäft zu übernehmen? Gewiss, Markus, zu meinem nicht weniger als zu Vaters Leidwesen der Erstgeborene, schien brav und kannte sich dem Vernehmen nach nun schon vortrefflich mit Wein aus. Ich für meinen Teil lernte bei der tüchtigen Elisabeth das kaufmännische Rechnen und war fleißig genug, um ihr tüchtig zur Hand zu gehen und ihr ihren Gemahl, Eike von Repgow, der letzten Winter am schlimmen Fieber gestorben war, in dieser Hinsicht so weit wie möglich zu ersetzen. Dennoch konnte ich mir nicht vorstellen, ohne den stets wohldurchdachten Rat meines hochverehrten Herrn Vaters auszukommen.

Nie sah ich Vater anders als hochgewachsen, kerzengerade mit erhobenem Kopfe und unerschütterlich. Er belohnte mich und alle anderen, die ihm ihr Vertrauen schenkten, mit immer den geeignetsten Worten. Er regierte die Familie mit einer Gerechtigkeit, die es unnötig machte, in irgendeiner Weise handgreiflich zu werden, ja nicht einmal scharfe oder laute Worte waren nötig. Auch in der Gaffel hörte man auf ihn, und jetzt stand in den Gesichtern der versammelten Freunde deutlich die zutiefst empfundene Erschütterung und Trauer über den Verlust, der Gott geklagt sei. Selbst für Vetter Gerwin, der nun so kurz hintereinander nicht nur die Eltern, sondern auch den Pflegevater verloren hatte, fand ich einen mitleidigen Gedanken. Sollte dergestalt die Gerechtigkeit des gütigen Herrn aussehen?

So haderte ich denn mit Gott, der sich jedoch als väterlich erwies und, anstatt mich ob meiner Unbotmäßigkeit zu strafen, die Schritte von Pfarrer Martin in meine Richtung lenkte. Pfarrer Martin war mir sehr lieb und überaus teuer. Ich vertraute ihm blind. So wagte ich, ihm mein Herz auszuschütten: »Warum, ehrwürdiger Vater, hat Gott ihm und uns das angetan?«

»Nicht Gottes Werk ist das«, sagte Pfarrer Martin ernst und legte mir mitfühlend die Hand auf den Unterarm. »Es ist das Werk eines verirrten Schäfchens.«

»Aber zugelassen hat er es!«, begehrte ich ebenso verzweifelt wie erbost auf. »Und was für eines verniedlichenden Ausdrucks Ihr Euch für den hundsgemeinen Unhold befleißigt: Schäfchen!«

»Ja«, nickte Pfarrer Martin bedächtig. »Wären wir ohne Schuld, könnten wir den Anfechtungen des Bösen widerstehen wie der Herr in der Wüste. ›Da wurde der Herr vom Geist in die Wüste geführt; dort sollte er vom Teufel in Versuchung geführt werden.‹ Aber ›der Herr sagte zu ihm: Weg mit dir, Satan! Denn in der Schrift steht: Vor dem Herrn, deinem Gott, sollst du dich niederwerfen und ihm allein dienen.‹«

Als ob er meinen empörten Gemütszustand erraten hätte, stupste Henken Pfarrer Martin mit seiner Pranke zur Seite und knurrte: »Was denkst du dir eigentlich, den armen, trauernden Mann mit derartig ungehobeltem Kram zu verwirren? Wir haben von Gott den Befehl, gegen das Böse zu kämpfen und es zu vernichten, und so werden wir den Mörder fassen und richten!«

Sehr verunsichert schaute ich Pfarrer Martin nach, der sich, etwas Unverständliches vor sich hin murmelnd, trollte, während ich meine jüngere Schwester Martha ihm nachseufzen hörte. Für einen Augenblick ließ ich von meiner Trauer ab, um zu überlegen, wer von den beiden Männern, denen ich doch gleichermaßen Verehrung entgegenbrachte, im Rechte sich befand. Bevor ich zu einem Schluss kam, mischte sich Martha ein, indem sie Henken unbotmäßig anherrschte: »Wie Ihr wisst, bin ich der Kirche geweiht. Und es ist Euch nicht gestattet, einem Diener Gottes vorzuschreiben, wie er die Seelsorge zu betreiben hat.« Um sprechen zu können, musste Martha ihr althergebrachtes Gebende lockern, das sie auf Pfarrer Martins Geheiß ihrer zukünftigen Bestimmung wegen seit einigen Wochen trug, um das von Mutter ererbte zuchtlose Feuer auf dem Kopf unsichtbar zu machen.

Henken sah meine Schwester voller gütiger Nachsicht an, während sie sich das Gebende wieder züchtig unter dem Kinn festzurrte.

»Du trägst dich in Trauer, Martha«, sagte er mit entwaffnender Sanftmut. »So werde ich dir deine Schamlosigkeit verzeihen und vergessen, was du gesagt hast. Sei gewiss, dass ich mich bei Pfarrer Martin für meine kleine Unbeherrschtheit entschuldigen werde, wenn sie auch kaum der Rede wert ist. Er wird verstehen, wessen ich habe Ausdruck verleihen wollen.«

Martha richtete ihren Blick betroffen zu Boden und verstummte.

Mir schob sich das Bild vor Augen, als Vater Martha, die ob einer wüsten Balgerei zwischen Markus und mir zu weinen angefangen hatte, beschützend auf den Schoß nahm, sie hingebungsvoll wiegte und ihr erklärte, man müsse Jungs gewähren lassen, weil nur so festzustellen sei, wer von ihnen der tüchtigere sei.

Erneut packte mich das Rachegelüst, um mich dergestalt von meiner Trauer abzulenken.

»Ihr habt, Herr Henken, einen Namen genannt, dessen Handlanger Ihr der Tat beschuldigt«, sagte ich frech. »Dessenthalben erheische ich, denke ich, einen Anspruch, mehr darüber zu erfahren.«

»Alles zur gegebenen Stunde«, beschied Henken leichthin. »Wir werden es an den Tag bringen.«

»Schande über euch!«, sagte Mutter unbestimmt an uns alle gerichtet. Sie stand zwar etwas abseits von uns, hatte aber, wie sich nun zeigte, alles genau mitbekommen. »Ihr solltet euch nicht über dem Sarg des geschätzten Verblichenen streiten.«

Ich hörte mich sagen, als sei ich es nicht selbst, der spräche: »Beste Frau Mutter, ich werde natürlich die Lehre abbrechen, um an deiner Seite zu stehen und mich um den Handel zu kümmern.«

»Das wird nicht nötig sein, mein guter Junge«, sagte Henken und tätschelte mir die Schultern. »Ich werde schon alles richten.«

»Ja, Peter, Vater hätte es nicht anders gewünscht«, bekräftigte Mutter und quälte sich sogar ein Lächeln ab. »Er hielt große Stücke auf dich und wollte, dass du zuerst so viel lernst, als nötig ist.«

Ich war erleichtert, allerdings, wie ich zugeben muss, ebenso verdutzt, da ich diese Wendung der Dinge nicht hatte erwarten dürfen.

»Jetzt gleich?«, fragte ich fast hoffnungsvoll.

»Das ist wacker«, sagte Henken mit stolzer Stimme und nickte zustimmend. »Ja, geh nur, das ist recht so. Du bekommst Bescheid, falls du dieserorts vonnöten sein solltest.«

Unschlüssig blieb ich zunächst stehen, doch nach einem Blick meiner Frau Mutter, der so aufmunternd war, wie es die misslichen Umstände zuließen, wandte ich mich zum Fortgehen.

✶

Als ich ins Freie trat, gewahrte ich, dass es sich aufgeklart hatte und dass sogar einige Sonnenstrahlen vorsichtig tastend das Nass zum Glitzern brachten. Es deuchte mir, als sei ich aus einem langen, düsteren und unheimlichen Tunnel endlich ans Tageslicht gelangt. Ich nahm einen tiefen Zug Luft in meine Lungen und verharrte. Meine Gedanken wanderten wieder fort von meinem toten Herrn Vater zu der sehr lebendigen und liebreizenden, zugleich unerreichbaren Elisabeth. Ebenmäßige Züge, elfenbeinfarbene Haut, seidiges Haar, grüne Augen wie Edelsteine und genügend Speck auf den runden Hüften, wie sie andere Knaben an den Weibern schätzten, zeichneten Elisabeth nicht aus, dafür hatte sie ein Herz aus Gold und ihr unregelmäßiger Mund konnte auf so nette Weise lachen, dass es mir ungleich mehr wert schien als die Vorzüge, auf die andere achteten. Derart dicke älter als ich, wie Johann immer tat, war sie gar nicht. Sie hatte nach vier Jahren Lehrzeit bei der Garnmacherin Brunhilde von der Mühlengasse noch ein Jahr bei dieser als Gesellin gearbeitet und dann den Kaufmann Eike von Repgow geheiratet. Zusammen betrieben sie die Garnmacherei in der Cäcilienstraße, die sie von der kinderlosen Witwe Hildegard erworben hatten, indem sie ihr eine Leibrente versprochen und diese auch aufs Genaueste ausgezahlt hatten, bis sie verstarb. Elisabeth gebar Eike zwei Kinder, doch unmittelbar nach der Geburt des Sohnes Frumhold ging Eike, wie gesagt, auf tragische Weise vom Glauben zum Schauen hinüber. Es gab in ganz Köln keine, die gewissenhafter arbeitete als Elisabeth, und insbesondere ihre Seide wurde allerorten gerühmt.

Ich war noch ganz versunken in diesen wonnevollen, ablenkenden Gedanken, als mich unversehens meine kleine Schwester Martha ansprach. Ich hatte ihr Näherkommen nicht gehört oder gesehen; Unachtsamkeit solcher Art unterlief mir manches Mal. In diesem Falle war sie ganz unbedeutend, späterhin sollte sie mich jedoch in ernsthafte Gefahr bringen.

»Bruder, guter Herr Bruder«, barmte sie und griff nach meinem Arm. Sie hielt ihn fest umklammert und zog mich ein wenig zu sich heran, um sehr leise sprechen zu können. »Du musst es in die Hand nehmen!«

»Was?«, fragte ich unwillig zurück, weil ich mich gestört fühlte und ungern aus dem süßen Traum der Minne in die raue Welt zurückkehrte, in der ich mich gezwungen sah, dem Tod meines Herrn Vaters in die Augen zu sehen. Auch ich flüsterte, allerdings eher in Nachahmung und ohne zu wissen, warum es zu Heimlichtuerei Anlass geben sollte.

»Herausfinden, wer das getan hat und wie es dahin kommen konnte«, erklärte Martha. »Wer hat unseren allseits hochverehrten Herrn Vater so gehasst, dass er sich zu einer derartigen Scheußlichkeit hinreißen ließ?«

»Du hast doch Herrn Henken sprechen gehört, dass die Schöffen das übernehmen werden«, wehrte ich widerborstig ab.

»Das hat er nicht gesagt«, berichtigte mich Martha nachdrücklich. »Er hat von ›wir‹ gesprochen und damit offensichtlich das Wollenampt gemeint.«

»Ist das nicht ebenso gut?«, fragte ich verwundert, weil ich keinen Grund sah, den Webern weniger zu trauen als den Schöffen, wenn sie auch mancherlei Unstimmigkeiten austrugen. Es stand unumstößlich fest, dass sie sich in der Verfolgung von Missetaten einig waren. Unwillig setzte ich hinzu: »Zudem wäre es Sache von Markus, er ist doch der Erstgeborene.« Warum wähnte Martha, dass ich auserkoren sei, denjenigen ausfindig zu machen, der Hand an unseren Vater gelegt hatte? Ich wünschte nichts sehnlicher, na ja, fast nichts sehnlicher, als dass er der Gerechtigkeit überführt würde. Aber wie um alles in der Welt sollte ich dazu beitragen können?

»Er ist ein Lasche!«, geiferte Martha.

Auch ich hielt nicht die größten Stücke auf Markus, zu einem solchen Ausfall jedoch gab es aus meiner Sicht keinen Anlass, wenn es sich nicht darum handelte, dass Martha und Markus in völlig übertriebener Weise um Mutters Aufmerksamkeit buhlten. Es hatte eine Zeit gegeben, in welcher das auch auf mich zutraf und in welcher ich nicht weniger heftig nach ihrem

Rockzipfel grapschte, bis ich mir harte Worte von Vater dafür einhandelte. Warum eigentlich hatte er dessenthalben nicht auch meine Geschwister, zumindest Markus, immerhin der Ältere von uns, angegangen? Gleichviel, ich war es zufrieden und hatte gemerkt, wie vorteilhaft es war, dem Herrn Vater anstatt der Frau Mutter anzuhängen. Diese Lehre hatte ich des Öfteren auch Johann mitzuteilen versucht, allerdings ohne großen oder dauerhaften Erfolg.

»Und mich hat man heute noch einen Zagen geschimpft«, gab ich ihr immer noch gekränkt ob dieses nun wahrlich unbedeutenden Vorfalles zu bedenken. »Johann hat das gesagt!«

»Er hat es nicht so gemeint«, erwiderte Martha abwiegelnd. »Du musst es tun!«

»Warum?«, fragte ich missmutig.

Martha schaute mich an, ich vermochte ihren Blick jedoch nicht zu deuten.

»Du wirst es tun, mein tapferer Bruder«, sagte sie bestimmt, wandte sich ab und rannte zurück ins nunmehr verwaiste Vaterhaus. Meine Güte, das war zu viel für meine junge Seele. Ich merkte, dass ich Wasser abschlagen musste, und suchte das Schysshus im Hof auf.

\*

Die Erleichterung war ausgeblieben, und traurig stapfte ich mit gesenktem Blicke die Rheingasse hoch. Ich zog meinen gelben Gugel über die Ohren und weit ins Gesicht, um ja nichts von dieser schnöden Welt mitzubekommen. Was bildete sich meine Schwester eigentlich ein? Sie war die Jüngere, ein Weib dazu, und meinte, mir Befehle erteilen zu können? Als ich durch die Gasse hinter Stephan an St. Maria im Capitol vorbeikam, ertappte ich mich, wie ich überlegte, was ich über diesen besagten Edmund Birkelin wusste, den Henken mit größter Bestimmtheit als den Täter bezeichnet hatte. War er nicht ebenfalls Weinhändler wie wir? Er lebte, soweit ich mich erinnerte, in Aachen in der Verbannung. Wurde er nicht mit irgendeinem

Verrat an seiner Vaterstadt in Verbindung gebracht? Der Hausarrest, der unter anderem auch für den Vater von Johann ausgesprochen worden war, hatte etwas mit dieser misslichen Angelegenheit zu tun. Alles Dinge, von denen wir nichts verstanden und die uns nichts angingen, dachte ich. Jetzt nur noch durch die Sternengasse, in der Hosengasse rechts ab, und schon erreichte ich die Garnmacherstube von Elisabeth auf der Cäcilienstraße.

»O du Untröstlicher!«, begrüßte mich Elisabeth und schloss mich in ihre sehnigen Arme, die ich nicht weniger anbetete als alle anderen Körperteile von ihr. Ich wusste wohl, dass sie es fürsorglich meinte und nicht, wie ich es mir gewünscht hätte. Trotzdem schoss mir das Blut in den Kopf, denn sie trug ihr blaues Kleid, das nicht nur ihre Schultern freiließ, sondern auch tieferen Einblick gewährte, als mir zustand. Oft erzählte sie lachend, wenn sie von der Beichte kam, dass ihr der Pfarrer aufgetragen hatte, sich züchtiger zu verhüllen. Als sie mich jetzt an sich presste, berührte mein Mund fast eine Stelle, die nur dem Gemahl vorbehalten sein sollte, aber natürlich war jetzt nicht daran zu denken, das selige Gefühl auszukosten. »Johann war hier und hat uns die schlimme Kunde gebracht. Ich habe dich nicht zurückerwartet.«

»Die Lehre … bei Euch … ich darf sie beenden«, stotterte ich, nachdem sie mich wieder freigegeben hatte, und fügte nicht ohne Stolz hinzu: »Henken von Turne, der gut beleumundete Weber, kümmert sich um meine Mutter.«

»Welch glückliche Fügung des Herrn!«, rief Elisabeth sichtlich erleichtert aus. Eilig richtete sie ihre Kopfbedeckung, ein weißer Kruseler, der ihr bei der Umarmung verrutscht war und ihr braunes Haar freigelegt hatte. »Weiß ich doch, wie entsetzlich es ist, den Gatten zu verlieren. Und ungern würde ich jetzt auf dich verzichten. Nun, wo du nun schon einmal hier bist, kannst du mir sogleich behilflich sein. Agnes und Beatrix sind dabei, wie du weißt, die Seide zu verspinnen, die wir letzten Monat gekauft haben. Die Ballen sind heute Abend fertig, und es hat sich ergeben, dass Herr Gernard, mein meistenteils ungeliebter Schwager, bekundet hat, dass er sie mir abnehmen will, um sie in Florenz zu verkaufen. Ich möchte einen Preis machen, der dem Genüge tut, dass er zur Familie gehört, aber auch nichts dabei verlieren, denn so nahe steht er mir auch wieder nicht. Also, setze dich in Bewegung.«

Ich begab mich an das Kontor und schrieb auf meine Wachstafel die Beträge, welche wir für die Kokons bezahlt hatten (ich hatte wahrlich »wir« gedacht, was selbstredend eine unerhörte Überheblichkeit war), von denen Agnes und Beatrice, die Gesellinnen von Elisabeth, nach dem Kochen die Fäden abwickelten und daraus die Seide spannen. Darunter schrieb ich die von den Webern den Garnmachern auferlegte Gebühr, welche an die Stadt zu leisten war, und den Lohn, den Agnes und Beatrix in diesem Monat bekommen hatten, da sie an der Seide arbeiteten. Ich besann mich. Ich bekam ja auch einen Lohn, einen geringen zwar, aber es war immerhin Geld, welches Elisabeth auszugeben hatte. Ich hatte jedoch keinen ganzen Monat an der Seide zu schaffen gehabt. Eigentlich hatte ich gar nichts mit der Seide zu tun. Konnte man meinen Lohn hinzurechnen? Allerdings, wenn nicht, woher sollte Elisabeth ihn dann nehmen? Es musste so sein, dass ich einen Teil von meinem Lohn der Seide, den anderen Teil der Wolle zuschrieb, die Elisabeth in derselben Zeit gesponnen hatte. Elisabeth bekam keinen Lohn. Irgendwovon musste sie nichtsdestotrotz leben, demzufolge hatte ich so zu rechnen, als wenn auch sie einen Lohn bekäme. Wie hoch sollte der jedoch sein? Höher als der von Agnes und Beatrix. Um wie viel genau? Elisabeth hatte Wolle gesponnen, doch hatte sie Agnes und Beatrix nebenbei gezeigt, wie sie mit der kostbaren Seide umzugehen hatten. Einen Teil des angenommenen Lohnes für Elisabeth schrieb ich ebenfalls auf die Tafel.

Wie gut, dass ich von Elisabeths verstorbenem Gatten Eike das Rechnen mit sarazenischen Zahlen auf der Wachstafel gelernt hatte (anstatt die Beträge im Kopf zusammenzuzählen und in römischen Zahlen niederzuschreiben, wie wir es in der Pfarrschule gelernt hatten und wie es die anderen Kaufleute in

Köln noch heute tun). Dieses Vorgehen ermöglichte, eine fehler- oder lückenhafte Rechnung im Nachhinein zu erkennen und zu berichtigen. Hatte ich noch etwas vergessen? Den Schwefel für das Bleichen der Seide, damit sie später beim Färben, das wir freilich nicht selbst vornahmen, da dies den Männern vorbehalten war, gleichmäßig bunt werden würde. Oh ja, die Kohle für das Herdfeuer und das, was wir zu essen bekamen, während wir bei Elisabeth tätig waren. Sie war nie knauserig, sondern immer großzügig. Ich machte einen Strich unter die Zahlen und rechnete sie zusammen. Schließlich teilte ich die Summe durch die fünfundachtzig Ballen, die am Ende des Tages fertig gestellt sein würden. Ich erschrak. Zwölf Silbermark je Ballen! Würde Herr Gernard das bezahlen wollen? Und wenn nicht, wäre es gut, die Seide günstiger abzugeben, um sie nur ja verkauft zu haben? Oder sollte sich Elisabeth dann nicht besser selbst Kleider aus Seide machen? Ich stellte mir vor, wie hübsch sie in Seide gekleidet aussehen könnte. So sah ich sie vor meinem inneren Auge auf einem Decklaken aus Pfellel und Marderpelz, das mit Samt verziert und mit feinsten Federn gestopft war, ganz wie es der Dichter einst beschrieb … Ja, das war eine Geschichte aus dem Eneasroman, den mir Vater, der gute Herr Vater, einst an langen Winterabenden erzählt hatte. Er handelt davon, wie der Held Eneas, der mit seinen Holden als Einziger die Zerstörung der Stadt Troja überlebte, weil er wie ein Zage sie verließ, mancherlei Abenteuer erlebte. Er begegnete Königin Dido, und diese wurde an ihm, wie ich bereits erwähnt habe, über alle Maßen minnekrank:

> Sie hieß die Bettstatt machen
> aus vielen sanften Sachen,
> aus Purpur und aus Marder,
> – aufs Schönste fänd' das jeder –
> das Laken fein
> so weiß und rein,
> die Bettstatt sanft und weit,

die Decke samt und breit,
wohlgefüllt mit Federn,
eingerahmt mit Ledern.
Unterm Bette auf dem Stroh
hat gelegt Frau Dido
große Kissen aus der Seide,
eine wahre Augenweide.

Das Bett wurde natürlich für ihren angebeteten Helden Eneas bereitet. Als dieser sie auf Geheiß der heidnischen Götter verlassen musste, beging die Minnekranke die größte aller Sünden und nahm sich das Leben. So weit darf man die Herrschaft von Frau Minne über sich nie kommen lassen, aber ich konnte sie so gut verstehen, die Königin Dido, wenn ich an Elisabeth dachte. Nun ja, das werde ich euch ein anderes Mal ausführlicher berichten, denn ich kenne diese Geschichte auswendig, als hätte Vater sie erst gestern erzählt.

Ich schaute noch verträumt in die Luft, als Elisabeth neben mich an das Kontor trat. Ich bemerkte sie erst, als sie mir die Wachstafel aus der Hand nahm. Ihr Gemahl Eike hatte ihr – und kurz vor seinem Heimgang wie gesagt auch mir – beigebracht, mit sarazenischen Zahlen auf der Wachstafel zu rechnen anstatt am Rechentisch. Obgleich alle anderen Kaufleute in Köln – ebenso wie Vater übrigens – dieses Verfahren ablehnten, war ich fest entschlossen, es auch in unserem Weinhandel einzuführen, sobald ich mit Markus das Erbe antreten würde, denn es war dem Rechentisch bei Weitem überlegen, vor allem da man, wenn man die beschriebene Wachstafel aufhob, immer wieder auf sie zurückgreifen konnte. Eike wiederum hatte das Rechen mit sarazenischen Zahlen gelernt, als er in jungen Jahren nach der Lehre in Mailand weilte, wo er als Geldwechsler tätig war.

»Gut gemacht!«, lobte Elisabeth fast schon ein bisschen zu überschwänglich, wie ich empfand. »Aber oh, hier sehe ich noch etwas. Die Weber haben das, was für die Meisterin der Garnmacherinnen als angemessen angesehen wird, herabgesetzt, um die Gebühr auszugleichen, welche sie verlangen. Damit das Garn nicht teurer wird, denn dann würden es auch die Stoffe, die sie daraus fertigen. Und das würde man ihnen auf den Märkten übel nehmen.«

»Halt, halt, das wäre weniger, als was Ihr Agnes und Beatrix zum Lohne gebt!«, begehrte ich auf.

Elisabeth seufzte. »Mag sein. Und ich habe noch die Mägde Engelradis und Ida zur Kost! Aber was soll ich tun? Andernorts herrschen nicht die Weber, die sich auf nichts so gut verstehen als darauf, anderen Gewerken die Abgabenlast zu erhöhen! Und hier, du hast vergessen, dass der Wein teurer geworden ist, denn anders als wir haben die Weinhändler die Akzie voll auf den Preis aufgeschlagen. Sie werden schon sehen, was sie davon haben. Keiner kauft mehr ihren Rebensaft, wenn er sogar teurer wird als Bier! Ja, also, elfeinhalb Silbermark, das scheint mir recht, man zahlt auch in Aachen elf drei viertel, soviel ich höre, sodass Herr Gernard zwei Dreikönigsgroschen, einen Schilling und vier Pfennig pro Ballen als Liebeslohn rechnen darf, das muss ihm reichen. Weißt du, was Schwager Gernard in Florenz bekommen wird?«

»Genauso viel, denke ich«, war ich dummer Junge mir sicher, »elfeinhalb Silbermark, vielleicht nimmt er elf drei viertel, so viel wie die Seide in Aachen kostet, aber das wäre unrecht. Denn er tut ja nichts zum Garn hinzu. Es sei denn, er würde weben und die fertigen Stoffe nach Florenz bringen.«

Ich ärgerte mich über Elisabeths Rede wider die heldenhaften Weber und hätte gern dagegengehalten, dass sie es schließlich waren, die den braven Handwerksleuten gegen die Geschlechter eine Stimme im Rat der Stadt verliehen. Bevor ich allerdings meinen Mut zusammengenommen hatte, um es auszusprechen, ermahnte mich Elisabeth: »Peter, ach lieber Peter, aber denk doch mal nach! Warum sollte Schwager Gernard die gefährliche Reise nach Florenz unternehmen? Sie zahlen dort, glaube ich, fast eine Goldmark.«

Das war eine für mich unvorstellbar große Summe!

»Warum bloß machen sie sie dort nicht selbst, die Seide?«,

überlegte ich und rieb mir mit der linken Hand die Schläfe. »Dann könnten sie dicke was sparen.«

Elisabeth lachte zufrieden. »Weil hier in Köln eine Garnmacherin ist, die Elisabeth heißt und die feinste und am sorgsamsten gebleichte Seide spinnt, welche es auf Erden gibt, gerade gut genug für den Zindal.«

»Wie wäre es, wenn Ihr sie selbst in Florenz verkaufen würdet?«, schlug ich vor und kam mir sehr gewitzt vor. »Ihr könntet reich werden!«

»Und weiter?«, fragte Elisabeth belustigt. »Wenn ich zurückkäme, hätten dann die guten Kobolde neue Ballen gemacht? Nein, nein, der Schuster bleibt bei seinen Leisten, Elisabeth macht Garn. und Schwager Gernard und die anderen Kaufleute veräußern es in aller Welt.«

Dann schaute sie mich, wie ich empfand, wehmütig an: »Wie schön, Peter, dass du die Lehre bei mir beenden kannst. Aber dann … Wirst du den Weinhandel von deinem Herrn Vater übernehmen?«

Oh, daran durfte ich um Himmels willen nicht denken, fügte es doch dem Schmerz über Vaters Tod noch einen zweiten, kaum weniger tiefen hinzu! Ich nickte bloß stumm.

»Wirst du Zeit finden«, seufzte Elisabeth, »dich deiner Lehrherrin zu erinnern und ihr unter die Arme zu greifen, wenn sie deiner Hilfe bedarf?«

Bevor ich etwas darauf antworten konnte, vernahmen wir, wie Engelradis, die in jener Zeit Köchin bei Elisabeth war, ich glaube, ihr könnt euch nicht an sie erinnern, weil sie sich bald darauf verheiratete und in die Fremde zog, zum Essen läutete. Das war auch gut so, denn vor Verlegenheit hätte ich sowieso nicht gewusst, was ich hätte sagen sollen.

»Zu Tische«, befahl Elisabeth mir. »Und danach schaust du im Vaterhaus bei deiner Mutter nach dem Rechten und kehrst erst morgen früh zu mir zurück.«

Natürlich war das meine heilige Sohnespflicht, dennoch, so muss ich zerknirscht gestehen, Gott verzeihe mir meine Herzlosigkeit meiner guten Frau Mutter gegenüber, wollte ich es nicht, denn den Gedanken, von Elisabeth getrennt zu sein, ertrug ich nicht. Nur in ihrer Nähe sein zu dürfen, mehr begehrte ich nicht! So war ich froh, zumindest diese Frist des gemeinsamen Mahles noch vor mir zu haben. Mit Schrecken sah ich jedoch dem Abschied entgegen, der folgen würde, während ich den Gedanken an den schändlichen Tod meines Herrn Vaters ganz und gar aus meinem Hirn verbannte.

Als wir in die gute Stube traten, stellte ich zu meinem Unbehagen fest, dass Gernard nebst seiner Gemahlin Geberga, Elisabeths Schwester, schon zugegen war, und selbstredend würde er zur Rechten Elisabeths sitzen. Ihm zur Seite wiederum Geberga, und dann erst würde ich kommen, ganz weit weg von der Angebeteten. Geberga war im Gegensatz zu Elisabeths unvergleichlicher Feinsinnigkeit grob und hatte ein teigiges, breites Gesicht. Es war mir unergründlich, wie sie Geschwister sein konnten. Geberga war mehr als zehn Jahre älter als Elisabeth und hatte weit jünger geheiratet, sodass ihre Kinder schon erwachsen und aus dem Hause waren. Zu Gernards Leidwesen hatte keiner seiner beiden Söhne Anstalten gemacht, das Geschäft übernehmen zu wollen, vielmehr waren sie in die große weite Welt hinausgezogen, um ihr Glück zu machen, und ließen sich nur alle Jubeljahre bei den Eltern blicken. Links von Elisabeth saß die gute Ida und fütterte Frumhold und Christine, die von ihrem Unglück, als Halbwaisen aufwachsen zu müssen, noch nichts ahnten. Enttäuscht nahm ich zwischen Agnes und Beatrix Platz, auf deren Minne sich mein Sehnen schicklich hätte richten sollen anstatt auf meine Lehrherrin. Die anderen Jungen, zuvörderst der geliebte Johann, dann der blöde Teilmann und sogar der böse Vetter Gerwin, beneideten mich, stets in der Gesellschaft von so überaus liebreizenden Mägden wirtschaften zu können, aber nur Johann war mir nahe genug zu wissen, auf wem meine Augen wohlgefällig ruhten.

Gernard begrüßte Elisabeth voll Heiterkeit, und ich fand, dass sie, wiewohl sie ihn als ungeliebten Schwager bezeichnet hatte, allzu herzlich darauf einging.

Dann trug Engelradis die dampfende Suppe auf. Ich senkte den Kopf und löffelte bedrückt vor mich hin.

Elisabeth sprach das Dankgebet, und obgleich ich nicht aufschaute, spürte ich ihren tadelnden Blick, dass ich vorzeitig mit dem Essen begonnen hatte. Ich tat jedoch, als merke ich nichts, und sie ließ es großzügig auf sich beruhen.

»Hast du schon vernommen, Schwägerin Elisabeth«, grunzte Gernard zwischen zwei Löffeln, die er sich laut schlürfend einverleibte, »unser italienischer Freund, Herr Buonaccorso, hat ein Schiff verloren. Überfallen und ausgeraubt, auf dem Weg nach Valencia. Perlen und andere Waren befanden sich darauf, für mehr als hundert Florins.«

»O wie schrecklich«, rief Geberga. »Es wird ihm das Genick brechen. Der Arme!«

Gernard lachte böse auf, sodass ich Zweifel hegte, ob es sich bei dem Besagten wahrlich um einen »Freund« handelte.

»Das Genick wohl nicht, es sei denn, die Gläubiger tun dies –« Gernard unterbrach sich. »Ach ja, bei ›Genickbruch‹ fällt's mir ein, hier in Köln, da gibt's ja natürlich auch eine Hiobsbotschaft zu beklagen. Ich weiß nicht, ob es schon die Runde gemacht hat. Jedenfalls haben die Weber den Fremdling Herrn Richard Nicol erschlagen, den Weinhändler vom Eisenmarkt.«

Elisabeth verschluckte sich, und ich schaute auf. Ich konnte nicht verhindern, dass mir Tränen über das Gesicht rollten. Wie konnte er nur so unehrerbietig und anteilnahmslos von dem grausamen Mord an meinem hochverehrten Herrn Vater sprechen!

»Oh, tut mir leid, teure Schwägerin«, schmatzte er, »ich vergaß, dass dein Lehrknabe sein Sohn ist … war.«

Beatrix legte mir tröstend den Arm um die Schultern.

»Hör einfach nicht ihn«, flüsterte sie mir zu. Sie brachte dabei ihren Mund so nah an mein Ohr, dass es kitzelte. Unwirsch zog ich meinen Kopf außer Reichweite, was durchaus nicht nett war angesichts ihrer freundlichen Geste.

Mühsam würgte ich heraus: »Birkelin, Herr Edmund Birkelin, der nichtswürdige Verräter, war es!«

»Damit haben *wir* nichts zu tun!«, krakeelte Gernard lautstark und übertönte so alle anderen Geräusche. »Alles soll
Herrn Edmund angehängt werden? Dass ich nicht lache! Die
Weber werden wahrlich immer dreister. Sie wollen ganz offensichtlich ihre Schulden nicht zurückzahlen.«

Elisabeth zog unheilverkündend die Augenbrauen zusammen. »Werter Herr Schwager, ist es nun schon so weit, dass ihr
euch zusammenrottet wie die Buben und die anderen beschuldigt, ohne zuerst ihren Leumund zu prüfen?«

»Leumund? Wer redet hier von Leumund?«, höhnte Gernard gut gelaunt und schien gänzlich ungerührt von der grau-
sigen Missetat, die an meinem geliebten Herrn Vater begangen
worden war. Was für ein wüster Kerl!, dachte ich angewidert.
»Akzien, Abgaben, Schöße, ungedeckte Wechsel und jetzt das
Verbot der Witwenerbschaft, vortreffliche Schwägerin. Würde
der gute Herr Eike, Gott sei seiner Seele gnädig, jetzt gestorben sein, würdest du nicht das Handwerk fürbass führen dürfen!«

»Das ist schlimm«, stimmte Elisabeth nachdenklich zu, und
weil sie wohl an Eike dachte, wurde auch sie sehr traurig. Dann
aber fasste sie sich und sprach weiter: »Doch damit beweist
sich nicht, dass die Weber auch Mörder sind.« Sie sah mich fragend an: »Peter, wer hat Herrn Edmund Birkelin beschuldigt?«

Ich zögerte und murmelte dann verlegen: »Herr Henken
von Turne war es.«

»Der Weber!«, ergänzte Gernard siegesgewiss. »Warum
hätte es Herr Edmund tun sollen oder einer der Unsrigen?«

»Eine Krähe hackt der anderen kein Auge aus«, platzte ich
frech hervor. »Darum haltet Ihr zu Herrn Edmund, dem Verräter!«

»Dein Herr Vater war immerhin selbst eine der Krähen,
wenn es dir beliebt, die Geschlechter so zu benennen, von den
Webern gehasst und verfolgt; wenn *er* es auch verstanden hatte, sich bei ihnen einzuschmeicheln. Mir dagegen ist es um die
Gerechtigkeit zu tun, wie sich daraus erhellt, dass immerhin
ich es war, der offenbar gemacht hat, wie es bei dem Friedens-

vertrag der Kölner mit Edmund nicht mit rechten Dingen zugegangen war.«

Gerhard hatte nicht wohl daran getan, Vater zu den Geschlechtern zu zählen, wenn diese in ihrer Not jetzt auch um die Gunst der Kaufleute der Gaffel Eisenmarkt buhlten. Mein Vater war als junger Weinhändler vor meiner Geburt vom hohen Norden, aus der Hansestadt Lübeck, nach Köln gekommen, um sich hier niederzulassen und sein treues Weib zu finden, Ursula Grin, die meine und meiner Geschwister gute Mutter werden sollte. Weil sie eine aus Sicht ihrer hochnäsigen Familie weitaus vorteilhaftere Verbindung ausschlug, wurde sie von der Verwandtschaft fortan gemieden, während Vater und wir Kinder wie Luft behandelt wurden. Trotz seines großen geschäftlichen Erfolges und des guten Ansehens, das er allerorten erlangte, hatten die alteingesessenen Geschlechter – die Grins, die Covelshofens, die Kusins, die Hadevarts, die von Troyens und wie diese Lumpen alle hießen – ihn ebenso wie die anderen zugezogenen Kaufleute stets von den Angelegenheiten der Stadt ferngehalten, was ungerecht war und was er oft bitter beklagte, bis er sich gezwungen sah, die ausgestreckte Hand der Freundschaft von den Webern anzunehmen und mit ihnen die Umgestaltung der alten Ordnung zu betreiben. Hatte Gerhard meinen Herrn Vater nicht eben noch einen »Fremdling« geheißen?

»Ja, werter Schwager«, sagte Elisabeth und grinste böse, »du hast ein Geschick, dich bei allen unbeliebt zu machen. Damit bringst du auch noch meine geliebte Schwester Geberga in Gefahr.«

Ich aber war bereits aufgesprungen. »Gerechtigkeit? Herr Gerhard! Meines Herrn Vaters schändlicher Tod dürstet nach Gerechtigkeit!«

Elisabeth sah mich einfühlsam an. »Ist schon gut, Peter, geh nur ins Vaterhaus und tröste deine Frau Mutter. Dort sei jetzt dein Platz.«

*

Ich begab mich hinaus. Es war diesig und fing schon an zu dämmern. Als ich jedoch an der Kreuzung zur Hosengasse angelangt war, bog ich nicht ab, sondern folgte der Cäcilienstraße weiter zur Schildergasse, um, nachdem ich den Steynweg überquert hatte, hinter St. Alban zum Quatermarkt zu gelangen. Ich hatte mich entschlossen, Freund Johann aufzusuchen, denn da sein Vater zu den inhaftierten Mitgliedern der Geschlechter gehörte, vermutete ich, dass er besser über die Vorgänge in der Stadt Bescheid wusste als ich.

Da ich gerannt war, klopfte ich ganz außer Atem an die Tür und erfuhr, dass Johann, wie zu erwarten, gerade zu Tisch war. Die überaus kleine Familie war versammelt, bis auf Lufred natürlich, den Vater, der sich ja in der Verbannung befand. Johann wurde, worauf ich mir keinen Reim zu machen verstand, noch ein bisschen blasser, als er mich sah.

Johanns Mutter, Druda Hadevart, schloss mich in die Arme, meiner Frau Mutter nicht unähnlich, nur dass es mir nicht gar so unangenehm war und ebenso wenig die gemischten Gefühle auslöste, die ich empfand, wenn mich Elisabeth herzte.

»O Unglücklicher!«, seufzte sie tränenreich, und unerklärlicherweise konnte ich ihre Trauer besser spüren als die der eigenen Frau Mutter, obgleich doch die Hadevarts ebenso wie die anderen alteingesessenen Familien meinen Herrn Vater nie für voll nehmen zu dürfen meinten. Schwer zu sagen, warum, aber ihre Trauer hielt ich – anders als die der Grins – für keine Heuchelei. Lange sann ich darüber allerdings nicht nach.

Sie schluchzte: »Niemand wird Herrn Richard mehr vermissen als ich.«

Unsinnige Übertreibungen konnte ich in dieser beladenen Zeit nicht ertragen, und ich machte mich mit einem Ruck los.

»Frau Druda«, sagte ich steif. »Ich sehe, dass Ihr Euch beim Mahle befindet, aber wäre es Euch möglich, Johann dennoch zu gestatten, sich mit mir zu unterreden, denn es ist von großer Wichtigkeit.«

Ich sah, wie mir Johann, immer noch blass, zunickte. Stand ihm Angst in die Augen geschrieben? Was hatte das zu bedeuten?

Druda machte statt einer Antwort nur eine Geste, die Erlaubnis ausdrückte. Johann wischte sich den Mund und erhob sich zögernd. Als wir von dannen zogen, erhaschte ich noch einen Blick von Druda, der mich erneut mit unendlichem Mitleid zu bedenken schien. Rasch wandte ich mich ab, weil ich das nicht zu ertragen vermochte.

»Lass uns in die Burg gehen«, sagte ich kurz zu Johann, als wir außer Hörweite waren.

Die »Burg« war nämlich, wir ihr wissen müsst, unser Geheimnis, welches wir unter allen Umständen vor fremden Ohren zu bewahren trachteten. So nannten wir unser Versteck hinter dem Fischmarkt am Rheinufer, ein verlassenes Lagerhaus, welches der unglücklichen Witwe Hille gehörte. Ihr Mann, ein einstmals wohlhabender Fischhändler, hatte alles verloren und drückender Schulden wegen wie einst die bedauernswürdige minnekranke Königin Dido Hand an sich gelegt, um sich dem Gebot des Herrn entgegen selbst aus diesem irdischen Jammertal zu befreien. Witwe Hille saß tagaus, tagein neben der inzwischen baufälligen Pforte des Lagerhauses und klagte. Früher hatte sie noch lautstarke Reden wider die Weber geführt, die ihrem Zeugnis nach den Tod ihres Mannes herbeigeführt hätten, als ihr dann aber aufgebrachte Vorbeikommende dafür eins aufs Maul gegeben hatten, klagte sie nur noch stumm. Witwe Hille sah durchaus schauerlich aus mit ihrem langen, wie bei einem ungepflegten Pferd verfilzten grauen Haar. Ihre Nägel an den Händen nicht anders als an den Füßen, die sommers wie winters unbeschuht blieben, waren ungeschnitten und schreckenerregend lang wie die ausgefahrenen Klauen eines Raubtieres, welchselbiger Umstand in einem merkwürdigen Gegensatz zu ihrer Friedfertigkeit stand. Ihre Augen waren stumpf und die Haut ungesund fleckig. Sie trug dreckige weiße Laken anstelle von Kleidern. Aber sie war immer freundlich, auch wenn niemand sie jemals wieder etwas sagen hörte (bis auf eine Ausnahme, von der ich noch berichten werde). Wir hatten sie jedenfalls in unsere jungen Herzen geschlossen. Bisweilen, wenn sie gar zu hungrig aussah, drückten wir ihr sogar ein Almosen in die Hand, selbst wenn wir dafür auf einen »Libanon« bei Rufus verzichten mussten.

Vor allem am Abend hatten wir uns das Hille'sche Lagerhaus, unsere Burg eben, mit der üblen Gesellschaft von allerlei Bettlern, Lumpengesindel, Müßiggängern und Meulenstößern ebenso wie mit Ungeziefer, Ratten, Mäusen und streunenden Hunden und Katzen zu teilen, was uns in unserer Unbekümmertheit nicht nur nicht störte, sondern recht abenteuerlich vorkam, so wie wir es uns wünschten. Besonders in der abscheulichen Dunkelheit brauchten wir stets unseren ganzen Mut, um uns dort aufzuhalten, einen Mut, den nicht viele unserer Genossen aufbrachten. Unsere Nische befand sich überdies im Obergeschoss, welches nicht anders als über eine baufällige Treppe mit zerborstenem Geländer zu erreichen war. Insbesondere die dritte Stufe hatte es in sich, denn wenn man sie an der falschen Stelle betrat, klappte die lose Auflage nach oben, und man fiel hinab, sofern man nicht schnell genug fürbass ging. Unten angelangt, geriet man in einen Haufen von ungehobelten Balken, die einem die Kleider aufrissen und schmerzhafte Splitter in den Beinen hinterließen. Aber davon durfte man sich nicht schrecken lassen, wenn man ein mächtiger Mann wie Vater werden wollte.

In unserer Nische mit dem zerbrochenen Fenster zum Hafen hinaus verbargen wir nebst einem Feuerstein immer einige Späne und, wenn wir es uns leisten konnten, auch Kerzenstummel, um wenigstens etwas Licht machen zu können. Man musste allerdings höllisch aufpassen, dass die Nachtwächter einen nicht erwischten, denn das Feueranzünden war der Brandgefahr wegen im Lagerhaus strengstens untersagt. Heute aber fanden wir unseren Vorrat geplündert. Unter anderen Umständen hätte uns das in Harnisch versetzt, denn es verstößt nun gegen jede Gaunerehre, so etwas zu tun. Oft hatten wir hier gemeinsam die Stunden der Dämmerung verbracht und uns über Streit mit den Geschwistern oder ungerechte Schläge von den Eltern oder Lehrern unterhalten. Oder wir hatten überlegt, wie wir an etwas Essbares kamen, vornehmlich süßes Obst, ohne etwas bezahlen zu müssen. In letzter Zeit sprachen wir lieber über die Vorzüge der Mägde, wobei Johann, wie gesagt, nicht über Maulwerk hinauskam. Über Schwerter, meine andere große Leidenschaft, konnte man mit Johann schon gar nicht sprechen, und wenn, dann ging es ihm um die Farbe des Griffes und die der daran festgemachten Wimpel, als ob diese Dinge irgendwie entscheidend wären. In Wahrheit geht es doch um Biegsamkeit, Geschmeidigkeit, Schärfe, Härte und andere maßgebliche Eigenschaften.

Wir hockten uns auf »unseren« Fenstersims und schauten hinaus in die heraufziehende Dämmerung. Die Arbeiten am Hafen waren für den Tag abgeschlossen, und nur wenige Schiffe lagen noch vor Anker, deren Ladung erst morgen gelöscht werden würde. Von den Molen her quietschte es, und hinter uns im Raume hörten wir kreischend zankende Katzen, die in der Dämmerung unsichtbar blieben. Der Wind ließ den rechten, nur noch an einer Angel hängenden, vermoderten Fensterladen gegen die brüchige Mauer krachen, von der loses Gestein und Mörtel abbröckelten und leise herunterrieselten. Von meinem Platz aus konnte ich Witwe Hille sehen, die mit gekreuzten Beinen im Eingang saß und unentwegt ihren Oberkörper hin und her wiegte. Ein mitleidiger Bettler, den ich hier noch nie zuvor gesehen hatte, hockte sich neben sie und teilte ein Stück trockenes Brot mit ihr, auf dass sie nicht verhungern möge. Sie kaute das Brot, ohne in ihrem Wiegen einzuhalten. Sie kaute und kaute und hatte lange von jedem Bissen. Der Bettler dagegen saß stocksteif da und murmelte vor sich hin: »Alles wird teurer. Alles wird schlimmer. Keiner hat mehr einen Heller übrig. Alles fressen die Weber weg. Die werden dick und dicker. Alles wird teurer. Alles wird schlimmer. Kein Wein. Kein Heller. Kein Schimmer. Kein nichts. Alles weg. Alles schlimmer. Hille, Helle, Hiller, schim, schim, schim. Kein Fisch, kein nimmer.« Wenn du nicht bald stille schweigst, dachte ich angewidert, wird man dich wie weiland Witwe Hille der gerechten Prügel unterziehen. Und richtig, ich sah, wie Witwe Hille, o Wunder, ihr Schweigen brach und ihrem Nachbarn etwas zuflüsterte, woraufhin der verstummte.

»Mein Herr Vater ist heimgeschickt worden«, begann ich schließlich, »und deiner sitzt in St. Kunibert fest. Beides könnte etwas miteinander zu tun haben. Kannst du es einrichten, dass ich mit deinem Herrn Vater spreche?«

»Abt Baldwin ist ein harter Brocken«, überlegte Johann und biss sich unschlüssig auf die Unterlippe. Er lehnte sich an den Fensterrahmen, und ich sah, wie sich braunes Holzmehl, das die Würmer hinterlassen hatten, in seinen Rock rieb. »Es wird schwer werden.«

»Lass uns trotzdem gehen und es versuchen«, drängte ich ungeduldig. Es kribbelte mir in den Beinen; ich musste etwas unternehmen, um nicht vor verzweifelter Trauer oder trauriger Verzweiflung aufschreien zu müssen. Es war für mich unvorstellbar, dass alles so weitergehen würde wie immer, obwohl nichts so bleiben konnte, wie es war, als Vater noch lebte. War es wirklich erst ein paar Stunden her, dass ich von seinem Tod erfahren musste?

»Halt, erklär mir erst, worum es dabei geht!«, forderte Johann schmallippig.

»Es wird dunkel«, maulte ich, denn ich war enttäuscht, dass sich Johann nicht begeistert in das Abenteuer stürzte, das versprach, mich nicht mit dem Verlust des Vaters beschäftigen zu müssen, mir gleichzeitig aber die Genugtuung verschaffen sollte, mich nicht mit etwas anderem abzulenken.

Johann blieb halsstarrig. »Du musst es mir zuvörderst offenbaren. Reicht nicht auch, dass wir morgen meinen Herrn Vater aufsuchen?«

»Mörder warten nicht«, entgegnete ich erregt.

»Ist das wahr, du jagst den Mörder deines Herrn Vaters?«, fragte Johann, und sein Gesicht bekam ungewöhnlich viel Farbe, sodass ich es sogar in der Dämmerung erkennen konnte. »Das ist aufregend!«

Ich kehrte meinen Blick nach innen. Ja, meine Schwester

Martha sollte wohl schneller ihren Willen bekommen, als ich es mir hatte vorstellen können.

Wegen dieser Erkenntnis mürrisch geworden, grummelte ich: »Ich begehre bloß zu wissen, wer dahintersteckt. Herr Henken von Turne, der Weber, ein Freund unseres Hauses, hat angedeutet, ein gewisser Herr Edmund Birkelin sei der Mörder oder dessen Auftraggeber. Soweit ich mich erinnere, ein übler Verräter Kölns. Bei meiner Lehrherrin, der holden Frau Elisabeth, traf ich vorhin auf ihren Schwager, Herrn Gernard Gir von Covelshofen, der wiederum den Webern die Tat anlastete.«

Johann schwieg eine Weile und schaute mich nachdenklich an.

»Wir müssen Acht geben«, sagte er dann mit dem Ernst eines Alten, dessen er sich in letzter Zeit immer öfter befleißigte, »dass wir ob unserer Herren Väter nicht zu Feinden werden.«

Ich war erschüttert. »Du bist der einzige Freund, den ich habe«, rief ich aufgebracht, denn nachdem Vater derart unerwartet zum Herrn abberufen worden war, brauchte ich Johann umso nötiger. »Wer könnte es zuwege bringen, uns gegeneinander zu hetzen? Wegen unserer Herren Väter! Beide gehören dem Berufsstand der Kaufleute an! Warum sagst du so etwas?«

»Deiner aber war ein Weberfreund, meiner hingegen wird von den Webern gezwungen«, antwortete Johann hitzig und hatte wohl seinen Versuch vergessen, sich in vornehmer Zurückhaltung zu üben, »im Schoß der gütigen und heilbringenden Kirche Zuflucht zu suchen, die von den ungläubigen Webern nicht weniger Drangsal erleiden muss.«

»Streiten wir nicht über die Weber!«, zischte ich erbost zurück.

Johann antwortete nicht sogleich. Ich wähnte zu fühlen, wie er sich zusammenzog, um zu verhindern, dass der drohende Zwist ausbrechen würde. Was regte er sich bezüglich seines Herrn Vaters so auf, wo er doch, wie alle wussten, an den Rockzipfeln der Frau Mutter hing, als sei er dem Säuglingsalter noch nicht entwachsen?

»Siehst du, schon stehen wir auf verschiedenen Seiten«, wies mich Johann mit belegter Stimme zurecht.

»Wir haben nie darüber gesprochen, das ist wahr«, stimmte ich zu, »teils, weil wir zu jung waren, teils, weil uns dabei stets ein ungutes Gefühl beschlichen hat. Jetzt aber musst du mir erklären, wie es im Streite zwischen den Geschlechtern und den Webern steht. Mein Herr Vater hat mir nie davon gesprochen; du hingegen weißt mehr darüber. Ich will dir zuhören, ohne mich zu ereifern.«

Johann holte tief Luft und seufzte. »Wo soll ich beginnen? Keiner weiß, wie es angefangen hat. Irgendetwas hat Herr Edmund Birkelin vor undenklichen Zeiten ausgefressen, glaube ich. So wurde er aus Köln verbannt. Er ließ sich in Aachen nieder, wurde mit seinem Weinhandel wohlhabend und verpasste keine Gelegenheit, den Kölnern ins Handwerk zu pfuschen. Das ist gewiss keine Empfehlung für ihn. Im Sommer letzten Jahres entschlossen sich seine Freunde und Verwandten, zuvörderst sein Oheim Herr Gottschalk Birkelin, sodann die Covelhofens, die Leykirchens und die von Troyens, im Auftrag des Rates einen Friedensvertrag mit Herrn Edmund auszuhandeln. Herr Gernard, das schwarze Schaf der Familie Covelhofen, ließ eine geheime Klausel durchsickern, nach der Herrn Edmund der Alleinhandel mit Wein in Köln zugesichert werden sollte –«

Ich öffnete den Mund. Allerdings hatte ich noch kein Wort hervorgebracht, da kam mir Johann bereits zuvor: »Ich weiß, ich weiß, das wäre das Aus für deinen Herrn Vater, für eure Familie, ja vielleicht für die ganze Gaffel vom Eisenmarkt gewesen. Es ist nicht verwunderlich und ihm keineswegs als Makel anzurechnen, dass er sich mit den Webern verbündete, wie übrigens viele in der Stadt. So wurde die Gruppe derer, die die Verhandlungen geführt haben, samt und sonders in die Verbannung geschickt, während die Weber die ›nova ordinatio‹ ausriefen und die Ämter die Herrschaft in Köln übernahmen, wobei das Wollenampt selbstredend die Mehrheit im Rat beanspruchte.«

»Klingt nicht überzeugend, dass die Weber ihn aus dem Weg räumen wollten, nicht wahr?«, überlegte ich erleichtert.

»Nein«, bestätigte Johann nachdenklich. »Ich weiß nicht, warum Herr Gernard das behauptet. Aber andererseits haben Vater und die anderen Landfriedensgeschworenen in St. Kunibert nur die eine Hoffnung gehabt, dass dein Herr Vater sich für sie bei den Webern verwenden wird und sie so ihre Freiheit wiedererlangen. Warum sollten sie ihre einzige Hoffnung beseitigen?«

»Vielleicht machen wir uns nur verrückt, Johann«, wiegelte ich ab, »und es war ganz einfach ein Wegelagerer, der ihn erschlug, Gott sei seiner Seele gnädig.«

Johann fragte leise: »Was würdest du zu meinem Herrn Vater sagen wollen?«

»Fragen, ob er mehr weiß? Mehr als du?«, schlug ich zögernd vor.

»Wie sollte er das? Er ist doch gänzlich abgeschnitten von aller Welt«, widersprach Johann heftig.

»Können wir es denn nicht wenigstens probieren?«, bat ich inständig. »Es geht schließlich um *meinen* Herrn Vater.«

»Es ist zu spät heute, glaube mir, Peter«, wehrte Johann unwirsch ab und hob seine Hand in Richtung der Fensteröffnung. »Wir können Abt Baldwin beim besten Willen nicht mehr behelligen.«

Das musste ich einsehen, wenn ich es auch nur widerwillig tat. Die schreckliche Nacht hatte sich schon über die Gassen und Straßen gesenkt. Das Gesindel, welches das Hille'sche Lagerhaus als Schlafstätte benutzte, hatte sich zwischen dem Unrat zur Ruhe gebettet, so gut es eben ging, auch das Getier schlief bereits, bis auf die nachtwachen Nager, die aufgeregt hin und her flitzten und dabei unheilvolles Geraschel verursachten.

»Ich muss nach Hause«, gab Johann kleinlaut bekannt. Hatte ich es nicht schon erwähnt, dass er ja letztlich doch noch am Rockzipfel seiner Frau Mutter hing?

»Nun gut«, fügte ich mich ins Schicksal, und wir machten

uns mit beklommenen Herzen durch die fürchterliche Dunkelheit auf den Weg. Doch der Himmel war uns gewogen. Die Wolkendecke riss auf, und dergestalt spendete der volle Mond ein wenig tröstliches, wenn auch fahles Licht. Genug für Johann, um einen Pfennig im Morast zu erspähen. Wie er das immer fertigbrachte, sollte mir auf ewig ein Rätsel bleiben.

»Glücksgeld!«, strahlte Johann und hielt die Faust fest um die matschverschmierte Münze geschlossen. Ich hatte nicht einmal erkennen können, welche Größe sie hatte.

Am Buttermarkt trennten sich unsere Wege. Johann fröstelte und lief stadteinwärts, um über den Heumarkt zum Quatermarkt zu gelangen, während ich fürbass am Turmmarkt vorbeiging, um schließlich wohlbehalten in der Rheingasse vor unserer vertrauten Pforte zu stehen. Ich zögerte einzutreten, denn es würde dort nie wieder so sein wie gestern noch. Vater würde ich nicht antreffen. Seine Stimme würde die Räume nie wieder erfüllen, sein Trost nie wieder mein Herz erwärmen, sein Rat mir nie wieder den Weg weisen. Es würde für mich ein leeres Haus sein. Ich gab mir einen Ruck und schritt über die Schwelle.

\*

Kaum war ich zur Pforte des Vaterhauses herein, stürzte sich meine Frau Mutter wie eine wild gewordene Furie auf mich. Offensichtlich waren die Leute inzwischen alle gegangen. Vaters Leichnam lag verlassen auf der Bahre, als ob sie bereits ein unverrückbares Möbelstück des Hauses geworden sei. Ich warf einen kurzen Blick hinüber und ertappte mich bei dem Gedanken, dass ich erwartete, er würde sich erheben und sich zu uns gesellen.

»Mein Junge! Ich bin so froh, dass du hier bist! Wo bist du gewesen?«, rief Mutter und riss mich überglücklich an ihren Busen.

»Gemach, holde Frau Mutter«, sagte ich und versuchte, mich ihrer mich nahezu erdrückenden Umarmung zu entwinden. »Ich habe noch mit Freund Johann gesprochen. Das war nötig, unter Männern. Warum hofftest du auf meine Heimkehr? Du warst es doch selbst, die mich zu Frau Elisabeth geschickt hat.«

»Die Gute hat uns wissen lassen, sie empfinde es als ihre Pflicht, dich für den Abend an die Seite deiner trauernden Familie zu entlassen, und du seiest mit ihrem Einverständnis auf dem Weg hierher«, erklärte meine Frau Mutter. »Ich bin so froh. Eine fürsorglichere Lehrherrin hättest du nicht antreffen könne.«

»Alle kümmern sich um mich, als sei ich ein kleines Kind!«, beschwerte ich mich unleidig. »Dabei bin ich fünfzehn, fast schon sechzehn. Ich schließe bald die Lehre ab und werde dann Geselle sein!«

Meine Frau Mutter überging dies und sagte: »Komm in die warme Stube, Kind, und setz dich zu uns.«

In der Stube erblickte ich neben dem schon fast zur Gänze heruntergebrannten Kamin sitzend Henken von Turne; der Rest der Familie war vermutlich schon zu Bette gegangen. Henken hatte sich, wie ich nebenbei feststellte, Bier genehmigt. Arm konnte er jedenfalls nicht sein, schloss ich beruhigt, denn somit hatte Elisabeths Schwager Gernard mit der dunklen Andeutung, mein Herr Vater sei von »den Webern« erschlagen worden, um eine Schuld nicht zurückzahlen zu müssen, jedenfalls nicht Henken gemeint.

»Wir haben uns Sorgen gemacht«, sagte nun auch er.

»Eure Sorge nehme ich an Vaters statt gern an«, sagte ich artig, während ich die letzten, fast weißen Flammen beobachtete, die aus der Glut aufflackerten. »Aber, Herr Henken, seid gewiss, dass ich Manns genug bin, auf mich selbst aufzupassen.«

Henken lachte. »Gut so, Herr Peter.« Das »Herr« betonte er selbstredend dergestalt, dass gleich zu merken war, dass er nicht daran dachte, mich für voll zu nehmen. »Setze dich zu mir und trinke einen Humpen des edlen erzbischöflichen Kirschbieres. Dazu ist er gut, unser ehrenwerter Vater und Herr Erz-

bischof Friedrich, das unvergleichlich herrliche Bier zu brau-
en, wenn er uns ansonsten auch in Ruhe lassen soll.«

Henken füllte aus einem Steinkrug Bier in ein unbenutztes
Glas und reichte es mir. Ich nahm einen kräftigen Schluck, an
dem ich mich fast verschluckte; ich vermochte es aber im letzten Augenblick noch, dieser Schmach zu entgehen und jedes
Prusten oder Glucksen zu unterdrücken. War es nicht wundervoll, dachte ich wieder, dass Henken Mutter in dieser ihrer bit-
tersten Prüfung nicht im Stich ließ, sondern in unserem Haus
verweilte und sie auf andere Gedanken brachte, damit sie nicht
in Gram ersticken würde?

Gleichwohl konnte ich nicht an mich halten. »Herr Henken,
da Ihr mir gegenüber angedeutet habt, Herr Edmund Birkelin
sei der Mörder des Herrn Vaters, so sehe ich es als meine Pflicht
an, Euch kundzutun, dass Herr Gernard Gir von Covelshofen,
Sohn des inhaftierten Herrn Johann Gir von Covelshofen, da-
hingegen großmäulig verbreitet, die Weber seien es gewesen.
Ihr habt mir letzthinnig in Aussicht gestellt, die Beweise für die
Schuld Herrn Edmunds zu offenbaren, und ich denke, dass
sich dies nicht länger aufschieben lässt.«

Meine Frau Mutter schlug die Hände vor das Gesicht und
begann leise zu weinen. Ich beachtete das jedoch nicht weiter,
sondern behielt Henken im Auge.

Henken ließ den Humpen Bier auf den Tisch knallen, sodass ein wenig von dem Nass herausschwappte und das Holz
benetzte. Dort würde es hässliche Flecken hinterlassen.

»So ein Schalk, dieser Herr Gernard!«, knurrte er. »Weiß
auch nicht, wohin er gehört! Er täte weitaus besser daran, sich
nicht wieder mit seiner dreckigen Verwandtschaft gemein machen zu wollen. Das wird ihn noch den Hals kosten, die schrecken vor nichts zurück. Vor nichts, sage ich, denk an meine
Worte!«

»Ihr meint den Mord an Vater?«, fragte ich bang.

»Ganz gewiss«, bestätigte Henken grimmig. »Es verhält
sich doch dergestalt: Herr Edmund will allein über den Weinhandel bestimmen, nicht nur in Aachen, sondern auch in Köln.

Nachdem wir dieses Unterfangen letztes Jahr vereiteln konnten, versucht er nunmehr, die Kölner Weinhändler zu verdrängen. Darum schützen wir mit der Akzie den hiesigen Weinhandel vor den Aachener und anderen Billigheimern. Und darum setze ich auch alles daran, euren Weinhandel aufrechtzuerhalten.«

»Ihr tut es nicht um Mutters willen?«, fragte ich aufgebracht. Denn obwohl ich so manches Mal die geschuldete Ehrerbietung ihr gegenüber vermissen ließ – allerdings sorgsam verborgen vor den Augen und Ohren der Welt, ausgenommen dem Gott geliehenen Ohr von Pfarrer Martin bei der Beichte –, so duldete ich es nicht, dass jemand *anderes* sich Derartiges erlaubte.

»Doch, natürlich«, beschwichtigte Henken. »Es gibt niemanden auf der Welt, den ich so verehre wie deine Frau Mutter, Peter, das steht fest.«

Mutter stand auf und lief aus der Stube.

Auch Henken erhob sich hastig: »Peter, mein Junge, ich muss mich jetzt um sie kümmern. Versuch, Schlaf zu finden. Wir setzen unser Gespräch ein anderes Mal fort, wenn die Umstände passender sind.«

Nachdenklich suchte ich zuerst das Schysshus im Hof auf, um mich des ganzen überflüssigen Drecks des Tages zu entledigen, der sich in meinem Körper angesammelt hatte, und ging dann in unsere Kinderstube. Meine Geschwister hatten mir im Bett meine gewohnte Seite, die linke, freigehalten. Markus schnarchte, wobei sich der Zipfel der Nachtmütze, der ihm auf den Mund gefallen war, mit jedem seiner Atemzüge hob und senkte. Sündiger Verdruss packte mich, als ich Vetter Gerwin ebenso fest schlafend wie Markus vorfand. Martha dagegen warf sich unruhig hin und her. Als ich, nachdem ich die Gewandung abgestreift und meine Nachtmütze aufgesetzt hatte, so geräuschlos und vorsichtig wie möglich unter die mollig mit getrocknetem Moos gefüllte Decke schlüpfte, rückte sie an mich heran und betörte mich mit honigtriefender Stimme: »Schön, dass du hier bist, mein allergutester Herr Bruder. Was hast du herausgefunden?«

»Woher weißt du, dass ich die schwere Bürde trage, die du mir meintest auferlegen zu sollen?«, fragte ich abweisend.

Martha flüsterte, vermochte es aber dennoch, ihrer Stimme eine gewisse Schärfe zu verleihen: »Du hast mit Herrn Henken gesprochen.«

»Du hast gelauscht?«, ereiferte ich mich, kaum fähig, meine Zunge im Zaum zu halten.

»Es ist wichtig«, beharrte Martha, ohne auf meine Frage zu antworten.

»Versteht sich von selbst«, bestätigte ich kalt. »Es ist wichtig, den Mörder unseres heldenhaften Herrn Vaters zu stellen. Gleichwohl besteht kein Grund für Heimlichtuerei und Ränkespiel.«

Wütend drehte ich den Kopf von ihr weg und hüllte mich in eisiges Schweigen. Doch Ruhe fand ich nicht. Ich wälzte die Frage nach dem Mörder meines Herrn Vaters im Kopfe hin und her, ohne eine Antwort finden zu können. Die Weber konnten es nicht gewesen sein. Henken war ein ehrenwerter und großzügiger Mann. Selbst wenn man das außer Acht lassen wollte, wäre es wenig wahrscheinlich, dass die Weber einen wichtigen Verbündeten unter den Kaufleuten ermordeten. Und die Geschlechter? Johann hatte recht. Wenn sie darauf gehofft hatten, dass Vater zwischen ihnen und den Webern vermitteln würde, wären sie ausgesprochen närrisch, gerade *ihn* aus dem Weg zu räumen. Allerdings war das Unterfangen, zwischen Feinden zu vermitteln, ausgesprochen gefährlich. Wenn Vater nun einen Fehler begangen und eine der beiden Seiten erzürnt hatte, wäre dann jemand so weit gegangen, ihn dessenthalben zu ermorden?

Ich hätte gern an den Räuber geglaubt, der ihn um eines geringwertigen Diebesgutes willen brutal erschlagen hat. Doch warum würden Henken auf der einen und Gernard auf der anderen Seite sich gegenseitig bezichtigen, die jeweils andere Partei sei es gewesen? Hatten sie sich das nur ausgedacht? Wenigstens einer von beiden musste lügen, denn unzweifelhaft konnte der Mörder bloß von einer der beiden Seiten stammen. Henken hatte eine Person benannt. Das klang überzeugender als Gernards nebulöse Bemerkung, »die Weber« seien es gewesen. Sie alle? Das war töricht gesprochen. Wenn, dann musste es ja wohl *einer* von ihnen getan haben. Ebenso undurchsichtig war sein merkwürdiger Hinweis auf eine nicht zurückgezahlte Schuld. Wusste er mehr, als er sagte? Warum um alles in der Welt hielt er dann mit seinem Wissen hinter dem Berg? Was führte er im Schilde? Vielleicht wollte er sich wirklich, wie Henken meinte, bei den Seinen wieder lieb Kind machen, nachdem seine Unachtsamkeit – oder was auch immer es gewesen sein mochte – viele der Geschlechter in die Verbannung getrieben hatte. Ich fand keinen Anfang und kein Ende in meinem Grübeln.

# Zwischenspiel

Johann verkroch sich noch tiefer in sein kostbares Federbett, aber die Kälte wollte nicht aus seinen Gliedern weichen. Er sandte einen neidischen Gedanken an Peter, der entweder bei seiner Lehrherrin neben den begehrenswerten Gesellinnen oder im Vaterhause neben seinen Geschwistern nächtigen und keine Frost leiden würde. Nein, Peter war ja jetzt gar nicht mehr zu beneiden, berichtigte Johann sich schnell. Heute hatte er seinen Herrn Vater verloren. Dennoch, Peter war nicht allein in dieser Nacht, so wie Johann. Es schien Johann, dass seine Frau Mutter sich über Gebühr über den Tod des Weinhändlers betroffen gezeigt hatte. Sie versuchte, es zu verbergen, aber er hatte es bemerkt, besonders als Peter gekommen war, um ihn abzuholen. Johanns Mutter hatte von Anfang an seine Freundschaft zu Peter unterstützt. Sein Vater dagegen hatte ihm den Umgang mit dem »Fremdlingsbalg«, wie er sich ausdrückte, nachgerade untersagt.

Johann empfand Peter gegenüber ein schlechtes Gewissen. Er hatte eine Ausrede benutzt, um die von Peter ersehnte Begegnung mit seinem Vater abzuwenden. Aber er brachte es schlicht nicht über sich, seinem besten Freund zu gestehen, dass sein Vater ihn um dessen Vaters willen hasste. Er hätte nicht einmal anzugeben gewusst, woher genau der Hass stammte. Er vermutete, dass mehr dahintersteckte als bloß ein Zerwürfnis zwischen den Parteien im Ringen um die Vorherrschaft. Und richtig, als er vorhin, nach dem Gespräch mit Peter, seinen Vater aufgesucht hatte, hatte dieser tatsächlich schadenfroh gelacht, während Johann ihm betroffen die Nachricht vom grässlichen Tod des Weinhändlers überbrachte. Natürlich hatte es sein Herr Vater schon vernommen, denn die hohen Herren befanden sich zwar in der Verbannung, wähnten sich aber gleichwohl immer noch als wahre Oberhäupter Kölns. Darum waren sie streng darauf bedacht, immer über alle Vorkommnisse in der Stadt genau Bescheid zu wissen. Johann kamen sie manchmal vor wie Schausteller, die zum Ergötzen der Leute einen König und seinen Hof spielten. Nur dass sich an der Vorstellung niemand ergötzte als sie selbst. Bisweilen schämte sich Johann seines Vaters, aber er war zu stolz, als dass er es zugeben konnte – selbst Peter gegenüber ließ er es sich nicht anmerken.

Anstatt weiter auf den Schlaf zu warten, öffnete er die Augen und stützte seinen Kopf auf. Dadurch gelangte zwar kalte Luft ins Bett, aber Johann spürte es kaum. Er dachte angestrengt nach. Sein Vater und die Geschlechter freuten sich über den Tod von Herrn Richard. Andererseits mischte sich in die Schadenfreude auch etwas, das nicht ausgesprochen wurde. Aber Johann hatte ein Gespür für das Unausgesprochene. Herr Richard war nämlich das einzig verbliebene Bindeglied zwischen den Geschlechtern und den Webern. Johann hatte selbst mitbekommen, wie man hinter vorgehaltener Hand überlegte, auf welche Weise Herr Richard wohlwollend gestimmt werden könne, etwa durch das Versprechen, dereinst seine Kinder in den Engen Rat aufzunehmen. Schließlich ging es darum, die Verbannung aufzuheben und womöglich sogar die Rückkehr von Herrn Edmund Birkelin zu erwirken. Also war es widersinnig zu glauben, dass der Weinhändler im Auftrage der Geschlechter ermordet worden sein sollte.

Äußerst beunruhigend dagegen war das, was sein Vater ihm zu seinem Fund hatte sagen können. Genau genommen handelte es sich um Diebesgut, aber das tat im Augenblick nichts zur Sache. Diese verdammte Münze stellte Herrn Richard in ein Licht, in welchem Peter seinen Vater nicht würde sehen wollen. Johann konnte mit der Kunde, die er von seinem Vater erhalten hatte, das Rätsel um den Tod des Weinhändlers nicht lösen, aber sie stellte ihn auf eine harte Probe. Er konnte es Peter nicht antun, das Andenken seines Vaters auf solch eine Weise zu beflecken. Eine derartige Schande würde Peter womöglich nicht überleben. Aber durfte er ihm die Wahrheit verheimlichen? Man lügt seinen besten Freund nicht an.

Gehetzt warf sich Johann im Bett hin und her. Am besten wäre ich tot, dachte er verzweifelt und kam zu keiner Entscheidung. Wie schön wäre es, jetzt einzuschlafen und nie wieder aufzuwachen! Als er durch den Lärm der Mägde geweckt wurde, wusste er, dass der Herr ihm auch diese dringliche Bitte nicht erfüllt hatte. Schwerfällig erhob sich Johann, und es kam ihm vor, als habe er gar nicht geschlafen, so müde fühlte er sich. Es standen ihm ein beschwerlicher Arbeitstag und ein noch unerquicklicherer Abend bevor, an dem er sich würde entscheiden müssen. Einerlei, was er tun würde, die Freundschaft, die ihm alles bedeutete, stand auf dem Spiel. Johann wusste noch nicht, welchen Weg er einschlagen würde. Er stöhnte auf, als sei er schwer verwundet.

# Die Schande

*17. November 1371*

Noch vor dem ersten Hahnenschrei erwachte ich, zeitiger gar als unsere Knechte und Mägde. Ich streckte mich und fühlte mich am ganzen Körper zerschlagen, als hätte ich nicht geschlafen. Alle Glieder zerrten und zwickten an mir wie lästiges Getier. Nie wieder würde ich die ruhige, hingebungsvolle, wiewohl auch strenge Stimme meines Herrn Vaters vernehmen, nie wieder auf seine weisen Ermahnungen vertrauen können, ging es mir durch den Kopf, und unbeherrscht rollten mir die Tränen über die heiß geschwollene und stark schmerzende Haut meiner Wangen. Wie gut, dass es wenigstens keiner sehen konnte.

Ich wollte niemanden aufwecken, sodass an Wasserholen und Waschen nicht zu denken war; ich fand damals auch, und daran nehmt ihr euch besser kein Vorbild (wie auch an vielem anderen, was ich euch erzähle), dass um das Waschen viel zu viel Aufhebens gemacht wurde und man eine Weile auch gut ohne es auskommen konnte. Als ich mir die Unterhose überstreifte, riss mir das Durchzugsband. Das fängt ja heiter an!, dachte ich erbost und verfluchte lautlos alle Welt. Ich packte die Zipfel des Stoffes und verknotete sie. Der Wulst, den der Knoten auf dem Bauch bildete, würde mich den ganzen Tag drücken, doch was sollte es? Vielleicht würde Ida zwischendurch Zeit finden, mir ein neues Band anzunähen. Ich versuchte, die Beinlinge anzulegen, aber ihrer Befestigung am Band beraubt, hielten sie nicht richtig, sondern schlappten hinunter. Zum Glück wies mein Rock ein wenig mehr Länge auf als derjenige von Johann, darum würde man es nicht bemerken, so unbequem es für mich auch war. Es wollte mir nicht gelingen, in die Stiefel zu steigen. Ich trug sie nicht nur der Kälte, sondern auch der Nässe wegen. Johann war so eitel, dass er stets offene Schuhe trug. Am Ende des Tages aber waren sie verschmutzt, und er watete in einem Morast aus kaltem Schweiß und eingedrungenem Wasser und Dreck. Als die Ferse schließlich in den Hacken des Schuhs rutschte, gab es einen dumpfen Ton. Ich fürchtete, dass meine Geschwister – oder noch schlimmer: Vetter Gerwin, das Monstrum – erwachen würden, raffte noch schnell meinen schmalen Hüftgürtel mit der kostbaren silbernen Schnalle und sah zu, dass ich aus dem Hause kam, nicht aber, ohne mich zu bekreuzigen, als ich in der Halle an Vaters Bahre vorbeimusste.

Im Hinausgehen legte ich den Gürtel an, den mir Mutter einst geschenkt hatte, als ich die Lehrzeit bei Elisabeth anfing. Mutter ist am Leben, Vater tot. Warum kann es nicht umgekehrt sein?, dachte ich. Was für ein sündiger, unchristlicher Wunsch, schalt ich mich und nahm mir vor, ihn bei nächster Gelegenheit Pfarrer Martin zu beichten. Vater hatte mir auch etwas geschenkt. Er war mit mir zum verruchten Berlich gegangen und hatte mir eine süße öffentliche Magd gesucht, die mich zum Manne machen sollte. Er hätte keine bessere Wahl treffen können. Sie hieß nicht nur Maria, sondern sah mit ihren pechschwarzen Locken und dem runden, anmutigen Gesicht auch so aus, und ich träumte später noch oft von ihr, besonders davon, wie sie, ihrem unschuldigen Aussehen entgegen, als sich erwies, dass ich noch nicht so recht wusste, was ich mit ihr anstellen sollte, mich rasch mit geschickten Händen entkleidete wie eine Amme den Knaben. Sie selbst war schon, ohne dass ich recht mitbekommen hatte, wie das geschehen war, ganz bloß, und ich fühlte, wie sich bei mir das regte, was ich bisher nur ebenso verwundert wie auch beschämt des Morgens vor dem Aufstehen bei mir beobachtet hatte. Ich blieb also wie angewurzelt stehen, bis sie, ziemlich ungeduldig und ruppig, mich auf das Bett warf, dass es nur so krachte. Sie schwang sich auf mich, und als ich eine heftige Bewegung mit dem Becken machte, verlor sie wohl das Gleichgewicht. Um sich abzustützen, griff sie mir in die Haare, sodass ich, während das Eigentliche geschah, mehr mit dem Schmerz und mit dem Versuch, mich zu befreien, beschäftigt war. Später grämte ich mich, dass ich in diesem von Vater so teuer erkauften, jedoch allzu kurzen Augenblick des Vergnügens außer mir war und wenig davon mitbekommen hatte. Inzwischen war natürlich Gras darüber gewachsen, und ich erinnerte mich mit einem Lächeln auf den Lippen an dieses erste Mal. Das Beste war, dass mich Vater der missbilligenden Blicke von Mutter zum Trotze fortan mit »Herr« ansprach, wenn andere dabei waren. Nur noch, wenn wir uns miteinander allein befanden, fiel er manches Mal in das vertraute »Peterlein« zurück. Die wohlig-schaurigen Gedanken verschwanden schlagartig, als ich hinaustrat.

Draußen herrschte ein trüber Nebel, so dicht, dass ich kaum die eigene Hand vor den Augen hätte sehen können, selbst wenn es schon richtig hell gewesen wäre, und so feucht, dass ich kaum Luft bekam. Ich ging die wenigen Schritte zu St. Maria im Capitol, wobei ich in mancherlei Pfütze trat und der Stiefel zum Trotze feuchte Füße bekam. Keine Menschenseele traf ich auf der Gasse an. Ich stieg die paar Stufen hinauf und schlüpfte durch das Dreikönigenpförtchen, durch das, wie ihr wisst, einst vor mehr als zweihundert Jahren die Gebeine der Heiligen Drei Könige nach Köln gekommen sind, in die Kirche, in der nur erst die Kerze über dem Altar ein schwaches Licht spendete. Diese mächtige Kirche war das Herzstück des Mutes der ehrbaren und fleißigen Bürger im Kampfe gegen die Anmaßungen des Erzbischofs, und hier fanden alle wichtigen Vereidigungen statt. Zur großen Ehre der Stadt Köln hatte der Heilige Vater den Verbleib der Reliquien der Weisen aus dem Morgenlande in dieser Kirche bestimmt. Im Nordgang schlurfte Küster Dietwin unter dem Gabelkreuz, das das Leiden Jesu uns in einer Weise vorstellte, wie es bisher ungesehen war. Als ich des Kreuzes ansichtig wurde, erschauderte ich in Ehrfurcht und versuchte mich daran zu erinnern, dass mein kleines bisschen Elend nichts war im Vergleich zu demjenigen des Gottessohnes. Es gelang mir allerdings, wie ich zerknirscht eingestehen muss, nur schwer.

»Gott zum Gruße, Bruder Dietwin. Ist denn bitte Pfarrer Martin schon zu sprechen?«, rang ich um Worte. Meine Stimme war noch heiser und ergab in meinem Ohr ein Geräusch und eine Schwingung wie ein Reibeisen, als sei der Ausgang in die Welt noch nicht ganz freigeräumt.

Küster Dietwin, ein alter, gebeugter Mann, war der netteste Mensch, den man sich vorstellen konnte, stets hatte er ein Auge zugedrückt, wenn ich in früheren Jahren mit dem einen oder anderen Genossen dumme Streiche gespielt hatte, wie zum Ergötzen der ganzen versammelten Gemeinde Grimassen hinter dem Rücken des Pfarrers zu schneiden.

»Wir Alten«, sagte Küster Dietwin in ebenfalls rasselndem Tone und sah mich mit zur Seite gelegtem Kopfe von unten her an, »schlafen ja kaum noch. Geh nur in die gute Stube, dort findest du ihn, Peter. Schlimme Sache, mit deinem Vater. Ich bete für ihn. Und mach deiner Frau Mutter keine Schande, Junge.«

»Gern würde ich noch mit dir hier stehen und plaudern, doch finde ich jetzt leider keine Zeit dazu«, sagte ich in sündiger Überheblichkeit, wie wenn ich schon ein wichtiges Mitglied des Rates gewesen wäre.

»Das junge Volk«, murmelte Küster Dietwin hinter mir her, »es hat es immer so eilig. Es fehlt ihnen an Gelassenheit, wie Meister Eckhart, seligen Angedenkens, sagen würde.«

Durch das Seitenschiff erreichte ich die Pfarrei, wo das Herdfeuer schon tüchtig eingeheizt war. Hier drinnen war es eher zu warm als zu kalt, und meine feuchtkalten Kleider begannen zu dampfen.

Pfarrer Martin war noch nicht angekleidet, saß vielmehr in wollene, leicht zerschlissene graue Decken eingehüllt am Küchentisch. Die großen schwärzlichen Placken, die sein altes Gesicht verunzierten, erschienen mir noch dunkler als sonst. Stand früher das Vertrauen zu ihm im Vordergrund, so betrachtete ich ihn nun, mir gänzlich unerklärlich, fast mit Widerwillen. Was meine Schwester wohl an ihm fand? Sie verehrte ihn wie keinen anderen! Ja, es hatte sich etwas geändert seit dem Vorfall an Vaters Sarg. Henken hatte so wohl daran getan, ihn zurechtzuweisen – er aber zog es vor, feige das Weite zu suchen.

Pfarrer Martin stippte trockenes Graubrot in eine Schale mit verdünntem, heißem Wein. Dass es Wein war, konnte ich riechen. Dass er heiß war, sah ich am Dampf. Dass er verdünnt war, wollte ich hoffen, denn es hätte sich nicht geziemt, dass sich der Seelsorger bereits des Morgens betrunken hätte. Sobald die Spitze des Brotes lind geworden war, steckte er sie in den Mund, sog geräuschvoll den Wein ein und biss dann vom Brot ab, um den Rest erneut einzutunken.

»Gott zum Gruße, ehrenwerter Vater Martin«, begann ich artig, denn ich wusste ja noch nicht, was in dieser Unterredung auf mich zukommen sollte.

»Diese verfluchten Zähne«, brummte er lästerlich anstelle einer seinerseitigen Begrüßung und zeigte mit dem Finger auf ein Stück wabbeliges, durch den roten Wein fast schwarz eingefärbtes Brot, das er gerade aus der Schale zog, »sind auch nicht mehr das, als was der Herr sie einstmals erschaffen hatte. Einer der wenigen Übelstände, die wir nicht den Webern anlasten können. Guten Morgen, mein lieber Junge. Setze dich doch sogleich.«

Im Gegensatz zu der einladenden Vertrautheit des Pfarrers hielt ich steifen Abstand: »Herr Henken lässt Euch, ehrwürdiger Vater, seine Entschuldigung übermitteln.«

»So, und da schickt er dich zu so unchristlich früher Stunde her zu mir«, knurrte Pfarrer Martin, und mir war durchaus nicht klar, ob das belustigt oder tadelnd gemeint war. Seit meinen Kindertagen war ich ihm überaus zugetan, hatte er mir doch auf einfühlsame Weise das Beichten beigebracht, durch das ich stets mein Gewissen vor Gott erleichtern und meine Seele reinigen konnte. Sein Anflug von Weberverachtung soeben ließ mich allerdings wachsam sein.

»Nein, nein«, beeilte ich mich zu erklären. »Er hat nur angekündigt, dass er sich entschuldigen wolle. Und ich dachte, es könnte nicht schaden, es schon mal zu erwähnen.«

»Und was führt dich dann in meine Nähe?«, fragte Pfarrer Martin mit Betonung sowohl auf dem »was« als auch dem »dich« und mit, wie ich wähnte, etwas Schärfe. Vielleicht, weil er das gemerkt hatte, fügte er geschwind hinzu: »Nicht, dass du mir nicht jederzeit willkommen wärst, Peter, mein guter Junge, das weißt du genau. Aber du hast etwas auf dem Herzen, das spüre ich ganz deutlich. Also, nimm endlich Platz und erzähle es deinem Beichtvater.«

»Unverhofft sehe ich mich hineingezogen in den Streit zwischen den Webern und den Geschlechtern«, umschiffte ich unglücklich meine Schwierigkeit und gehorchte ihm, indem ich einen Schemel heranzog und mich auf ihn hockte.

»Die Dinge Gottes und die Dinge der Welt«, belehrte mich Pfarrer Martin mit erhobenem Zeigefinger, »sie sind gänzlich voneinander zu trennen.«

»Wie jedoch kann ich mich den Dingen der Welt entziehen?«, stöhnte ich matt.

»Schau auf deine Schwester«, forderte Pfarrer Martin streng. »Sie ›hat den besseren Teil erwählt‹, wie es in der Schrift heißt.«

»Gleichwohl hält sie sich auch nicht aus den Dingen der Welt heraus«, eiferte ich mich und spürte, wie die Kraft in meine Glieder zurückkehrte, wobei ich erschreckt feststellen musste, dass sich die Kraft wider Pfarrer Martin richtete. »Sie hat mich bekniet, den Mörder unseres Herrn Vaters ausfindig zu machen. Denn, Ihr müsst wissen, sie misstraut dem Weber Herrn Henken von Turne, und ich verstehe nicht, warum sie das tut.«

»Einen Erbschleicher sieht sie in ihm«, bekundete Pfarrer Martin, als sei das die normalste Sache von der Welt und jedermann bekannt.

Erbost sprang ich auf. Der Schemel kippte zur Seite.

»Ich hasse sie! Wie kann sie nur den edlen und großherzigen Herrn Henken so falsch beschuldigen? Und Ihr scheint ihr obendrein noch zuzustimmen!«, rief ich ungehalten. Hatte Vater nicht immer davor gewarnt, den Pfaffen zu dicke Einfluss auf das Leben der Stadt im Allgemeinen und unserer Familie im Besonderen zu gestatten?

»Er hat nicht ehrenhaft gehandelt, schon als dein Herr Vater noch lebte, so viel steht fest. Und dass du mich ja recht verstehst, ich spreche hier von nichts anderem als von der nichtswürdigen Unkeuschheit des Ehebruchs!« Auch Pfarrer Martin hatte seine Stimme erhoben. »Nicht, dass dein Herr Vater von besseren Eltern gewesen wäre und etwa mehr Zucht bewiesen hätte!«

»Werdet Ihr nun das Beichtgeheimnis verletzen?«, spuckte ich ihm entgegen. Hatte ich recht vernommen, dass er nicht nur Mutter Treulosigkeit unterstellte, was man bei einem solchen Weibe vielleicht auch kaum anders zu erwarten hatte, sondern auch das hochheilige Andenken Vaters in den Schmutz zog? Ich erinnerte nicht eine Begebenheit, bei der Vater wider seine Gemahlin die Hand erhoben oder ihr anderweitigen Kummer bereitet hatte, und von Mutter kannte ich es in Wahrheit nicht anders, als dass sie sich ihrem Gemahl treu dienend unterstellt hatte, wenn auch ihre aufreizende Art, sich zu kleiden, ihr vielerorten schamlose Blicke der Männer zuteil werden ließ. Nichtsdestotrotz, in der ganzen Stadt würde man keine Eheleute finden können, die sich vorbildlicher gebärdet hatten.

»Schamloser Lausbub!«, schrie Pfarrer Martin mit einem Male unbeherrscht. »Jetzt reichen mir deine Frechheiten aber! Was das Ohr Gottes vernimmt, kommt nicht über meine Lippen, doch was meine Augen sehen, das darf ich sagen. Und nun hinaus und fort mit dir!«

Mit hängenden Ohren verließ ich Pfarrer Martin. Leider musste ich mich überaus in meiner Meinung bestätigt fühlen, dass Henkens rüder Umgang mit ihm nur allzu berechtigt war. Was der Pfaffe sagte, verletzte die Würde des Verblichenen. Wurde denn die ganze Welt um mich herum verrückt? Eine Schwester, die unerhörte Anschuldigungen vorbrachte, sie allerdings nicht mir oder ihrer Familie, sondern einem solchen Erzbuben anvertraute? Ein Streit mit Pfarrer Martin, von dem ich dereinst meine erste heilige Kommunion erhalten hatte und der mir nächst meinen Eltern über etliche Jahre hinweg der wichtigste Fürsprecher gewesen war? Ein Pfarrer, der meine

Schwester behext zu haben schien und nun, anstatt der Eintracht der Familie zu dienen, den Keil in sie trieb? Sogar ein schlimmes Zerwürfnis mit meinem Busenfreund Johann hatte ich nur mit größter Mühe verhindern können. Und selbst von Elisabeth war ich anderntags fast schon im Unfrieden geschieden!

Überhaupt, diese üble Nachgeburt von Pfarrern, die eher dem Höllenschoß entkrochen als dem Himmel entsprungen zu sein schien, wie Vater so schön zu schmähen pflegte. Hatte mich Pfarrer Martin doch damals, als wir zarte Knäblein waren und Johann, Teilmann – schon damals ein ausgesprochener Tor sondergleichen – und ich uns im Weitpinkeln geübt hatten (natürlich gewann stets der närrische Teilmann, der älteste von uns), der Unkeuschheit geziehen, was ich ihm ohne Widerrede glaubte, bis ich erst Jahre später herausfand, dass mit »Unkeuschheit« ja eigentlich etwas ganz anderes gemeint war, etwas, das im Übrigen für den Fortbestand der Menschheit notwendig und für jedes Lebewesen natürlich ist. Kein Wort sollte man diesen Lumpen abkaufen! Auch darin hatten die Weber ja so recht, fand ich damals, so wütend war ich auf Pfarrer Martin. Doch wenn nicht durch ihn, wie würde ich fürderhin zum Herrn sprechen können?

So suchte ich, mir trübe Gedanken machend, im Nebel den Weg durch die Gassen und wählte nichtsdestotrotz einen Umweg über die Buttingasse, um mir von einem meiner letzten Pfennige einen »Libanon« zu genehmigen, dessen ich jetzt, wie ich mir einbildete, mehr denn je bedurfte. Mutter hatte es im Trubel der Geschehnisse vergessen, das Kostgeld von mir einzufordern, das ich, obgleich ich meistenteils bei Elisabeth wohnte, abzuliefern hatte. Ich beschloss, es stiekum zu unterschlagen, weil es meiner Meinung nach ohnehin ungerechtfertigt war (wobei ich damals vergaß einzurechnen, dass Vater für das erste Jahr, in welchem ich von keinem Nutzen für meine Herrin war, ein stattliches Lehrgeld hatte zahlen müssen, das er, wie ich heute einsehen muss, mit Fug von mir zurückverlangen konnte), sodass mir, auch wenn ich jetzt noch einen »Libanon« nähme, genügend vom Wochenlohn blieb, um es in den bei Elisabeth angelegten Sparstrumpf zu tun, mit dem ich meinen Dolch bezahlen wollte, wenn ich einen solchen dereinst als stolzes Mitglied der Gaffel würde tragen dürfen. Der Dolch würde von niemandem anderen als von dem Schwertmacher Bernardus sein. Er allein verstand es, eine Schneide mit sage und schreibe zwölf Lagen zu schmieden. Das machte seine Dolche besonders biegsam, ohne dass sie an Schärfe und Härte einbüßten. Daran dachten all die Tölpel nicht, die sich mit minderwertigem Schrott zufriedengaben. Zumindest einmal die Woche seit meinem vierzehnten Lebensjahr suchte ich die Werkstatt von Meister Bernardus auf und bewunderte die Prachtstücke an blanken Waffen, die er fertigte. Er überzeugte mich auch, dass es nicht auf den Zierrat am Griff ankomme, sondern allein auf die Güte der Schmiedearbeit. Ich würde so lange sparen, bis ich mir einen Dolch von Bernardus würde leisten können, das stand fest.

Allerdings hatte ich bereits einmal zuvor den Wochenlohn unterschlagen, kurz nachdem Vater mich der Slune Maria zugeführt hatte. Ich verzichtete damals sogar auf den »Libanon« mit Johann, um sie nochmals aufsuchen und meine Schande ausmerzen zu können, denn ich hatte mich inzwischen so gut es ging bei denen erkundigt, die mehr Erfahrung als ich zu haben behaupteten. Ich hatte sogar Vetter Gerwin ins Vertrauen gezogen, der davon sprach, dass man es machen müsse wie die Hunde oder Schweine, während Johann, dessen Zeugnis jedoch darum, weil er bloß ein Maulheld war, wenig bedeutete, von der Notwendigkeit sprach, Liebkosungen mit den Händen, Schmeicheleien mit den Worten und Küsse mit dem Mund auszutauschen. Als nützlicher erwiesen sich, wie ich gestehen muss, die Ratschläge von Teilmann. Maria lobte die Fortschritte, die mir wohl Frau Minne eingeflüstert habe, als ich mich den Anweisungen von Teilmann entsprechend auf sie legte, aber ich war doch sehr enttäuscht, dass sie mich danach schnell verabschiedete und nicht neben sich ruhen ließ. Johann meinte, nachdem ich ihm davon Bericht erstattet hatte, man müsse die Mägde dazu bekommen, es freiwillig, also ohne Geld, zu tun, das sei erst die wahre Minne und die wahre Wonne. Wir schmiedeten dahingehende Pläne, und selten genug sollte mir dies gelingen; Johann allerdings kniff stets schon, noch bevor aus dem Spiele Ernst zu werden drohte. Dann wiederum ermahnte er mich, mich für Elisabeth aufsparen zu müssen, wenn ich sie denn wahrhaftig begehrte, obgleich er mir doch andererseits immer zu verstehen gab, dass es mir nicht möglich sein würde, sie je zu erobern. Machte ich das eine, wollte ich das andere; machte ich das andere, schämte ich mich umso mehr. Es waren schwierige Zeiten, und oft genug wünschte ich mir damals, nicht geboren worden zu sein, so sehr, dass ich das Weib verfluchte, das mir das Leben geschenkt hatte. Geschenkt? Aufgezwungen!, schnaubte ich einmal aufgebracht Johann gegenüber, und er hatte mit trübem Blick, diesem sündigen Gedanken zustimmend, heftig genickt.

Die nimmer müde und immer fröhliche Magd von Bäcker Rufus, Bela, stapelte die begehrten, aus der Seele des Korns frisch gefertigten Brötchen, für die Rufus stadtbekannt war, auf dem schon ausgeklappten Ladentisch in Erwartung der ersten Hungrigen. Rufus stand am Ofen, der sich gleich an den noch außerhalb des Hauses befindlichen Ladentisch anschloss, und zog auf dem hölzernen Einschießer immer mehr heißes Backwerk aus dem Ofen. Bela trug ein bodenlanges, altrosafarbenes Kleid, schlicht, an ihr jedoch hübsch anzusehen, das oben herum mehr bedeckte als bei Elisabeth. Ihr blonder Schopf war kurz geschnitten, und ein Netz verhinderte, dass Haare in das Backwerk gerieten.

»Gott zum Gruße«, sagte ich zu Bela und versuchte zu tun, als sei nichts Ungewöhnliches daran, dass ich zu dieser frühen Stunde hier auftauchte. »Einen ›Libanon‹, bitte.«

Bela lächelte mich an, wenn auch nicht ohne ein wenig Verwunderung, wie mir schien, ging durch die Tür ins Innere der Backstube und mischte das Getränk für mich, das sie nicht vorrätig hatte, denn um diese Zeit waren noch keine Burschen hier. Ich machte wohl einen bemitleidenswerten Eindruck, denn sie steckte mir, als sie wieder auftauchte, eine nicht wohlgeformte Brezel vom Vortage zu.

»Rufus ist mit den Gedanken ganz woanders«, lachte Bela. »Er ist so aufgeregt wegen der bevorstehenden Taufe. Darum werden die Brezeln ganz schief und krumm. Doch schmecken sie so herrlich, wie sie es immer tun.«

Ich dankte ihr mit einem minnenden Nicken und einem gnädigen Lächeln. Dann kippte ich den »Libanon« dergestalt hastig hinunter, dass ich mich verschluckte und einen Teil des kostspieligen Gesöffs über Kinn und Hals unter meinen Gugel sabberte. Welch eine dumme Verschwendung! Ich fluchte so unanständig, dass Bela errötete, und verließ die Bäckerei – nicht ohne mir ein Stück von dem huldreich geschenkten Brot abzubrechen und es gierig in den Mund zu schieben.

*

Als ich in der Cäcilienstraße ankam, waren Elisabeth, ihre Gesellinnen und die Kinder gerade noch dabei, Käse und Brot als Morgenmahl einzunehmen. Ich hörte schon von draußen ein aufgeregtes Geschnatter, das jedoch erstarb, als ich eintrat.

»Gott zum Gruße«, sagte ich, »ihr braucht aber nicht gleich zu verstummen, nur weil hier jemand eintritt, der seinen Herrn Vater verloren hat.« Mit Mühe die aufkommenden Tränen unterdrückend, setzte ich hinzu: »Das geschieht ja anderen auch, oder?«

»Wie schön, dass du da bist!«, rief Elisabeth und sprang auf. Vermessen dachte ich, sie wolle mir um den Hals fallen und schob erwartungsvoll den Kopf vor, aber sie bremste sich im letzten Augenblick. »Komm, es wartet jede Menge Arbeit auf uns. Du musst die Liste mit den Seidenballen für Schwager Gernard fertigstellen. Wir brauchen sie in dreifacher Ausfertigung, für ihn, für uns und für den Rat, der den Handel überwacht. Ach ja, und wir brauchen eine toskanische Übersetzung, weil Herr Gernard die Seide ja nach Florenz zu verkaufen beabsichtigt.«

Als wir am Kontor allein waren, drückte ich vorsichtig mein Missfallen aus: »Ihr habt gestern, nachdem ich Euer Haus verlassen habe, nach meiner Mutter geschickt.«

Elisabeth wurde sehr mütterlich, was mir natürlich wenig schmeckte. »Ja, Peter, ich dachte, nachdem Schwager Gernard derart unvorsichtig aufwühlende Dinge vorgebracht hatte, dass es nötig sei, dich im Auge zu behalten.«

»Ich danke Euch, Herrin«, sagte ich eingeschüchtert. »Ich habe aber doch bloß noch mit Johann, meinem Genossen, gesprochen. Er hat mir den Höllenschlund erklärt, der sich hier in Köln aufgetan hat und von dem wohl mein armer Herr Vater aufgesogen wurde.«

»Ist das nicht schrecklich?«, fragte Elisabeth abwesend. »Bei der Arbeit werden wir das alles vergessen.«

Es machte mir keine Schwierigkeit, die Liste zu erstellen und die erforderliche Anzahl von Kopien zu fertigen. Aber wie um alles in der Welt sollte ich an eine toskanische Übersetzung kommen? Beatrix schlug vor, ich solle im Seidenhaus auf dem großen Markt nachfragen, ob sich dort nicht zufällig ein Händler aus der Toskana befände, der mir behilflich sein würde. Dankbar folgte ich ihrem Rate und ging zur Tuchhalle, die sich damals noch auf dem Großen Markt rückseitig im Untergeschoss des Rathauses befand.

Ich drängte mich durch das Gewühl und überlegte, wen ich ansprechen sollte. Unschlüssig blieb ich vor einem Stand mit fleckiger blauer Wolle stehen, die man nie hätte nach Florenz verkaufen können und die Elisabeth sich auch nicht getraut hätte, hier feilzubieten. Der Blaufärber hatte wohl nicht genug Bier getrunken, und so war sein Harn nicht stark genug gewesen, um aus dem Waid das beste Blau zu kochen. Die Blaufärber waren ein drolliges Völkchen, und besonders nachmittags war es lustig, sie zu besuchen und Geschäfte mit ihnen zu machen – es sei denn, sie waren schon so »blau«, wie wir es nannten, dass sie nicht mehr zurechnungsfähig waren. Dann hieß es aufzupassen.

»Gott zum Gruße, Peter, wie geht's der schönen Witwe und

ihrem Lieblingslehrknaben?«, fragte mich das Weib hinter dem Stand.

Ich sah auf und erkannte Sophia, eine widerliche Fettel, die nicht müde wurde, sich über Elisabeth und ihre zahlreichen Verehrer das dreckige Plappermaul zu zerreißen. Ihr viel zu weites Kleid, fast schon ein Zelt zu nennen, war aus der gleichen unregelmäßig gefärbten Wolle gewebt, wie die, die sie zu verkaufen suchte, und zudem schief zusammengenäht, eine wahrhaftige Schande für das Handwerk.

Ich sagte nichts und starrte sie nur unverwandt an.

»Ach, entschuldige, ich vergaß, Peter, herzliches Beileid zum unerwarteten Tode deines Herrn Vaters«, sprudelte sie hervor, als handele es sich um eine unbedeutende Kleinigkeit. »Schade ist es eigentlich um so eine stattliche Mannsperson, oh, wer bloß wird fähig sein, ihm nachzufolgen?«

»Markus«, presste ich mühsam hervor und musste mich am Riemen reißen, um ihr nicht geradewegs in ihre aufgedunsene Fresse zu schlagen. Dann besann ich mich und fragte: »Was anderes, bitte, Frau Sophia. Wisst Ihr vielleicht, ob sich hier in der Tuchhalle ein Händler aus Florenz oder einer anderen toskanischen Stadt aufhält? Ich muss ein paar Worte übersetzt haben für einen Brief.«

»Florenz? He, he!«, flötete Sophia aufgeregt und machte sich sofort daran, die Weiber und Männer an den anderen Ständen um sie herum zu befragen. Das war ja wirklich freundlich, musste ich zugeben, brachte allerdings nichts. Oder war es gar nicht mit Minne geschehen, sondern in der Hoffnung, an einem Handel beteiligt zu werden? Und das mit ihren fleckigen Waren, dachte ich, dass ich nicht lache!

Ich trat enttäuscht auf den Großen Markt. Was sollte ich jetzt tun? Da ich nicht mit leeren Händen zurückkehren wollte, ging ich um die Ecke zum Rathaus in der Judengasse. Im Jahre des Herrn 1349, als der Schwarze Tod wütete und Tausende guter Seelen dahinraffte, hatte man die Juden aus unserer Stadt vertrieben, darunter auch Mutters ältere Kusine Richmodis Hoyer, die einen jüdischen Kaufmann namens Noah geehelicht hatte. Inzwischen waren viele Juden zurückgekehrt, ohne dass es der Stadt zum Schaden gereichte, ganz im Gegenteil, wie Vater immer sagte (in anderen Städten wie in Mainz, in denen weisere Männer herrschten, würden die Juden darum auch besonderen Schutz genießen). Richmodis und ihr Gatte Noah hatten sich damals entschieden, in Baesweiler zu bleiben, was zwar durchaus verständlich war, ihnen letztlich jedoch zum Verhängnis gereichte, denn sie waren Plünderern im Gefolge eines Krieges zwischen den Herzögen von Jülich und Brabant zum Opfer gefallen. Und mir hatte es beschert, dass Vetter Gerwin bei uns aufgenommen ward, nachdem seine Familie von den nämlichen Plünderern ausgelöscht worden war, was nur er – seiner unbändigen Körperkräfte wegen – überlebt hatte. Ich fragte an der Pforte des Rathauses, ob nicht einer der dortigen Schreiber des Toskanischen mächtig sei. Auch hier wurde ich nicht fündig.

Als ich wieder in der Gasse stand und mich ratlos umblickte, durchzuckte mich ein hasserfüllter Gedanke an das morgendliche Gespräch mit Pfarrer Martin, der ebenfalls nicht mit Spott auf die Juden sparte, ohne eingedenk zu sein, wie Vater sagte, dass der Erlöser selbst aus ihrer Mitte stammte. Vor Jahren hatten wir Richmodis und Noah in Baesweiler besucht, und Vater hatte Gefallen an Mutters Kusine gefunden, während Mutter eher ablehnend geblieben war. Ich entsann mich, wie wohl ich mich damals mit Vetter Gerwin verstanden hatte, und das veranlasste mich jetzt fast, meinen Frieden mit ihm schließen zu wollen. Soll der leibhaftige Teufel Pfarrer Martin holen!, dachte ich, während ich gleichzeitig überlegte, dass es doch wahrscheinlich wäre, einen toskanischen Bruder bei den Barfüßern oder in einem anderen Kloster zu finden. Dies erwies sich als überaus hilfreicher Einfall, wenngleich meine Schwierigkeiten damit nicht aufhören sollten.

Die Barfüßer schienen mir die erste Wahl zu sein, denn wegen ihres Ordensgründers, dem heiligen Franz, verfügten sie vermutlich über gute Beziehungen nach Oberitalien. Also machte ich mich auf in die Rosengasse und klopfte an die Pforte, die schon an einigen Stellen morsch war und recht armselig schief in der Angel hing. Die Mönche waren, wie man sich hinter vorgehaltener Hand erzählte, faul geworden, verfraßen die Almosen der Leichtgläubigen und befleißigten sich nicht mehr des Handwerks und der körperlichen Arbeit, wie es ihnen aufgetragen war. Der Torwächter war ein blasser Novize, ungefähr so alt wie ich, aber Johann ähnlicher.

Er beäugte mich neugierig, und an meinem Gürtel blieb sein Blick hängen.

»Was für ein wunderschöner, überaus herrlicher Gürtel!«, rief er.

»Von … Mutter«, stammelte ich verlegen, weil ich um etwas beneidet wurde, das ich gar nicht zu schätzen wusste. Gern hätte ich ihm den Gürtel geschenkt. Aber wie hätte ich Mutter jemals wieder unter die Augen treten können? »Von meiner Frau Mutter habe ich ihn geschenkt bekommen, als ich die Lehre bei der Garnmacherin Elisabeth in der Cäcilienstraße anfing. Peter Nicol vom Eisenmarkt bin ich.«

Der Novize schaute betrübt auf seinen Stoffgürtel, der die Kutte zusammenhielt.

Mir fiel meine Schwester ein.

»Hast *du* nicht die evangelische Armut gelobt oder dies jedenfalls vor?«, fragte ich schnell, um das unangenehme Gefühl zu bekämpfen. Mir brach der kalte Schweiß aus. Sollte ich ihn bedauern, weil ihm die weltlichen Güter, die er offenbar so begehrte, für immer versagt bleiben würden? Oder sollte ich ihn schelten, wie es Pfarrer Martin empfehlen würde, weil er sich die sündigen Gedanken erlaubte, von denen er sich eigentlich hätte abwenden sollen? Pfarrer Martin! Dem würde ich nach dem heutigen Morgen auch nie wieder über den Weg trauen, diesem Schuft, der das Andenken meines Vaters mit Füßen trat.

»Ach weißt du, Peter«, erklärte der Novize, »übrigens: Hildebrand ist mein Name, ich bin eine Waise und muss dankbar sein, dass man mich hier großgezogen hat, aber … aber …«

Er kam nicht weiter, weil ihm die Stimme versagte. Man

schien hier nichts von Vaters Tod gehört zu haben, jedenfalls hatte ich bei Hildebrand keine wissende Geste erblickt, nachdem ich ihm meinen Namen genannt hatte. Hildebrand! Was für ein närrischer Name für einen Novizen, dachte ich, so heißen vielleicht Helden, doch keine Mönche.

»Und du kannst nicht weg?«, fragte ich in gespieltem Mitgefühl. »Ich meine, du hast doch das Gelübde noch nicht abgelegt!«

»Manchmal«, flüsterte Hildebrand und kam mir ganz nahe, »denke ich daran, mich von dannen zu stehlen.« Ein glücklicher Ausdruck huschte über sein Gesicht, um gleich wieder in Trübsinn zu weichen: »Aber mir fehlt es an Mut. Ich glaube, du, Peter, hast Mut!«

Das tat mir gut, wie ich eingestehen muss. Doch da ich eigentlich auf das Ende des Tages hinfieberte, weil ich begehrte, mit Johann zu reden und ihn zu überzeugen, eine Unterhaltung mit seinem Herrn Vater möglich zu machen, wollte ich das Geplänkel jetzt abkürzen und sagen, weshalb ich gekommen war.

»Hildebrand, mein Freund«, schmeichelte ich, »ich bedarf deiner teuren Hilfe. Ich muss im Auftrage meiner Lehrherrin einen Brief ins Toskanische übersetzen. Gibt es unter den ehrwürdigen Brüdern einen, der diese Sprache beherrscht? Jemand, der vielleicht aus Florenz selbst stammt?«

Hildebrand verdrehte die Augen, als ob er in sich hineinschauen wollte, und überlegte.

»Ja«, sagte er. »Bruder Alberto … der könnte der Richtige dafür sein. Oder halt! Warte, ich weiß doch nicht so recht …«

»Darf ich ihn bitte sprechen?«, fragte ich und log dann, um die Dringlichkeit zu unterstreichen: »Wenn ich ohne den Brief im Kontor auftauchen sollte, würde es dicke Schläge setzen.«

Ich wähnte zu bemerken, dass Hildebrand noch bleicher wurde und leicht zu zittern begann. Die Ärmel seiner Kutte bewegten sich jedenfalls verdächtig.

»Komm«, murmelte er und führte mich in die Empfangsstube für Fremde. »Ich hole Bruder Alberto sofort.«

»Du bist ein wahrer Freund«, sagte ich, »und könntest ein guter Kaufmann werden.«

Dankbar sah mich Hildebrand an und verschwand lautlos.

Ich wartete eine lange Zeit, während der ich verkrampft meine Wachstafel und das Pergament mit der zu übersetzenden Liste in der Hand hielt. Fast schon wollte ich es aufgeben und unverrichteter Dinge abziehen, als schließlich ein alter, unbeschreiblich fetter Mönch mühsam in den Raum schlurfte und mich fragend anschaute. Ich war fast versucht zu grinsen, weil der Gegensatz zu dem schmächtigen Novizen kaum größer hätte sein können.

»Gott zum Gruße, ehrwürdiger Bruder ... Bruder Alberto«, sagte ich zögernd, weil ich mich an den Namen erinnern musste, den Hildebrand mir genannt hatte. Es war wohl der richtige, denn der Angesprochene berichtigte mich nicht. Ich hatte wahrhaftig noch nie ein solches Ungetüm eines wabbeligen Fleischberges gesehen. Da er zudem sehr klein gewachsen war, maß er wohl mehr in der Breite als in der Länge. »Peter Nicol vom Eisenmarkt heißt man mich, Sohn des Herrn Richard und der Frau Ursula Grin. Ich bin auf der Suche nach jemandem, der des Toskanischen mächtig ist, und da seid Ihr mir genannt worden.«

Da er weiterhin nichts sagte, fuhr ich fort: »Für meine Lehrherrin, die überall als tüchtig gepriesene Garnmacherin Elisabeth de Porta von der Cäcilienstraße, muss ich einen Begleitbrief für eine Wagenladung roher Seide ins Toskanische übersetzen, damit dieselbe nach Florenz verkauft werden kann. Ich bitte Euch, ehrwürdiger Bruder, mir behilflich zu sein; es wird nicht lange dauern, das verspreche ich Euch.«

»Garnmacherine?«, blubberte Bruder Albertos umrissloser Mund gedehnt, und sein Kinn, groß wie ein Sack, schwabbelte hin und her. Seine trotz der Körperfülle erstaunlich hohe Stimme klang in meinen Ohren nicht nach Minne.

»Ja, warum fragt Ihr, Bruder?«, bestätigte ich bang.

»Gehöre Wollenampte, nichte wahre?«, quiekte er.

»Weiß nicht«, log ich, denn natürlich zählten die Garnmacherinnen derzeit noch zum Wollenampt. Erst im Jahre des Herrn 1397 erhielten sie den Amptbrief, obwohl sie schon lange ihre eigenen Zusammenkünfte pflegten, ohne sich etwas von den Webern vorschreiben zu lassen.

»Iche abe«, sagte Bruder Alberto und lachte mehrmals kurz und bösartig auf. Dies schien ihn allerdings über die Maßen anzustrengen, denn er begann zu keuchen. »Schlechte Mensche, Webere. Niche gute Christe.«

»Ehrwürdiger Bruder«, beeilte ich mich mit Nachdruck zu sagen, »seid dessen gewiss, dass wir, meine Lehrherrin nicht weniger als alle ihre Gesellinnen und Mägde nebst mir, uns der größten Beachtung des christlichen Lebens hingeben. Meine Lehrherrin hat mich geschickt, und es wäre ein grober Ungehorsam von mir, der mir einige gerechte Ohrfeigen einbringen würde, wenn ich mich ohne die besagte Übersetzung bei ihr blicken lassen würde.«

Der Fleischberg grinste mich hämisch an, und seine rosa Backen begannen zu leuchten wie eine Kerze. »Händle niche gute Christe. Christe sie Temple austriebe.«

Die Lüge, die bei Hildebrand so vortrefflich gewirkt hatte, beeindruckte Bruder Alberto offenbar nicht. Ich ließ den Kopf hängen und dachte schon daran aufzugeben, als mir noch ein Einfall kam, der einen letzten Versuch wert schien. Ich musste feinfühliger vorgehen!

»Meine Schwester ist der Kirche geweiht und wird, sobald sie das erforderliche Alter erreicht, den Brautschleier des Herrn nehmen. Würde sie nicht an der Güte ihres künftigen Herrn Gemahls zweifeln müssen, wenn ihrem Bruder solches widerfahren würde, dass ihm die um Hilfe bittende Hand ausgeschlagen würde?«

»Zeige!«, befahl der Mönch und wies auf das Pergament in meiner Hand. Seine wurstigen Finger waren so umfangreich wie bei anderen Menschen ein Arm, zumindest wie Johanns schmales Handgelenk.

Erleichtert stieß ich die Luft aus, die ich, wie ich erst jetzt bemerkte, die ganze Zeit angehalten hatte, und reichte ihm das

Pergament. Es beanspruchte nicht unmäßig viel von der wohl überaus wertvollen Zeit des empfindsamen Bruders, die Worte auf der Liste zu übersetzen. Eilig ritzte ich seine Übersetzung in die Wachstafel – nicht ohne mich jedes Mal zu vergewissern, dass ich sie richtig buchstabiert hatte. Ich war Bruder Alberto aufrichtig dankbar und dachte nicht mehr an die Zurückhaltung, derer er sich mir gegenüber zunächst befleißigt hatte, als ich ihn verließ, um, stolz darauf, die Aufgabe erledigt zu haben, zu Elisabeth zurückzukehren.

Beim Hinausgehen hielt mich noch der abgemagerte Novize Hildebrand am Tor auf. Verschwörerisch beugte er sich zu mir: »Ich traue mich fast nicht, es zu fragen … aber da du gesagt hast … dass ich dein Freund sein dürfe … wie ist das mit den Mägden?«

»Wunderbar, Hildebrand«, antwortete ich frohgemut. »Du wirst alle jenseitigen Freuden vergessen. Allein dafür lohnt es sich … abzuhauen … je früher, desto besser. Aber leider habe ich es jetzt eilig.«

Mit einer Mischung aus Enttäuschung und Sehnsucht schaute er mir nach, während ich fortging und mich noch einmal umblickte, um ihm zuzuwinken. Nachdem ich das Pergament mit der toskanischen Liste fertiggestellt hatte und das Schriftstück dem Boten übergeben worden war, der unsere Post beförderte, verweilte ich nicht mehr lange bei Elisabeth, denn nun musste ich Johann aufsuchen, so schwer es mir auch fiel, sie zu verlassen.

*

Von Johanns Mutter Druda erfuhr ich, dass sich dieser noch unten am Hafen bei der Arbeit aufhielt. Es sei eine neue Ladung Waren aus der Hansestadt Hamburg eingetroffen, die er listen müsse, sagte sie mir. Johanns Lehre fand in seinem Vaterhaus statt, etwas, das mein Herr Vater für meine Ausbildung entschieden abgelehnt hatte, denn er vertrat die Ansicht, dass die Gefahr der Verzärtelung und Verweichlichung bestand.

Vielleicht, dachte ich in sündiger Überheblichkeit, hatte er meinen Bruder Markus bei sich behalten, weil er ihn für ein hoffnungsloses Muttersöhnchen hielt? Für die von Troyens war Johanns Lehre im Hause dennoch eine glückliche Fügung, nachdem Johanns Vater, Herr Lufred, sich vor den Webern in die Immunität von St. Kunibert hatte flüchten müssen und dort in der Verbannung unter Hausarrest stand. So konnte sich Druda wenigstens der Hilfe ihres Herrn Sohnes bedienen, wenn er auch noch viel zu lernen hatte. Johann hatte, der Not gehorchend, schnell begriffen und ersetzte den Herrn Vater so würdig wie möglich. Von Verzärtelung und Verweichlichung war keine Spur, denn er hatte allenthalben zu schuften wie ein ganzer Mann – auch wenn ihm dazu, sich als ein solcher bezeichnen zu können, noch einiges fehlte, was wir jetzt aber mal übergehen und beiseite lassen wollen.

Ich überlegte gleichwohl, ob Johann wirklich fleißig war oder sich stattdessen mit Teilmann, seinem unwürdigen anderen Freund, herumtrieb und seiner Frau Mutter nur vorgemacht hatte, er würde sich eifrig zu schaffen machen. Teilmann war der Sohn von Herrn Johann Gir von Covelshofen und Neffe von Herrn Gernard. O Gott, damit war der Bube, der uns verpfiffen und uns üble Schläge eingebracht hatte, als wir einstmals Äpfel im Klostergarten bei den Barfüßern stibitzten, ja auch mit Elisabeth verwandt. Ich hoffte, ihn nie bei ihr zu Gesicht zu bekommen, denn ich wusste nicht, ob ich mich würde beherrschen können oder ob ich ihm eins auf die Nase in seinem schadenfrohen Gesicht geben würde. Während Johanns Herr Vater offensichtlich Teilmann für den besseren Umgang für seinen Sohn hielt, weil Teilmann einem angeseheneren Hause entstammte, war ich der Liebling seiner Frau Mutter, was mir nachgerade schmeichelte. Ich meinenteils konnte Teilmann einfach nicht ausstehen, denn er war eingebildet, stumpf und untüchtig. Beim besten Willen gelang es mir nicht zu erkennen, was Johann an ihm fand. Da er allerdings nicht übel aussah und nicht von schlechten Eltern war und überdies etwas älter als wir, fast schon so alt wie Elisabeth selbst, dachte ich daran, ich solle wachsam sein, dass er nicht eines Tages bei ihr auftauchen und sie umgarnen würde. Über den Gedanken an Teilmann erbost, beschloss ich, Herrn Gernard Gir von Covelshofen aufzusuchen, dessen Geschäft sich ganz in der Nähe über der Santkaulen befand.

Es zeigte sich, dass ich wohl daran getan hatte, diese Entscheidung zu treffen, denn er befand sich soeben im Aufbruch. Ich hörte, dass sein Eheweib Geberga im Haus zu Werke ging, bekam sie aber glücklicherweise nicht zu Gesicht.

»Aha«, begrüßte er mich. »Peter Nicol vom Eisenmarkt, der Sohn des unglücklichen Herrn Richard.«

»Ihr gürtet Euch zur Reise, Herr Gernard?«, fragte ich und wunderte mich, dass er dies zum Abend hin tun wollte. Nicht einmal der größte Narr unter dem Himmelszelt würde eine Reise in der schrecklichen Dunkelheit beginnen. »Gewiss beabsichtigt Ihr, Euch nach Florenz zu begeben, um Frau Elisabeths Seide dort zu verscherbeln.«

»Verscherbeln« war nicht gerade fein ausgedrückt, sondern enthielt eine Priese Spott. Gernard ging allerdings nicht darauf ein. »Ich wünschte, deine Frau Mutter würde sich nicht mit diesem Herrn Henken und den Seinen gemein machen und einsehen, dass es diese Leute sind, die unserem guten Herrn Richard das liebe Leben nahmen.«

Ich vergaß all meine Vorsicht und schrie: »Ihr wollt Euch nur einschmeicheln bei Herrn Edmund Birkelin und den Geschlechtern mit dieser Lüge!«

Guter Herr Richard? Meinte er, ich hätte vergessen, wie nachteilig er sich gestern bei Elisabeth über meinen Herrn Vater ausgelassen und ihn einen »Fremden« geschimpft hatte? Bei der Erwähnung des Namens Edmund Birkelin begann Gernard heute, ganz anders als gestern, zu zittern. Er torkelte, bis er eine Säule zu fassen bekam, an der er sich festhalten konnte. »Dazu ist es zu spät«, stöhnte er.

»Wie meint Ihr das?«, fragte ich stutzig.

»Der Teufel befindet sich in der Stadt und trachtet mir nach der teuren Seele«, antwortete Gernard schwach. »Ich muss fort und darf keine Zeit verlieren. Sag Schwägerin Elisabeth, dass sie die Seide jemand anderem zur Veräußerung übergeben soll.«

Mir wurde rot vor Augen, und ich stürzte auf Gernard zu. Ich packte ihn an dem seinen unermesslichen Reichtum ausdrückenden Wams aus nordischem, grauem Eichhörnchenfell und schüttelte ihn so heftig, wie ich es nur vermochte, ohne Rücksicht darauf, ob der edle Feh dadurch zerrissen würde: »Wo befindet sich der Schelm? Der Mörder muss gerichtet werden!«

Gernard riss sich mit letzter Kraft los und reichte mir einen Fetzen Pergament: »Ein Bote überbrachte mir soeben dieses vermaledeite Schriftstück. Meine treue Gemahlin darf es niemals zu Gesicht bekommen, die Gute würde wahnsinnig vor Angst. Versprich mir, dass du es für dich behältst!«

Ich hatte nicht vor, Gernard irgendetwas zu versprechen, schon gar nichts, was seine törichte Frau Geberga, diese Schande für den klangvollen Namen de Porta, betraf und las: »Verräter verdienen den Tod. E.«

»Ist das nicht eindeutig genug?«, fragte er mit bebender Stimme. »Geh jetzt. Aber ich rate dir, suche die Werkstatt dieses Herrn Henken von Turne in der Weverstraße auf und finde die Wahrheit über den Mord an deinem Vater heraus. Ich vermag es nicht mehr.«

Ich schloss den Fetzen fest in meine Faust und lief, so geschwind meine Beine mich trugen, in die Rheingasse, um Henken unverzüglich davon zu berichten, was ich über diesen Edmund erfahren hatte. Die freudige Aussicht, dass Vaters Mörder nun schon bald gefasst und seines Kopfes verlustig gehen würde, ließ mich unachtsam sein, und an der Kreuzung zum Steynweg stieß ich mit einem älteren, vornehm in mit Seiden- und Brokatfäden verzierten dunkelroten Samt gewandeten Herrn zusammen, der in den Matsch fiel. Der Knecht, der ihn begleitete, packte mich und begann, mir unter Beschimpfungen eine gehörige Tracht Prügel zu verabreichen.

Undeutlich gewahrte ich, wie ein aufmerksamer Mönch dazwischenging und den Knecht anherrschte: »Es war doch nur ein Versehen. Der Junge hat es nicht so gemeint. Hilf besser deinem Herrn!«

Es war allerdings der Mönch selbst, der dem Gestürzten aufhalf, und er bot ihm sogar eine Entschädigung für seinen verschmutzten Rock an. Der Herr lehnte dies großzügig ab. Ich bedankte mich bei beiden, warf dem Knecht allerdings schnell noch einen giftigen Blick zu und machte, dass ich eilends Land gewann. Vielleicht waren die Kirchenmänner ja nicht alle schlecht, dachte ich erleichtert.

*

Henken begrüßte mich zuvorkommend, doch schien er zu merken, wie durcheinander ich war. Ich fragte mich, warum ich selbstverständlich davon ausgegangen war, Henken in meinem Vaterhaus anzutreffen. Hätte ich nicht vielmehr erwarten sollen, dass er seinem Gewerbe nachgeht? Gleichviel, ich war froh, dass ich ihn nicht verpasst hatte.

»Was gibt's, mein Junge?«, fragte er einfühlsam.

»Ich habe soeben vernommen, dass sich Herr Edmund Birkelin in der Stadt befindet«, keuchte ich.

»Ein Gerücht?«, mutmaßte Henken bedächtig.

»Nein, nein, mir sagte es Herr Gernard Gir von Covelshofen, und er leidet Todesangst. Der Beweis ist dieses Schreiben hier.« Ich öffnete meine verkrampfte Faust und übergab Henken das Schriftstück.

Henken entfaltete den Fetzen Pergament und strich ihn glatt, um die Buchstaben entziffern zu können. Dabei zitterten seine Finger leicht, kaum merklich, aber meiner Beobachtung entging das nicht. Nachdem er die wenigen Worte gelesen hatte, schaute er mich mit besorgter Miene an: »Wahrlich, Herr Gernard, diese üble Nachgeburt, hat den Tod verdient, das aber kann warten, bis wir des anderen, Edmund, habhaft werden. Hör zu, Peter, es ist Gefahr im Verzug. Du verlässt das Haus nicht, keiner von euch, ihr seid alle in Gefahr.«

Henken schickte unseren Knecht Bruno, um Everhard den Griechen, den Amptmeister der Weber, und einige andere Weber zu benachrichtigen. Diese trafen nach kurzer Frist ein und berieten sich, ich wurde jedoch nicht in ihrer Mitte geduldet. Ich erinnerte mich vage, dass Vater Everhard einmal als jähzornig beschrieben hatte. Mir hingegen kam er freundlich und in seiner hünenhaften, kantigen Gestalt unglaublich vertrauen-einflößend vor. Sollte sich mein Herr Vater wahrhaftig einmal in der Beurteilung eines Menschen geirrt haben, was sonst, soweit ich wusste, niemals vorgekommen war? Das Schwert, welches Everhard nachlässig an der Seite hängen hatte, war allerdings nur auf Schau aus – vom Schwertmacher Engelbert gefertigt, wie ich wegen des viel zu groben und schweren Knaufes vermutete. Wahrlich ein stümperhaftes Werk, kaum eines Lehrknabens würdig.

Vor unserer Pforte hielten nunmehr bewaffnete Weber Wache. Doch ich wollte nicht untätig in der Stube auf und ab gehen. Darum kletterte ich aus einem Fenster im Vorratsraum und entkam unbemerkt.

※

Ich lief zum Quatermarkt, und richtig, Johann war nun von seinem Tagewerk (oder seinem heimlichen Ausflug mit Teilmann, wer wusste das schon!) zurückgekehrt.

»Peter, nimm's mir bitte nicht übel, ich kann beim besten Willen nicht mehr hinten hoch«, klagte Johann. Er war eben doch verweichlicht! »Mir tun alle Knochen weh, so lange habe ich in der kalten und feuchten Lagerhalle zugebracht, Kisten geschleppt und bei unzureichendem Licht die Listen geführt.«

Vielleicht hast du auch nur unvermischten Wein mit dem stumpfen Teilmann getrunken, und jetzt geht's dir schlecht, dachte ich hämisch, sagte dagegen: »Hör zu, Johann, ich war bei Herrn Gernard Gir von Covelshofen. Von ihm weiß ich, du wirst es nicht erraten, dass Herr Edmund Birkelin in der Stadt ist. Wahrhaftig! Der Teufel! Und der ist gefährlich! Glaub es mir! Herr Gernard hat es richtiggehend mit der Angst zu tun bekommen, weil er von Herrn Edmund einen Brief, ja wenn ich's dir doch sage, einen Brief bekommen hat, in welchem dieser ihm Ahndung androht, und sogar Herr Henken hat Ehrfurcht vor Herrn Edmund und lässt ihn von Bewaffneten suchen.«

Ich sah, dass meine Worte ihre Wirkung nicht verfehlten und Johann seine Mattigkeit gänzlich vergessen hatte. Seine Backen bekamen Farbe, und in seine Glieder kam Bewegung. Ich fuhr fort: »Herr Gernard will flüchten vor Herrn Edmund, hat mir zuvor allerdings noch aufgetragen, in Herrn Henkens Werkstatt nachzuschauen. Dortselbst würde ich einen Hinweis auf den Mörder meines Herrn Vaters finden.« Ich schlug vor: »Wollen wir nicht hingehen?«

Sosehr ich Gernard und besonders seine Gemahlin verabscheute, sosehr war ich doch davon beseelt, allen Hinweisen nachzugehen, die es ermöglichen würden, Vaters Mörder ausfindig zu machen. Vielleicht verbirgt sich ja Edmund Birkelin in Henkens Werkstatt, ging es mir unbedacht durch den Kopf, weil Henken mit dem Verräter insgeheim gemeinsame Sache macht. Schnell verwarf ich den Gedanken, denn der Nachdruck, mit dem Henken sich daranbegeben hatte, Edmund aufspüren zu wollen, ließ ihn vollkommen abwegig erscheinen.

Es verging dicke Zeit, bis Johann sich zu einer Antwort bequemte. Ich trat ungeduldig von einem Bein auf das andere, während ich versuchte, Ordnung in meine abschweifenden Überlegungen zu bringen. Auch Johann schien mit seinen Gedanken ganz woanders zu sein.

»Peter, ich muss dir etwas zeigen«, sagte Johann schließlich zerknirscht und riss mich damit aus den unerquicklichen Überlegungen. »Auch wenn du mich danach in Stücke reißt.«

Ich war verwirrt und beunruhigt. »Warum sollte ich?«

»Du wirst schon sehen«, antwortete Johann geheimnisvoll. »Folge mir nach, wir müssen in die Burg.«

Johann schwieg, während wir hurtig ausschritten, und von

seiner dunklen Ankündigung verängstigt, wagte auch ich nichts zu sagen.

Vor dem Hille'schen Lagerhaus saßen Witwe Hille und der Bettler, als hätten sie sich seit gestern nicht vom Fleck bewegt. Doch dann gewahrte ich, dass der Bettler ein geschundenes Gesicht hatte. Ich nahm an, dass er, wie einst Witwe Hille, für seine ungerechte Anklage gegen die Weber eine gehörige Abreibung bekommen hatte. Ich machte Anstalten, ihn zu befragen, doch Johann drängte mich ungeduldig, hineinzugehen.

Er versicherte sich, dass wir unbeobachtet waren, indem er sich mehrfach umsah, und holte dann ein Goldstück aus einer Mauerspalte. Das Bild wies scharfe Kanten auf, war überhaupt nicht abgegriffen. Die Münze war also ganz frisch geprägt. Auf der einen Seite zeigte sie einen bärtigen Fürsten und, von zwei punktierten Kreisen umringt, die Inschrift »VICTORIA XXII«. Johann drehte die Münze um. Die Rückseite war von zwei Linien im rechten Winkel geteilt. In jedem Kreisabschnitt befanden sich Buchstaben: »WII«, »FIDES«, »FORTIS«, »HvJ«. In der Mitte befanden sich vier Kronen.

»Erkennst du, was das ist?«, fragte Johann aufgeregt. Sein Herz schlug so laut, dass ich es hörte, und mich deuchte, das ganze Gebäude würde davon in Schwingungen versetzt.

Ich schaute verständnislos auf die Münze und antwortete: »Nein.«

»Ich habe das Geldstück meinem Herrn Vater gezeigt. Also, er hegt Unminne gegen deinen Herrn Vater, leider, auch sein ungerechter Tod kann daran nichts ändern. Nein, ich muss woanders anfangen. Abt Baldwin, ich habe ihn gestern spät doch noch aufgesucht, sagt, die Verbannten dürften nur die nächsten Verwandten empfangen. So kannst du nicht mit ihm sprechen, und darum habe ich es an deiner statt getan.«

»Was hat das mit der Münze zu tun? Und diese hinwiederum mit meinem Herrn Vater und dessen schmählichem Tod?«, fragte ich unwirsch.

Johann antwortete nicht sogleich, sondern stellte mir eine Gegenfrage: »Du erinnerst dich, dass ich dir folgte, als dein

Vetter Gerwin dir die traurige Kunde überbrachte und dich ins Vaterhaus führte?«

»Ja«, sagte ich kurz.

Johann holte tief Luft. »Es ist schlimm, dir dies nun offenbaren zu müssen, aber nicht so schlimm wie das, was noch folgt.«

»Nun rede schon!«, forderte ich und merkte, dass ich begann, ärgerlich zu werden, noch bevor ich wusste, um was es ging.

»Als ich mich über den … äh … Leichnam … deines Herrn Vaters beugte, gewahrte ich, dass der Tote in seiner geschlossenen Faust eine Münze hielt, du kennst ja meine dementsprechende untrügerische Fähigkeit. Und … na ja, um es kurz und schmerzhaft zu machen: Ich entwendete sie. Gott vergebe mir diese Sünde, von dir erwarte ich das nicht.«

Ich kniff den Mund zusammen und wartete. Vermutlich war es das schlechte Gewissen dieser Missetat, das Johann so unerklärlich blass hatte werden lassen, als er gestern bei meiner Störung des abendlichen Mahles meiner ansichtig geworden war.

»Du weißt, wie gut ich mich mit dem Gelde auskenne«, fuhr Johann fort, als er merkte, dass ich nicht gewillt war, etwas zu sagen. »Diese Münze aber war mir zur Gänze unbekannt. Jedoch war mir klar, es müsse sich um ein Gepräge derer von Jülich handeln, hier, sieh: ›WII HvJ‹, die Initialen von Herzog Wilhelm II.«

»Was hat das zu bedeuten?«, fragte ich, und die Angelegenheit begann, mir immer unheimlicher zu werden.

»Die Schlacht bei Baesweiler, kaum ein Vierteljahr her, du entsinnst dich des großen Aufhebens über die Fehde des Herzogs Wenzel von Brabant gegen Wilhelm und über das eherne Verbot für alle Kölner Bürger, vom Rat erlassen, sich daran zu beteiligen?«, antwortete Johann erneut mit einer Gegenfrage.

Ich nickte. Wie konnte er annehmen, ich wisse nichts über den traurigen Tag, als wir erfahren mussten, dass das Gut von

Mutters Kusine Richmodis von Jülichern geplündert und alle Bewohner bis auf Vetter Gerwin dahingemetzelt worden waren?

»Nun, ich zeigte meinem Herrn Vater diese Münze, und er beteuerte mir, dass der Herzog sie eigens schlagen ließ, um diejenigen zu entlohnen, die ihm in der Schlacht zum Siege über Brabant verholfen haben. Mein Vater sagt … es sei … ein Beweis.«

Statt dass ich ihn in Stücke zu reißen versuchte, wie Johann vermutet hatte, wich mir das Blut aus den Gliedern, und ich setzte mich mit einem lauten Plumps auf den Arsch. Ich weiß nicht, wie lange ich so saß, regungslos, benommen. Schließlich hörte ich, wie Johann leise mit zerknirschter Stimme sagte: »Peter, es wird Nacht. Du kannst hier nicht ewig sitzen.«

Ich rappelte mich mühsam auf, schlug aber die hilfreich dargebotene Hand von Johann aus.

»Eins erscheint mir merkwürdig«, sagte Johann wie zu sich selbst. »Die Weber haben den Beschluss herbeigeführt, in diesem Punkte nicht uneins mit den edlen Geschlechtern. Mein Herr Vater redet zwar anderes, soweit ich allerdings sehe, hätte es gar keinen Nutzen für die Weber gebracht, sich dem Verbot zuwider in die besagte Fehde einzumischen.«

»Mein Herr Vater war kein Weber«, brachte ich mühsam heraus.

Konnte es sein, dass Vater höchstselbst daran mitgewirkt hatte, das Anwesen von Mutters Kusine Richmodis zu plündern und deren ganze Familie auszulöschen? Sollte er sein Entsetzen beim Eintreffen der Nachricht nur vorgetäuscht haben? Entsprang seine Bereitschaft, Vetter Gerwin, der durch die nämliche Tat zum Waisen geworden war, bei sich aufzunehmen, dem Wunsch der Reue? Hatte er zugelassen, dass Gerwin mit ihm, dem Mörder seiner Familie, unter einem Dach lebte? Der Gedanke, dass Vater ein Verräter an seiner Heimatstadt sein sollte, war schon schlimm genug, aber ein Schlächter der eigenen Familie zu sein, das überstieg alles, was ich ertragen konnte. Freilich geschahen solche Dinge wie die

Verwüstung von Schwager Noahs und Kusine Richmodis' Hof im Krieg, und es war nicht gesagt, dass Vater davon gewusst hatte oder sogar eigenhändig daran beteiligt gewesen war, versuchte ich mich auf völlig erfolglose Weise zu trösten. Davon gewusst. Daran beteiligt. Ich musste der Wahrheit ins Auge blicken, dass Vater, sofern er verbotenerweise an der Jülich-Brabanter Fehde beteiligt gewesen war, den Tod von Mutters Kusine mitverschuldet hatte. Daran gab es kein Rütteln und kein Deuteln.

Schweigend schlichen wir über den Buttermarkt und trennten uns ohne Lebewohl. Ich war Johann gram, obgleich es mein Herr Vater hätte sein müssen, auf den sich mein Zorn richtete. Zuerst war ihm Unkeuschheit und jetzt Friedensbruch angehängt worden. Beide Male musste es sich um einen anderen Mann handeln als den, den ich als Vater kannte. Ich wünschte, mit ihm sprechen zu können, anstatt mit Johann, Henken oder Pfarrer Martin vorliebnehmen zu müssen, damit er ein für alle Mal all die niederträchtigen Lügen zerschmettern könne, die nun ausgebreitet wurden. Dazu würde er, so wie ich ihn kannte, nicht mehr als ein Wort brauchen!

Als ich in die Nähe des Vaterhauses kam, bemerkte ich, dass es immer noch von Bewaffneten umringt war. Ich überlegte, dass ich, würde ich mich jetzt hineinbegeben, sicherlich daran gehindert werden würde, mich unbehelligt zu bewegen, bis Edmund Birkelin gefasst sein würde, was ja wohl in einer ungewissen Zukunft lag. Meine Bewegungsfreiheit aber war mir wichtiger denn je, weil ich ergründen musste, was es mit dem Tod meines Herrn Vaters auf sich hatte, komme heraus, was wolle. Dergestalt begab ich mich in die Cäcilienstraße zu Elisabeth, wo ich mich ja auch sowieso heimischer fühlte.

So niedergeschlagen war ich, dass ich mich nicht einmal ihrer herzlichen Begrüßung erfreuen konnte. Fürsorglich ließ sie mir noch einen heißen Schlaftrunk bereiten, doch ich erzählte ihr nichts von dem, was ich heute herausgefunden hatte, weder hinsichtlich ihres Schwagers Gernard noch hinsichtlich der möglichen Verwicklung meines Herrn Vaters in die Jülich-Brabanter Fehde. Das wäre zu schmerzlich gewesen, und ich vermeinte, Elisabeth (oder Vaters seliges Angedenken?) schützen zu müssen. Solange es nicht ausgesprochen war, war es noch nicht wahr, dachte ich unlogisch.

# Zwischenspiel

Es war nicht gesagt worden, Martha fühlte jedoch sehr wohl, dass sie wie alle anderen Bewohner des Hauses eine Gefangene war. Die Weber hatten eine weitere ehrenwerte Familie unter Hausarrest gestellt. Nur dass Mutter so verblendet war, es nicht einmal zu bemerken, sondern sogar für einen Schutz zu halten! Stundenlang starrte Martha durch das Fenster auf die Rheingasse, wo die bewaffneten Weber hin- und herstolzierten. Ihre Regungslosigkeit fiel den anderen nicht weiter auf, man war wohl bereit, sie als Ausdruck ihrer tiefen Trauer über den schmerzlichen Verlust des Herrn Vaters zu verstehen. Niemand wusste, dass sie auf ihren Bruder Peter wartete und betete, Gott möge wenigstens ihm die Augen öffnen für die Wahrheit. Sicherlich, dachte sie, würde es Peter hart angehen, dass sein Vater nicht der Held war, für den er ihn hielt. Doch auch darüber würde er mit Gottes Hilfe hinwegkommen. Er war stark. Nur durfte es nicht sie sein, die es ihm offenbarte. Er musste es selbst aufdecken. Oder musste sie doch ein wenig nachhelfen und ihm einen Fingerzeig geben, damit er auf die richtige Spur käme? Martha atmete tief durch. Pfarrer Martin hatte ihr berichtet, wie giftig Peter auf seine Äußerungen sich gebärdet hatte. Das war entmutigend, aber inzwischen hatte sie wieder Hoffnung geschöpft, dass er sich doch noch überzeugen ließe.

Auch nach Einbruch der Dämmerung gab Martha nicht auf und weigerte sich standhaft, sich zu Bette zu begeben. Die Wachen draußen hatten Fackeln entzündet, um zu unterstreichen, dass sie das Haus vor einem Übeltäter beschützen wollten. Martha drohte schon einzunicken, als sie meinte, im Schein einer Fackel ganz kurz das Gesicht von Peter zu erkennen. Ihr Herz machte einen Satz. Er würde kommen und sie retten. Mit einem Schlage war sie wieder hellwach. Aber der rettende Bruder tauchte nicht auf. Sie spürte Verzweiflung in sich aufsteigen, doch Gott sandte ihr einen tröstenden Gedanken: Es war nur gut, dass Peter *nicht* eingetreten war, denn andernfalls wäre auch er zum Gefangenen der Weber geworden. Wahrscheinlich hatte er sich zu Elisabeth begeben. Auch dort befand er sich in einer Art Gefangenschaft, der Gefangenschaft des Herzens, aber so schrecklich und sündenbeladen diese auch sein mochte, sie stellte im Augenblick das bedeutend geringere Übel dar. Jetzt war nämlich nichts wichtiger, als dass er freiblieb, um seine Nachforschungen weiterführen zu können. Martha redete sich ein, dass er schon damit begonnen hatte, die Wahrheit ausfindig zu machen und dem Schuft Henken zu misstrauen. Warum sonst sollte er das Vaterhaus meiden? Sie verdrängte alle anderen möglichen Erklärungen für Peters Fernbleiben.

Die Wahrheit war im Grunde genommen ganz einfach, und Martha fragte sich, warum Gott es den Leuten so schwer machte, sie zu erkennen. Ja, ja, Pfarrer Martin hatte ihr erklärt, dass kein Verdienst darin liegen würde, eine Wahrheit zu finden, die leicht zu erringen wäre. Dennoch. Im Falle ihrer ehebrüchigen Eltern war deutlich zu sehen, dass eine Sünde die nächste nach sich zog, ganz wie es Pfarrer Martin predigte.

Martha freute sich auf ihren Gemahl. Sie würde ihn nie betrügen, den Herrn Jesus. Wie sollte das auch möglich sein? Er war herrlicher und stärker, als jeder irdische Mann es je würde sein können. Und überdies hatte Er irdische Stellvertreter, die von Seiner Herrlichkeit zehrten und von einem güldenen Glanz umkränzt waren wie Pfarrer Martin. Martha sehnte sich danach, sich wieder in Ruhe und Frieden ganz dem Herrn hingeben zu können. Dazu musste jedoch dieser Mordfall ausgestanden sein. Dieser Mordfall, der unglücklicherweise ihren Herrn Vater betroffen hatte. Martha versuchte, ihre Trauer zu unterdrücken, denn das Strafgericht des Herrn hatte wahrlich keinen Unschuldigen getroffen. Ihr Herr Vater hatte ohne Zweifel mit dem Ehebrechen begonnen. Mutter hatte sich ihr in ihrer Not dereinst anvertraut. Damals war Martha noch viel zu jung, um zu begreifen, worum es sich eigentlich handelte.

Es hatte eine schöne Zeit begonnen, in der Mutter und sie verschworene Freundinnen waren. Diese Zeit endete jäh, nachdem Mutter dem Werben des Teufels in Gestalt dieses Henken von Turne erlegen war. Es war ihre unumstößliche Überzeugung, dass kein anderer als dieser Erzbube ihren Vater erschlagen hatte, um Mutter ganz für sich allein zu haben. Die Drohung, die ein gewisser verbannter Weinhändler gegen einen anderen Kaufmann ausgesprochen hatte, hatte damit rein gar nichts zu tun. Henken benutzte sie bloß, um die Wahrheit zu verschleiern.

Peter würde die Wahrheit schon herausfinden. Er würde den Schalk bald auffliegen lassen. Martha erlaubte sich ein kurzes Lächeln. Dann setzte sie wieder ihre Trauermine auf, um sich neben ihren Bruder Martin und ihren Vetter Gerwin betten zu können, ohne dass ihre wahre Gemütslage sichtbar wurde. Sie würde nunmehr gut ruhen, denn es gab dort draußen den Retter. Wie schön zu wissen, dass es der Bruder war. Sie hatte sich nicht in ihm getäuscht.

# Der Verräter

*18. November 1371*

Unsanft wurde ich aus dem Schlafe gerissen, und noch ganz schlaftrunken merkte ich, dass mich Elisabeth erregt rüttelte. Für einen kurzen Augenblick fühlte ich mich wie im Himmel der Minne, nahm die Bettdecke in den Arm und drückte den Mund darauf. Ich schlug die Lider auf und sah Elisabeth an, glücklich, bis ich gewahrte, dass es sich durchaus nicht um Minne handeln würde. Agnes und Beatrix, die wie stets neben mir schliefen, begannen sich der Unruhe und der weggezogenen Bettdecke wegen ebenfalls zu räkeln.

»Schwager Gernard«, sagte Elisabeth mit angstgeweiteten Augen und versuchte vergeblich, das Kreischen in ihrer Stimme zu einem Flüsterton zu unterdrücken. »Gott vergib mir, wie schlecht ich über ihn geredet habe. Er ist … ist tot, tot gefunden worden, ermordet wie dein Herr Vater.«

Als hätte mich der Blitz getroffen, richtete ich mich auf und machte dabei eine so heftige Bewegung, dass Agnes und Beatrix fast über die Bettkante gerollt wären.

»Birkelin, der vermaledeite Hund! Herr Edmund hat böse Ahndung genommen«, fluchte ich.

»Was redest du da?«, fragte Elisabeth besorgt. »Niemals würde Herr Edmund −«

Unehrerbietig ließ ich sie nicht ausreden. »Nein, nein. Ich weiß es ganz sicher. Gestern nach getaner Arbeit habe ich Euren Schwager aufgesucht. Er war sehr verängstigt, weil sich Herr Edmund in der Stadt befände und ihm nach dem Leben trachte. Herr Edmund hat ihm sogar eine Morddrohung zukommen lassen, die es beweist. Herr Gernard wollte unverzüglich aufbrechen, sogar ohne die Seide. Er trug mir auf, Euch auszurichten, Ihr solltet sie jemand anderem verkaufen«, sprudelte es erregt aus mir heraus, und ich fügte dann kleinlaut hinzu: »Gestern verschwieg ich es Euch, verzeiht, ich wollte Euch nicht beunruhigen. Oder ich war selbst so mitgenommen, dass ich mich nicht getraute, dachte, es würde sich bewahrheiten, wenn ich es ausspräche ...«

Ich brach den unsinnigen Strom meiner närrischen Entschuldigungen und Ausflüchte ab und begann, meine Gewandung anzulegen. Meine Unterhose war nach wie vor entzwei, ich hatte es gestern versäumt, Ida zu bitten, sie zu flicken. Elisabeth setzte sich erschöpft aufs Bett.

»Komm, gib her«, sagte sie gedankenverloren, als sie sah, wie ich mich abmühte, die Unterhose zu binden. »Engelradis kann das eben machen.«

»Keine Zeit«, wehrte ich rasch ab. »Ich muss eilen und es Herrn Henken berichten.«

»Herr Henken«, wiederholte Elisabeth tonlos. »Ja. Er muss uns retten, wieder einmal.«

Sonst auf die Weber schimpfen, dachte ich grimmig, aber in der Not auf sie zählen ... na ja. Es war nicht so, als ob ich mich nie über Elisabeth ärgern würde!

Bevor ich das Haus verließ, stolperte ich sozusagen über die herzzerreißend schluchzende und wehklagende Witwe Gernards, sodass selbst ich nicht umhinkam, ihr mein Mitgefühl auszusprechen. Geberga stand im Flur und klagte sich an:

»Warum nur habe ich ihn gehen lassen? Es war doch das Vorhaben eines Tumben, die große Reise nach Florenz am Abend beginnen zu wollen! Niemand tut das. Zu allem Überflusse noch mutterseelenallein! Aber nein, er wollte es so. Und nun ist er tot! Hätte ich ihn doch nur aufgehalten, mich ihm in den Weg gelegt, ihn gehindert, aber nein, ich stumpfes Weib habe ihn gehen lassen, ihn zu seinem Schaden ziehen lassen, oh verzeihe mir Gott meine Nachlässigkeit, obwohl ich es habe kommen sehen, so aufgeregt, wie er gewesen ist, so kann man doch keine Reise beginnen, in der Dunkelheit, man muss doch ausgeschlafen sein, und es sollte hell sein, damit man seinen Weg findet und keinen Räubern in die Hände fällt, o weh, ich Arme, ich Arme, die Söhne in der Fremde und die Töchter in der Fremde, ich arme Witwe.«

»Wie ist es geschehen?«, fragte ich und berichtigte mich, weil es mir sogleich eine unsinnige Frage zu sein deuchte, da Geberga es ja wahrscheinlich nicht wissen konnte: »Wo hat man ihn gefunden?«

Geberga hielt inne und schaute mich an, als käme ich aus einer anderen Welt. Nachdem sie sich wieder zurechtgefunden zu haben schien, antwortete sie: »In einer Mauerspalte über St. Peter, am Waidmarkt, mit zertrümmertem Schädel, heute in aller Frühe. Er war gestern aufgebrochen, auf dem Weg zum Severinstor, aber alle Seide hat er zurückgelassen, ohne Wagen und alles, einfach so, aufgebrochen, aber nicht einmal bis zum Tor gekommen ist er, wie soll ein einfaches Weibsbild nur verstehen, dass Gott das zugelassen hat?«

Ich entsann mich, dass ich nach dem Tode meines Herrn Vaters die gleiche Frage an Pfarrer Martin gestellt und auch keine verständliche Antwort bekommen hatte. Wie sollte ich es da vermögen, ihr einen besseren Trost zuzusprechen?

»Der Mörder wird schon bald ergriffen sein, seid gewiss, Frau Geberga. Ich muss mich sputen, um mit Herrn Henken von Turne zu sprechen, denn er wird behilflich sein bei –«

»Herr Henken von Turne?«, unterbrach mich Geberga. »Am Tage bevor wir von deinem Herrn Vater erfuhren, Peter, hat sich Gernard lange mit ihm unterredet, sie waren sogar beim Herrn Notar Jacob vom Kettwick.« Damit fing sie erneut zu wehklagen an: »O weh, ich Arme, hoffentlich hat er keine Schulden gemacht, mein Gernard, mein armer toter Gernard, um die Seide zu bezahlen, und ich stehe nun mit den Schulden da, o weh, ich Arme, was mache ich nur, ich arme Witwe?«

Ich überwand mich und drückte ihr zum Abschied einen Kuss auf die Wange.

Auf dem Weg von der Cäcilienstraße in die Rheingasse hatte ich nun etwas zum Grübeln. Ich war allerdings aufmerksam genug, um nicht wieder mit Leuten zusammenzustoßen und mir Prügel einzufangen. Das Letzte, was Geberga gesagt hatte, erinnerte mich an die Bemerkung von Gernard, die Weber hätten meinen Vater umgebracht, vermutlich weil sie eine Schuld nicht zurückzahlen wollten. Nun vermutete Geberga umgekehrt, dass Gernard Schulden bei einem Weber gemacht hatte, Henken nämlich. Weder passte das zusammen, noch konnte ich mir einen Reim darauf machen, wie das zu dem Mord an einem oder gar an beiden hätte führen sollen. Weit kam ich mit meinen Überlegungen nicht, und ich wäre wohl auch nicht fürbass gekommen, wenn der Weg länger gewesen wäre.

*

Henken geriet in Harnisch, als er meiner ansichtig wurde. Er griff nach meinem Arm und hielt ihn im eisernen Griff, sodass es mich schmerzte.

»Bist du von allen guten Geistern verlassen, Junge?«, fragte er aufgebracht. »Wie gut, dass du wohlbehalten zurück bist! Aber untersteh dich, Bürschchen, mir noch einmal auszubüxen. Es hat noch einen Toten gegeben!«

»Herrn Gernard Gir von Covelshofen, ja, ich habe es vernommen«, sagte ich. »Herr Edmund Birkelin hat wahr gemacht, was er ihm in dem Schreiben androhte.«

»Und ich werde deiner Frau Mutter zupasse Acht geben, dass du nicht der Nächste bist! Denn ein solch ungezogener Strolch, wie du es bist, der sich wissentlich in äußerste Gefahr begibt, hätte es weiß Gott verdient, darin umzukommen.«

Henken geleitete mich, ohne dass ich meine Mutter zu Gesicht bekam, in mein und meiner Geschwister Schlafgemach und befahl einem der Bewaffneten, die Tür im Auge zu behalten. Nur am Rande erhaschte ich, dass Leichenträger da waren, um Vaters sterbliche Überreste abzuholen. Ja richtig, es war dies ja der dritte Tag. In dem ganzen Trubel, der jetzt entstanden war, würden wohl die Trauer um Vater und das Andenken an ihn untergehen, dachte ich wehmütig. War denn ein Friedensbrecher überhaupt wert, betrauert zu werden? Ich hasse dich, Johann!, dachte ich ungerecht. Wie ich dich hasse, Johann! Um mich von dieser Sünde reinzuwaschen, wollte ich schnell ein gutes Werk tun und sagte zu Henken, bevor er mich mit meinen Geschwistern allein ließ: »Herr Henken, ich bitte Euch, seid so großherzig zu Frau Geberga, der Witwe von Herrn Gernard, wie zu unserer Frau Mutter. Sie macht sich Sorgen, weil Herr Gernard Schulden bei Euch hat und sie nicht weiß, wie sie sie zurückzahlen soll.«

Henkens Gesicht erfror, wie es mir schien.

»Schulden?«, fragte er steif.

»Sie wähnt, Herr Gernard und Ihr wäret beim Herrn Notar gewesen«, erklärte ich.

»Ach das«, lachte Henken sichtlich erleichtert, »nein, nein, sie soll sich keine Sorgen machen, das war in einer ganz anderen Angelegenheit.«

Henken erbot sich nicht, mir zu offenbaren, um welche Angelegenheit es sich gehandelt hatte, weil sie vermutlich mit dem Tod weder von Gernard noch von meinem Herrn Vater etwas zu schaffen hatte. Er schloss die Tür hinter mir, wies zuvor allerdings noch Vetter Gerwin an, niemanden von uns, allen voran meine Wenigkeit, entweichen zu lassen.

Ich schaute mich um. Markus kauerte ängstlich zitternd in einer Ecke, während Martha das Gesicht in den Händen vergraben hielt, sodass ich ihren Gemütszustand nicht ersehen konnte. Auch Vetter Gerwin saß da wie ein Fels und tat, als gehöre er unverbrüchlich zur Familie, ob es mir nun genehm war oder nicht – wollte ich nicht meinen Frieden mit ihm machen? Sei's drum! Als ich seiner hässlichen Fresse ansichtig wurde, waren alle meine guten Vorsätze sogleich wieder vergessen. Er machte bei genauerem Hinsehen allerdings einen so erbärmlichen Eindruck, dass ich mir plötzlich gut vorstellen konnte, sogar ihm einmal auf den Zahn zu fühlen. Henken hatte offenbar den Falschen auserkoren, um auf mich aufzupassen! Das Blatt wendete sich, und ich würde der Stärkere sein! Zunächst stakste ich jedoch zum Fenster und spähte hinaus. Auch nach hinten hinaus wachte ein mit Dolch bewehrter Weber. Der Griff war mit einem närrisch bunten Wimpel bestückt. Mich grauste es. Aber gleichwohl würde auch solch ein minderwertiger Dolch seine mörderischen Dienste tun. Ich musste mich damit abfinden, gefangen und zur Untätigkeit verdammt zu sein.

»Was ist hier gestern noch alles geschehen, Markus?«, wandte ich mich an meinen Bruder.

»Äh, nichts«, schlotterte er. »Herr Henken war sehr erbost, dass du dich dünnegemacht hast, und Mutter hat unerdenkliche Ängste ausgestanden. Es war uns nicht gestattet, den Raum zu verlassen. Wenn wir unsere Notdurft verrichten wollten, begleitete uns ein Bewaffneter zum Schysshus. Es wütet Krieg, lieber Bruder. Herr Edmund Birkelin hat den Kölnern den Krieg erklärt.«

»Hasenfuß«, grollte ich. »Ich könnte verrückt werden, hier sitzen zu müssen, während Vaters Mörder ungeahndet herumläuft.«

Ich merkte, dass ich gar nicht saß, sondern rastlos hin und her schlich wie ein gefangenes wildes Tier.

»Weiß einer von euch etwas davon, ob Vater letzten August länger nicht zu Hause war ... äh ... eine Reise gemacht hat?«, fragte ich unbestimmt in die Runde, denn mir war der Gedanke gekommen, dass die beste Möglichkeit, unseren Herrn Vater von dem schlimmen Verdacht reinzuwaschen, den Johanns Herr Vater ausgesprochen hatte, darin bestand, nachzuweisen, dass er jene Zeit in Köln und keineswegs in der Nähe von Baesweiler verbracht hatte, wo die nämliche Schlacht tobte. Allerdings konnte ich selbst, sosehr ich auch in meinem Gedächtnis kramte, mich nicht daran erinnern, ob Vater in der fraglichen Zeit für eine Weile nicht zu Hause gewesen war. Schließlich hatte ich selbst wenig Zeit im Vaterhause verbracht. Im August hatte es bei Elisabeth dicke zu tun gegeben, und ich ließ mich selten bei meinen Eltern blicken. Gleichviel, es war sehr unwahrscheinlich, dass er etwas mit der ganzen unseligen Sache zu tun hatte. Es wäre doch eine ausgesprochene Torheit gewesen, wenn unser Herr Vater erkennbar aus der Kriegsbeute stammendes Gold in Köln hätte ausgeben wollen, wo es ihn schnell in Verbindung mit der schändlichen Tat gebracht hätte. Vielleicht hatte er die Jülicher Münze darum in der Faust ge-

halten, weil ein Kunde damit bezahlt und er sie unglückseliger-
weise erkannt hatte und weil er nun nicht wusste, wohin damit.
»Schmählich im Stich gelassen hat er Mutter!«, heulte meine
Schwester. »Sie war so niedergeschlagen wie nie zuvor! Das
kann ich dir sagen. Wenn du nur wüsstest, was er ihr angetan
hat! Sonst wäre es nie dazu gekommen, dass ... dass sie diesen ...
miesen Erbschleicher ins Haus geholt hätte!«

»Im August, zweite Hälfte?«, vergewisserte ich mich mit
pochendem Herzen und suchte nach Anzeichen, dass sie und
Markus von Vaters Rolle bei der Fehde wussten und bloß ich
ahnungslos gewesen war. Für Vetter Gerwin konnte ich jedes
Mitwissen von vornherein ausschließen, doch ich fürchtete, er
würde meine Andeutung sogleich auf das Unglück seiner Familie beziehen. Glücklicherweise stellte sich heraus, dass er so
gewitzt nicht war. Ich wagte mir nicht auszumalen, wie er sich
gebärden könnte, wenn er erführe, dass Vater mit den Mördern
seiner Familie gemeinsame Sache gemacht hatte, vor allem, da
er ja jetzt zu so etwas Ähnlichem wie dem Gehilfen von Henken aufgestiegen zu sein schien.

Mit einem anderen Gedanken lenkte ich mich von diesen
schmerzlichen Überlegungen ab: Dass es keinen Zweifel gab,
in Edmund den Mörder von Gernard zu sehen, war ja bei nä-
herem Hinsehen für sich genommen noch kein überzeugender
Beweis, dass Edmund auch meinen Herrn Vater auf dem Gewissen hatte. Weil es neben Mutters Kusine Richmodis Hoyer
und Schwager Noah sicherlich auch andere Opfer der Fehde
gab, die Angehörige in Köln hatten, könnte es durchaus denk-
bar sein, kam es mir wie ohne es zu wollen in den Sinn, dass ein
Opfer meinen Vater erkannt und zur Ahndung umgebracht
hatte.

Ich sah, wie Markus nickte.

Schwer atmend ließ ich mich auf den Stuhl neben meiner
Schwester sinken.

»Du musst nun zugestehen, wie recht Herr Henken hatte«,
belehrte ich sie stur.

Martha nahm den Kopf hoch, und ich konnte ihr verheultes

Gesicht sehen. Sie hielt meinem Blicke jedoch stand. Tapfer war sie, das musste man ihr lassen.

»Wir empfangen nichts weiter als die verdiente Strafe«, sagte sie, schwach zwar, aber unbeugsam. »Vom Ehebruch ist der Schritt zum Mord nicht weit, wie Pfarrer Martin sehr richtig sagt.«

Ich erinnerte mich meiner unerfreulichen Begegnung mit dem Erzbuben von Pfarrer zur gestrigen Morgenstunde. Unter anderen Umständen hätte ich ihr für die ehrenrührige Andeutung, die sie gemacht hatte, eine Maulschelle verpasst. Jetzt aber war ich sogar erleichtert! Denn mit dem Geschehnis im August hatte meine Schwester nicht eine Beteiligung an der Jülich-Brabanter Fehde gemeint, sondern eine bloße Unkeuschheit, ehrenrührig weiß Gott, doch in meinen Augen ein keineswegs vergleichbares Vergehen! Nun konnte ich davon ausgehen, dass der Missetäter Edmund sei und dass er in der allernächsten Zeit gefangen und der Gerechtigkeit übergeben werden würde.

»Lass es dir erklären, kleine Schwester, und höre ja genau zu«, erwiderte ich hochnäsig. »Herr Edmund Birkelin, der schon lange danach trachtet, den Kölner Handel zum Erliegen zu bringen, und der unserem allseits als tüchtig gepriesenen Herrn Vater das Geschäft streitig machen wollte, hat nunmehr auf blutige Weise vollbracht, was er, wegen der heldenhaften Tapferkeit der Bürger, besonders der Weber mit Herrn Henken an der Spitze, anders nicht vermochte. Und dass er sich an Herrn Gernard, ganz gewiss kein Freund unseres Hauses, gerächt hat für das, was er als Verrat empfand, weil Herr Gernard die Schändlichkeit des ›Friedensvertrages‹ aufgedeckt hatte, das weiß ich von Herrn Gernard selbst, kurz bevor es ihn ereilte. Du siehst, Martha, dass dies alles nichts mit dem Unsäglichen zu schaffen hat, welchselbiges dir der Pfaffe eingeredet hat.«

»Wende dich doch bitte nicht von deinem guten Beichtvater ab«, seufzte Martha matt, »und tue, was um der Ehre der Familie wegen geboten ist.«

»Ah, dieses Pfaffenpack«, giftete ich weiter, um meiner Wut Luft zu verschaffen, »wie gut, dass die Weber es im Zaume halten. Vater konnte es auch nicht ausstehen.« Allerdings war mir nicht klar, warum Vater überhaupt zugestimmt hatte, dass seine Tochter Martha diesen Weg einschlug. War das alles Mutters Werk? Gab es doch verborgene Misshelligkeiten zwischen Vater und Mutter, von denen ich nichts wusste, von denen wir nichts mitbekommen hatten? Andererseits schien Pfarrer Martin nichts von Mutter zu halten, wie seinen Äußerungen zu entnehmen war. Hatte sich Martha gar gegen den Willen beider Eltern dazu entschlossen? Mir war, als würde mir die ganze Familie fremd!

»Du bist mein Bruder nicht mehr!«, kreischte Martha und verbarg wieder ihr Gesicht. Ja, genau das hatte ich auch gerade gedacht, nur von meiner Seite aus.

»Und du«, fauchte ich Markus an, um klar Schiff zu machen, »wo stehst du, auf meiner oder auf ihrer Seite?« Mit dem Kinn wies ich abschätzig auf Martha hin.

»Ich verstehe nicht, was du willst«, wand er sich unter meinem bohrenden Blick. »Will es auch gar nicht erst.«

»Nun gut«, brummte ich und wechselte zu einem anderen Gegenstand. »Keiner hat sich der Mühewaltung unterzogen, mir davon zu berichten, wie er gefunden wurde.«

Vetter Gerwin räusperte sich.

»Mir ist diese Grausamkeit zuteil geworden«, erklärte er widerstrebend. »Tante Ursula sandte mich. Oheim Richard war am Abend nicht zurückgekehrt, und ich stand mit dem Winzer Simon von der Mosel, den ich hergeleitet hatte, da. Sie waren hier verabredet, Herr Simon und Oheim Richard.«

»Und wo hast du gesucht?«, fragte ich. »Ich meine: Wie konntest du überhaupt ahnen, wo du mit der Suche beginnen solltest?«

»Hm«, schaltete sich Markus ein. »Es verhielt sich dergestalt, dass Vater am Abend zuvor noch zu Herrn Gernard Gir von Covelshofen wollte. Da fragte Vetter Gerwin bei jenem nach, aber dort war Vater offenbar nie angekommen. Auf dem

Rückweg entdeckte er ihn in der Gasse Oben Mauern hinter einem Gebüsch –«

»Gott hat meinen Blick gelenkt«, warf Vetter Gerwin heulend ein. Von meinem gefährlichen Widersacher war nur noch ein Häufchen Elend übrig, wie ich nicht ganz ohne sündige Genugtuung feststellte.

»Und wisst ihr, was er bei Herrn Gernard gewollt hat?«, hakte ich geistesgegenwärtig nach.

»Nein«, bekannte Markus. »Er war zuvor im Wollenampt am Heumarkt gewesen und hatte Herrn Gernard wohl eine wichtige Nachricht zu überbringen.«

»Eine wichtige Nachricht? Wohl?« Warum ließ sich Markus so bitten, wo er doch offensichtlich mehr wusste, als er sagte.

»Die Wahrheit, die er nicht aussprechen will«, meldete sich Martha zu Worte, ohne den Kopf zu heben, sodass ihre Stimme tief und dumpf klang, »lautet, dass es einen heftigen Streit zwischen Vater und Mutter gegeben hat. Als er hinauslief, hörten wir noch, wie er rief –« Nun erhob sie doch den Kopf und ließ ihre Stimme zu einem kaum unterdrückten Kreischen anschwellen: »›Deinem Weberfreund geht's nunmehr an den Kragen.‹ Sie aber flüchtete in die Gesindestube, vergrub sich dort mit Fridrun und merkte darum nicht, dass er nicht mehr heimgekehrt war. Eine Sünde führt zur nächsten, ganz so wie die heilige Kirche es lehrt!«

»Weberfreund? Herr Gernard?«, fragte ich ungläubig.

»Vermutlich wollte er sich Verstärkung bei den Covelshofens holen«, mutmaßte Vetter Gerwin. »Gegen … äh … gegen *ihn*.« Er sprach den Namen nicht aus.

Meine Schwester hatte meinen Bruder und meinen Vetter mit ihren wirren, von Pfarrer Martin angestifteten Überlegungen offensichtlich schon in den Bann geschlagen: Vater hatte Mutter im August betrogen, verbunden wahrscheinlich mit einer längeren Abwesenheit. Daraufhin hat sich meine Mutter Henken anvertraut, der dann seinerseits … Ich verbot mir, auch bloß im Stillen diese Vorstellung zu Ende zu führen.

»Das ist ja eine Ungeheuerlichkeit und entspringt Narrenköpfen«, polterte ich. Ich schaffte es nicht mehr, meine Gedanken und meine Worte in Übereinstimmung zu halten, und sagte, was ich nicht dachte, und dachte, was ich nicht sagte. »Ihr steht unter dem Schutz eines Helden, der unserer armen Frau Mutter und uns wie kein anderer beisteht, und entblödet euch nicht, ihn einem derartigen Verdacht auszusetzen!«

Wir schwiegen nun alle und brüteten dumpf vor uns hin. Obwohl ich es nicht wollte, bohrte der Gedanke seinen giftigen Stachel weiter in mein Hirn, quälte und marterte mich. War es genau diese Überlegung, die auch Gernard gehabt hatte? Das setzte voraus, dass ihn Vater oder sogar Mutter ins Vertrauen gezogen hatten. Dagegen sprach, dass er mich aufgefordert hatte, in Henkens Werkstatt nach einem Hinweis auf Vaters Mörder zu suchen. Was immer ich auch dort zu finden hoffte, jedenfalls wohl nichts, was im Zusammenhang mit diesen vorgeblichen Treulosigkeiten stand. Auch wies seine Behauptung, es gehe um die Zurückzahlung einer Schuld, in eine andere Richtung. Und schließlich hatte Gernard nicht Henken als Täter bezichtigt, sondern ganz unbestimmt »die« Weber. Dies schien mir darauf hinzudeuten, dass er einen Namen nicht zu nennen wusste. Und richtig, wenn ich mir den zeitlichen Ablauf vorstellte, so war Henken in der Zeit, in der mein Vater wahrscheinlich ermordet worden war, in Gernards Haus oder mit Gernard beim Notar, wie Geberga mir gesagt hatte.

Lange vermochte ich es nicht, schweigend sitzen zu bleiben. Weil es mit meinen Geschwistern nichts mehr zu besprechen gab, erhob ich mich und nahm meine ruhelosen Rundgänge durch das Zimmer wieder auf. Immer wenn ich am Fenster vorbeikam, spähte ich hinaus, um zu sehen, ob sich nicht eine Gelegenheit ergäbe, eine Unachtsamkeit der Wachen auszunutzen und hinauszugelangen. Aber würde ich es überhaupt bis nach draußen schaffen, bevor Vetter Gerwin mich packte? Eigentlich war alles geklärt, überlegte ich. Und doch war nichts gewiss. Gernard Gir von Covelshofen hatte irgendein bedeutsames Wissen mit ins Grab genommen. Von diesem

Wissen hatte ich bloß erfahren, dass ich Henkens Werkstatt in der Weverstraße einen Besuch abstatten sollte. Warum nur? Was konnte das, was ich dort vorfinden würde, damit zu tun haben, dass Gernard wähnte, »die« Weber – wen genau? – des Mordes an meinem Vater bezichtigen zu müssen? Warum sprach er so unbestimmt von einem Weber, der der Täter sei, und bezeichnete nicht den Missetäter, den er dann auch bei den Schöffen hätte anbringen können?

Die Antwort konnte meiner Überlegung nach nicht anders lauten als: Weil er nichts Genaues wusste. Vielleicht hatte er Henken zwar im Sinn gehabt, aber gerade für ihn war er selbst Zeuge, dass er es nicht gewesen sein konnte. Ich musste das untersuchen, und sei es nur, um sicherzugehen, dass Gernard nicht mehr als ein übles Gerücht in die Welt gesetzt hatte. Doch um vieles mehr wurmte mich die Geschichte mit dem Jülicher Goldstück in Vaters Faust. Es war unerhört, dass Johann es ihm entwendet hatte. Einen Toten zu bestehlen war ein abgründiger Frevel. Das festzustellen half mir jedoch nicht, über den schlimmen Verdacht hinwegzukommen, dass mein Vater ein Friedensbrecher gewesen sein könnte. Oder es mit Gewissheit war. Gewiss? Ja oder nein? Es gab nur einen, mit dem ich darüber sprechen konnte, und das war Johann. Frevel hin und Frevel her, »wer von euch ohne Sünde ist, werfe den ersten Stein«, wie die Schrift sagt; Johann war mein Freund und sollte es auch bleiben.

Bald war ich so weit, dass ich trotz der Wachen und trotz des aufmerksamen Auges von Vetter Gerwin aus dem Fenster gestiegen wäre. Ich berechnete, wann er mich wohl entdecken würde und ob ich schnell genug weglaufen könnte, wenn es mir gelänge, Vetter Gerwin zu überraschen und ihm zu entwischen. Während ich mich noch fragte, ob ich es in Angriff nehmen sollte, gab es einen Lärm von der Pforte her.

Ich erschrak, doch dann hörte ich die tiefe, beruhigende Stimme von Henken.

»Es ist vollbracht«, rief er und klatschte in die Hände. »Wir haben den Lumpen.«

Henken riss die Tür zu unserem Raum auf und sagte: »Peter, komm schnell, wir brauchen dein Zeugnis.«

Hinter Henken stand der Amptmeister Everhard der Grieche und fragte: »Wo ist er, Henken?«

Everhard war offenbar nicht mit Henken gegangen, sonst hätte er diese Frage nicht gestellt, vielleicht sogar hatte er hier in unserem Haus verweilt. Ich wusste es nicht.

»Er ist in die Airsburg gebracht worden«, sagte Henken. Die Anspannung war sichtlich von ihm abgefallen, und er war ganz ausgelassen.

Everhard drängte darauf, dass wir unverzüglich losgingen.

»Wir werden ihn dort sofort dem Gericht des Amptes unterwerfen«, sagte er.

»Everhard«, begann Henken. Es schien mir, als ob er sehr umsichtig seine Worte wählte. »Keiner der beiden Toten, weder Richard Nicol vom Eisenmarkt noch Gernard Gir von Covelshofen, war Weber oder ein anderes Mitglied des Wollenamptes. Meinst du nicht, dass die Morde damit in die Zuständigkeit der Schöffen fallen, wenn kein anderes Ampt Anspruch darauf erhebt?«

Everhard rieb sich mit der Hand über das Kinn und überlegte. Die Antwort, als sie kam, bestand aus einer Gegenfrage, schneidend gestellt: »Traust du den Schöffen, Henken?«

»Da magst du recht haben«, bestätigte Henken und wiegte den Kopf, als ob er so die Gründe abwägen wollte. »Aber die Toten stammen aus den Reihen der Geschlechter.«

»Herr Richard war unser Freund!«, ereiferte sich Everhard, als habe Henken das bezweifelt. »Herr Gernard zwar nicht, aber er hatte ein Geschick darin, sich alle zum Feind zu machen. Die Schöffen werden einen Pfifferling auf die Toten geben und den Übeltäter, immerhin einer der ihren, kurzerhand laufen lassen.«

»Und doch ist Herr Edmund Birkelin ein Verbannter. Sie werden nicht so weit gehen, einen Bannbruch ungestraft hinzunehmen. Darauf allein steht der schändliche Tod.«

»Der Bann ist nur so viel wert«, knurrte Everhard böse, »wie die Wachsamkeit, die wir ihm schenken.«

»Du magst recht haben, Everhard«, wiederholte Henken und lenkte damit ein. Begütigend legte er dem anderen die Hand auf die Schulter. »Hören wir uns erst einmal an, was die Bestie zu sagen hat.«

*

Als wir den Versammlungssaal des Wollenamptes betraten, wo zwei bewaffnete, grimmig dreinblickende Weber den Gefangenen unter Aufsicht hielten, erkannte ich zu meiner nicht geringen und keineswegs angenehmen Überraschung, dass ich ihm schon einmal begegnet war. Es war der hilfreiche Mönch, der mich von den Prügeln für den unachtsamen Zusammenstoß mit dem feinen Herrn freigekauft hatte.

Auch er hatte mich wiedererkannt und sah mir in die Augen. Das Hilfeersuchen, das von seinem Blick ausging, konnte ich kaum ertragen, denn ich sollte ihn doch hassen! Ich strengte mich an, musste mich aber schon einen Lidschlag später beschämt abwenden.

Ein blutiger Striemen lief quer über Edmunds Wange. Die Kapuze seiner Kutte war halb abgerissen. Aus dem linken Ärmel tropfte etwas Blut, sodass ich annahm, er sei am Arm verletzt. Es musste ein heftiger Kampf vorausgegangen sein. Die Kutte verbarg, wie ich vermutete, eine stattliche und heldenhafte Figur, eine aufrechte Haltung. Der stolze, aber nicht übermütige oder überhebliche Ausdruck in seinem Gesicht, geziert von grauen Schläfen, erinnerte mich sehr zu meinem Missfallen sogar an meinen Herrn Vater! Wie stand Edmund eigentlich zur Jülich-Brabanter Fehde? Hatte es auch in Aachen ein Verbot gegeben, sich daran zu beteiligen? Ich wusste es nicht und konnte auch nicht hoffen, es zu fragen, ohne die Schande oder vielmehr die mögliche Schande meines Herrn Vaters vor den Webern offenkundig zu machen.

Everhard ordnete an, dass ein Schreiber des Wollenamptes

kommen möge, und als der eintraf, setzten sich alle an den Versammlungstisch. Der Schreiber sah aufgrund seines langen Kleides älter aus, als ich ihn vom Gesicht her einschätzte, ausgenommen sein schütteres Haar, das er sich, wie Vater gesagt hätte, durch seine einseitige Tätigkeit zugezogen haben mochte. Vater wies gern darauf hin, wie gut es die Kaufleute hätten, dass sie zwischen sitzenden und zur Bewegung nötigenden Aufgaben ausgewogen hin und her wechselten, so wie es der Gesundheit und dem Wohlbefinden am angemessensten sei. Hinter Edmund blieben die furchteinflößenden Wachen mit unbeweglichen Gesichtern und vor allem mit gezückten Dolchen stehen, um jeden Fluchtversuch zu vereiteln. Der Anspannung zum Trotze verweilte mein Blick kurz auf den Dolchen. Der des rechts stehenden Webers war wie derjenige von Everhard auffällig, aber von minderwertiger Machart, der des anderen jedoch forderte meine Anerkennung heraus. So schlicht und gerade, mit einer sehr dünnen Schneide, vollkommen ebenmäßig gearbeitet – vielleicht sogar von Bernardus, dem Größten unter den Waffenschmieden, der Gerätschaften von derart glänzender Schönheit fertigte, dass sie selbst Helden wie Eneas angemessen sein dürften …

Everhard sagte zum Schreiben vor: »Im Jahre des Herrn 1371, heiliges Köln, im Wollenampt am Heumarkt, dem achtzehnten Tage im November. Erschienen: Herr Everhard, genannt der Grieche, Amptmeister; Herr Henken von Turne, gut beleumundetes Mitglied des Wollenamptes; Herr Edmund Birkelin, verbannter Kölner Bürger, äh … wo aufgegriffen?«

Er blickte Henken an.

»Herberge St. Andreas, Armenstraße«, antwortete der Angesprochene kurz angebunden.

Everhard nahm den Faden wieder auf: »Als Beschuldigter Herr Edmund Birkelin, verbannter Kölner Bürger, aufgegriffen in der Herberge von St. Andreas; Peter Nicol vom Eisenmarkt, Lehrknabe bei der Garnmacherin Frau Elisabeth de Porta, Zeuge in der Sache des ermordeten Herrn Gernard Gir von Covelshofen, sowie als Schreiber Constantin Baichstraisse.«

Everhard wandte sich jetzt dem Angeklagten zu, sprach äußerlich unbeteiligt und betont langsam, um es, wie ich vermutete, dem Schreiber zu ermöglichen, mitzukommen: »Ihr seid Herr Edmund Birkelin, Sohn des Herrn Gottfried Birkelin und der Frau Bilthildis von der Rheingasse? Das bestreitet Ihr nicht?«

»Ja, der bin ich«, antwortete der Gefragte und schaute auf seine gefalteten Finger, die, wie mir auffiel, lang und fein waren. »Das bestreite ich nicht.«

»Ihr seid derselbe, den die Bürger durch Ratsbeschluss auf den Tod gebannt haben, jemals den Boden dieser heiligen Stadt zu betreten?«, lautete die nächste Frage, die Everhard schon mit erkennbarer, wenn auch noch verhaltener Wut vorbrachte. Durch die Einschätzung meines Vaters vorgewarnt, entdeckte ich verdächtige Anzeichen von Zornesröte auf seinem Gesicht.

»Ja, so verhält es sich«, seufzte Edmund. »Leider.«

»Ihr habt den Bann verletzt!«, brauste Everhard unversehens auf. Vielleicht reizte ihn gerade die offen zur Schau gestellte Gelassenheit des Angeklagten. »Warum? Erklärt Euch!«

»Es muss ein Ende haben«, sagte Edmund und schaute auf, »dieses unwürdige Treiben muss ein Ende haben.«

»Unwürdiges Treiben?« Everhard schien einen Augenblick so verdutzt über die Antwort, dass es ihm die Sprache verschlug, die er jedoch schnell wiederfand: »Habt Ihr Zeugen, dass Ihr am vorvorvergangenen Abend nicht den Weinhändler Herrn Richard Nicol vom Eisenmarkt gemeuchelt habt?«

»Das Werk *meiner* Hände war das nicht«, betonte Edmund ruhig. Ich behielt ihn scharf im Blick, entdeckte allerdings zu meinem Leidwesen keine verdächtige Regung. »Doch Zeugen kann man nur für etwas haben, das man getan hat, nicht dafür, dass man etwas nicht getan hat.«

Gänzlich unbeeindruckt von dieser Entgegnung fuhr Everhard fort: »Habt Ihr Zeugen, dass Ihr in der vergangenen Nacht nicht den Kaufmann Herrn Gernard Gir von Covelshofen gemeuchelt habt?«

»Meine Antwort lautet, dass ich wahrscheinlich auch dafür keine Zeugen aufbieten kann«, antwortete Edmund, und ich hörte nun ein wenig Ungeduld aus seiner Stimme heraus. »Aber ich habe auch das nicht vollbracht.«

Ich fragte mich, wie dieser Edmund angesichts der schwerwiegenden Anklagen, die ihm allesamt und auch jede für sich genommen den Kopf kosten würde, so ungerührt bleiben und sogar freche Antworten geben konnte.

»So, so«, mischte sich Henken ein und schüttelte verständnislos den Kopf. »Dieser Lehrknabe hier kann bezeugen, dass Ihr Herrn Gernard bedroht habt.«

»Oh, als wir uns trafen, war die Begegnung durchaus freundlich«, meinte Edmund mit Blick auf mich.

Beklommen erinnerte ich mich, dass die Begegnung unweit von Gernards Haus stattgefunden hatte. Ich sprach dennoch artig und versuchte, meine Aussage besonders ordnungsgemäß zu bilden: »Der Kaufmann Herr Gernard Gir von Covelshofen hat meiner Person gegenüber am gestrigen Abend bekannt, Ihr hättet ihm Rache geschworen, und darum wolle er die Stadt verlassen.«

Edmund lachte auf, freudlos und bitter: »Der gute Herr Gernard hat es wohl mit der Angst zu tun bekommen, vermutlich weil er mich auf der Straße zufällig erkannte.«

»Ihr behauptet also allen Ernstes«, fasste Everhard zusammen und verzog das Gesicht zu einer furchterregenden Grimasse, »Ihr hättet *nicht* mit Herrn Gernard gesprochen? Ihn *nicht* unter Druck gesetzt?«

»Genau so verhält es sich«, bestätigte Edmund leichthin. »Ich habe ihn, seit ich wieder in Köln weile, nicht getroffen und kein Wort mit ihm gewechselt. Allerdings kann ich freimütig zugestehen, dass ich ihm gram bin, weil er die Unwahrheit über den Vertrag gesagt hat, mit dem das Unheil seinen Lauf nahm.«

Wenn Gernard in der einen Angelegenheit gelogen hatte (unterstellt, Edmund sagte die Wahrheit), ersann ich blitzschnell, so könnte er ja auch in anderer Hinsicht Lügen aufgetischt haben, aus welchen Gründen auch immer, etwa die mögliche Schuld der Weber am Tod meines Vaters betreffend.

Everhard war an einer anderen Seite der Aussage von Edmund gelegen: »Welche Unwahrheit meint Ihr?«

Edmund schaute verzweifelt zur Decke und rang die Hände: »Diese leidige Geschichte! Ich wolle den Weinhandel von Herrn Richard Nicol übernehmen.«

»Jetzt reicht's aber!«, donnerte Everhard und schlug mit der Faust auf den Tisch. Er sprang auf und stellte sich dicht vor Edmund. Von oben herab sagte er mit gefährlich gesenkter Stimme: »Diese unerschütterliche Wahrheit, festgestellt durch den ehrwürdigen Rat der Stadt zu Köln, wollt Ihr abstreiten?«

Edmund zuckte zusammen, blickte Everhard dann jedoch fest in die Augen und hielt dessen bösem Blick stand: »Jedenfalls verhält es sich nicht, wie es berichtet wurde. Herr Richard Nicol vom Eisenmarkt hat, der Notar Herr Jacob vom Kettwick sei mein ewiger Zeuge, seinen ganzen Reichtum einem Darlehen zu verdanken, das ich ihm einst überließ. Anstatt es zurückzuzahlen, hat er damals meine Verbannung betrieben. Ich hatte wahrhaftig nicht mehr als meinen Anteil eingefordert. Das – und nichts anderes – war Gegenstand der Geheimklausel des letztjährigen Friedensvertrages. Und nun war ich auf dem Weg, ihm einen neuen Vorschlag zu unterbreiten, um den Frieden doch noch zu erreichen.«

Als der Name Jacob vom Kettwick fiel, löste das bei mir einen unangenehmen Schauder aus. Hatte nicht Gernard erwähnt (oder war es Geberga gewesen?), dass Henken und er am Abend, als mein Herr Vater erschlagen wurde, bei selbigem gewesen waren? Und zudem ging es in Edmunds Aussage um eine Schuld, diesmal allerdings nicht, wie von Gernard angedeutet, um eine der Weber, sondern um eine von meinem Vater. Doch diese Schuld konnte nicht der Grund dafür sein, dass ihn Edmund gemeuchelt hat, denn nicht der Gläubiger räumt den Schuldner aus dem Weg, sondern umgekehrt. Kaum noch Kraft hatte ich, mich der neuerlichen Schande zu stellen, die Vater da angelastet wurde, nämlich nicht nur, ein säumiger

Schuldner zu sein, sondern den Gläubiger auf unehrenhafte Weise aus der Stadt gejagt zu haben. Die schlimmste Schande, eine Beteiligung an der Niedermetzelung von Mutters Kusine, war noch nicht abgewendet, denn ich wusste immer noch nicht, ob sie wahrhaftig bestand oder nur eingebildet war.

Erst als ich Everhards mächtige Faust auf Edmunds bereits geschundene Wange krachen hörte, wandte ich mich wieder dem Geschehen zu. Vater hatte wahrlich recht, Everhard den Griechen als ungezügelten und gewalttätigen Mann zu beschreiben. Ich konnte nicht anders, als Mitleid mit Edmund Birkelin zu verspüren, das ihm angesichts der Schwere der ihm angelasteten Verbrechen gewiss nicht zustand. Doch im Verlaufe der Befragung hatte er sich anständig betragen und nicht verdient, auf diese Weise behandelt zu werden. Besser hätte ich es gefunden, wenn Everhard oder Henken mehr Fragen gestellt hätten, die zur Aufklärung der Sache beitragen könnten.

»… und als Herr Richard Nicol vom Eisenmarkt Eurem unwürdigen Kuhhandel nicht zustimmte, habt Ihr ihn ermordet!«, fauchte Everhard.

Edmund blieb jedoch standhaft. »Nein, es ist nicht dazu gekommen, dass wir uns sahen. Vorher ist er gemeuchelt worden.« Es entstand eine kurze Pause. Edmund räusperte sich, konnte jedoch nicht verhindern, dass das, was er dann sagte, krächzend herauskam: »Nach wie vor bin ich bereit zu verhandeln.«

»Mit einem Mörder verhandeln?«, schnaubte Everhard, machte eine abwehrende Geste mit seinen riesigen Händen und kehrte auf seinen Platz zurück. »Niemals!«

»Wir sollten die Sache den Schöffen übergeben«, sagte Henken. »Dann werden die Zeugen geladen, und das Urteil kann baldmöglichst ergehen.«

»Warum der Umstand?«, fragte Everhard und schaute Henken verwundert an. »Es liegt alles vor. Wir können ihn unverzüglich richten.«

Ich sah zu Edmund auf und bemerkte zum ersten Male während der Befragung echte Furcht in seinen Augen. Er verhielt sich äußerlich ganz ruhig, nur die Backenmuskeln zuckten unwillkürlich. Wenn die Weber auf solch unbedachte Weise Urteile fällten, und sei es gegen augenfällig Schuldige, so konnte ich mir erklären, warum sie neben Bewunderung auch Angst und Schrecken verbreiteten.

»Nicht so voreilig, Everhard«, mahnte Henken und legte dem Amptmeister wie zur Beruhigung die Hand auf die Schulter. Die Geste aber verfehlte ihre Wirkung, denn Everhard ging wiederum wütend hoch. Doch bevor er etwas sagte (oder vielleicht wollte er ja schreien), zog Henken den Fetzen Pergament hervor, welcher die Drohung Edmunds an Gernard enthielt. Dies erinnerte auch mich, der ich wahrhaftig drauf und dran war, Edmunds Einschmeichelungen auf den Leim zu gehen, an den Beweis der Niedertracht des offenbar zu Recht Verbannten.

»Das sollte selbst die verstocktesten unter den Schöffen überzeugen«, sagte Henken grimmig zu Everhard.

»Darf ich um Einsicht bitten?«, fragte Edmund zögernd und beugte sich vor. »Nein, diese Schrift stammt nicht von mir.«

»Na siehst du«, sagte Everhard zu Henken. »Wer solche unabweisbaren Zeugnisse leugnet, muss von *uns* gerichtet werden, da ist den Schöffen nicht zu trauen.«

»Die Zeugen müssen gehört werden«, beschied Henken mit Festigkeit. Ich war beeindruckt, wie er das derart sagen konnte, dass sein ihm doch übergeordneter Amptmeister Folge leistete, obgleich dieser etwas davon murmelte, ihm dürfe man keine Vorschriften machen.

Weil ich ganz gegen meine Absicht Edmund durchaus eine gewisse Glaubwürdigkeit zugeschrieben hatte, überlegte ich, es mochte sich dergestalt verhalten haben, dass man Vater über den von den Kölner Landfriedensgeschworenen in Aachen mit Edmund Birkelin ausgehandelten Vertrag nicht die Wahrheit gesagt hatte. Unehrenhaft könnten die Weber gehandelt haben, denn sie zogen aus dem Vorfall insofern ihren Nutzen, als sie die Landfriedensgeschworenen und mit ihnen die anderen Mitglieder des Engen Rates unter Hausarrest stellen konnten. Hätte Edmund sich ernsthaft der Gefahr ausgesetzt, fragte ich mich, die darin lag, nach Köln zu kommen, wenn er nicht wähnte, mein Herr Vater kenne die Wahrheit nicht und sei bereit, einem Friedensvorschlag zuzustimmen? Ich überlegte, warum ich nach dem Verhör nicht wie Everhard und Henken von Edmunds Schuld überzeugt war und mich sogar eher bereitfand, eine Falschheit von meinem Herrn Vater oder den Webern anzunehmen. Mein Blick schweifte zu Edmund und blieb an ihm hängen. Sah so ein Verräter, Mörder und Lügner aus? In meiner Vorstellung mussten Verbrecher Ungeheuer sein. Noch nie hatte ich einen Mörder von Nahem gesehen. Konnte man sie nicht auf den ersten Blick erkennen und den Schwefel riechen, der ihre Herkunft aus der Hölle bezeugte? Ich bildete mir ein, dass mich niemand über seine wahren Absichten würde täuschen können.

Henken und Everhard, der dicke Kraft aufwenden zu müssen schien, um sich zu beruhigen, beglaubigten die Aufzeichnung des Schreibers. Edmund nahm sich Zeit, um sie genau zu lesen, nickte dann befriedigt und setzte auch seine Unterschrift darunter.

Nachdem dies geschehen war, sagte Henken zu mir: »Geh nur, mein Junge, jetzt, wo alles in trockenen Tüchern ist, und verrichte die dir aufgetragene Arbeit.«

Everhard seufzte gottergeben auf und maulte: »Nun können wir nur noch abwarten, bis die langsame Mühle Justitias sich zu Ende dreht.«

»Ich muss mit Euch sprechen«, bat ich Henken.

»Wohlan«, stimmte er gnädig zu. »Begleite mich zurück zu deiner Frau Mutter, der ich die frohe Kunde bringen will, aber dann darfst du deiner Lehrherrin die Zeit nicht mehr stehlen!«

»Es drückt mich sehr … Mein Freund Johann –«, unterbrach ich mich. Ich war befangen, weil Everhard keine Anstalten machte, uns allein zu lassen, vielmehr sich uns anschloss. Ich sprach leise, als ob das verhindern würde, dass Everhard mithörte. Ich hatte inzwischen richtiggehend Angst vor seinem Jähzorn. Andererseits konnte ich auch nicht darauf verzichten, mich Henken gegenüber zu erklären, weil ich den Druck in mir nicht mehr ertrug. »Oder mein ehemaliger Freund, denn vielleicht kann er das nicht mehr sein. Nun denn, er hat meinen Herrn Vater, wie soll ich sagen? Bestohlen. Auf dem Totenbett! Er hat ihm eine Münze, die jener in der Faust eingeschlossen hatte, entwendet.«

»So ein Teufel!«, bestätigte Henken mit finsterer Mine. »Er jagt dem Gelde hinterher wie seine üble Nachgeburt von Vater. Natürlich darfst du ihn nie wieder sehen.«

»Nein, nein. Es kommt noch dicker«, fuhr ich niedergeschlagen fort. »Denn die Münze stammt aus dem Blutlohn, den der Herzog von Jülich denjenigen gezahlt hat, die ihn in der Fehde gegen die Brabanter unterstützt haben.«

»Wie ist das möglich?«, fragte Henken verwundert.

Ich verstand nicht genau, worauf sich die Frage bezog – darauf, wie die Münze in Vaters Hand gelangt war, wie Vater sich an der Fehde beteiligen konnte oder wie ich herausgefunden hatte, dass es sich um eine derartige Münze handelte. Die letztgenannte Möglichkeit, die Frage zu verstehen, war die einzige, die ich zu beantworten vermochte: »Johann hat die Münze seinem Herrn Vater gezeigt. Der hinwiederum hat es gesagt.«

Henken nickte bloß stumm. Wir gingen nun einige Schritte schweigend nebeneinander, bis Henken mit belegter Stimme sagte: »Du musst jetzt sehr stark sein, Peter.«

Ich verstand dies als Bestätigung der Vermutung, Vater habe sich an der Fehde beteiligt. Die Schande war besiegelt.

»Ihr haltet es für erwiesen, obwohl das Zeugnis von einem Eurer ärgsten Feinde stammt?«, fragte ich, obwohl mir die Antwort schon unausweichlich schien.

»Dein Herr Vater wird wohl Schulden gehabt haben«, murmelte Henken abweisend. Auch ihm musste ich zugestehen, dass er etwas Zeit brauchen würde, sich an den Gedanken zu gewöhnen, der angesehene Weinhändler Herr Richard Nicol vom Eisenmarkt sei ein Friedensbrecher gewesen. »Aber nun lasse die Toten in Frieden ruhen und schaue nach vorn. Schon in einem Jahr übernimmst du, wenn du jetzt nur tüchtig fürbass lernst, mit Markus den Weinhandel, und bis dahin halte ich die Stellung.«

Zumindest die Unterstellung meiner gehässigen Schwester, Henken sei ein Erbschleicher, war nun endgültig vom Tisch. Wenn es stimmte, dass mein Herr Vater drückende Schulden hatte, um derentwillen er den Frevel begangen hatte, sich verbotenerweise an der Fehde zu beteiligen, die auch den Tod von Mutters Kusine Richmodis und Schwager Noah zur Folge hatte, war ja von ihm offensichtlich nichts zu erben. O weh mir armen Waise, das galt ebenso für mich (und natürlich Markus, aber das beschwerte mich weniger)! Das, was Henken gesagt hatte, bewies obendrein, dass er meinem Bruder und mir den Weinhandel nicht streitig machen und etwa die Witwe ehelichen wollte, um selbst das Erbe anzutreten. Wie Gernard Elisabeth vorgehalten hatte, war ja vom Rat unter der Federführung der Weber letzthinnig entschieden worden, dass die Witwen nicht mehr das Erbe ihrer verstorbenen Gatten antreten konnten, sondern dazu einen Mann, sei es einen Sohn, sei es einen neuen Gemahl, vorweisen mussten. Es hatte dessenthalben ein großes Geschrei unter den Witwen gegeben, aber um der Ordnung der Ämpter willen war es eine offenbar nützliche Entscheidung gewesen.

»Du entsinnst dich der Reise, die dein Vater im August unternahm?«, fragte Everhard mich, als ob ich nicht schon begriffen hätte, dass die Schande meines Vaters erwiesen war. »Angeblich zu den Weinbauern an der Mosel?«

»Nein«, sagte ich tonlos und grämte mich, dass es Everhard mitbekommen hatte. »Aber meine Geschwister haben davon gesprochen, wenn auch in anderem Zusammenhang.«

Henken ließ es bei der Andeutung bewenden. Wir wussten sowieso, was gemeint war. Diese Feinfühligkeit, die Schande nicht auszusprechen, rechnete ich ihm hoch an.

Wir trennten uns vor der Pforte unseres Hauses, denn mehr musste nicht gesagt werden. Henken und Everhard drückten mir nacheinander fest die Hand, als sei es möglich, mich dergestalt aufzumuntern.

*

Mir blieb nichts übrig, als mit gesenktem Haupte mich zu meiner Lehrherrin zu begeben. Ich hoffte, dass die Weber ehrenhaft genug sein und die Schande meines Vaters für sich behalten würden, sodass Elisabeth nichts erfahren müsste. Denn würde sie den Spross eines solchen Mannes weiter in ihrer Nähe dulden? Das wäre das Schlimmste für mich gewesen, mit Schimpf aus ihrem Hause gejagt zu werden. Am Malzbuchel bog ich einer plötzlichen Eingebung folgend links ab und ging vor St. Matthias zur Weverstraße. Vater hatte mich oft ermutigt, der Eingebung zu folgen, denn die Seele wisse bisweilen eher als das Hirn, was die rechte Handlung sei. Es drängte mich, Gernard Gir von Covelshofens Vermächtnis zu überprüfen, denn sonst, so dachte ich, würde ich mir ewig Vorwürfe machen. Edmund Birkelin erschien mir nämlich, wie ich mir zerknirscht hatte eingestehen müssen, einigermaßen vertrauenerweckend. Er war nicht der Erzbube, den ich erwartet hatte. Und selbst Henken hatte Amptmeister Everhard den Griechen dazu ermahnt, das Urteil nicht zu voreilig zu fällen. Mir war überaus mulmig, und ich wünschte, dass ich diesen schweren Gang mit Johann hätte gehen können. Ja, ich hatte einmal einen vortrefflichen Freund!

Ich trat in eine der Weberwerkstätten.

»Gott zum Gruße«, sagte ich zu dem Gesellen, der an dem mir zunächst stehenden Webstuhl arbeitete. Er war kaum älter als ich, hatte wohl gerade seine Lehre beendet, und trug sein Kleid weder zu lang noch zu kurz. Verbinde dich am besten mit denen, die dir am ähnlichsten sind, hatte Vater immer gesagt. Nur das Gesicht des Gesellen war schon verhärmt durch die immer gleiche Arbeit, der er tagein und tagaus nachging. »Könnt Ihr, guter Mann, mir sagen, wo ich die Werkstatt eines gewissen Herrn Henken von Turne finde? Ich habe gehört, dort würde ein Lehrknabe gebraucht.«

»Da hast du dir wohl einen dicken Bären aufbinden lassen«, lachte der Geselle, den ich angesprochen hatte, und ich freute mich, dass er noch nicht so starr geworden war wie so viele in der Stadt. »Dieser Henken hat es nicht mehr nötig, von seiner Hände Lohn zu arbeiten. Er hat sich mit den Stadtherrn gemein gemacht. Seine Werkstatt aber ist verwaist. Dort findest du nur noch eine sture alte Närrin, die seine Frau Mutter ist.«

Die Behauptung setzte mich in ungläubiges Erstaunen, doch ich vermochte auf einer Antwort zu bestehen, wenn auch matt: »Ich wüsste dennoch gern, wo die Werkstatt sich einst befunden hat.«

Der Geselle sah mich mitleidig an, denn er musste meine Enttäuschung ja so verstehen, dass ich nunmehr der Hoffnung beraubt war, einen Lehrherrn zu finden.

»Geh nur vier Häuser fürbass auf der linken Seite, vor dem Abzweig zur Twergasse«, sagte er und wedelte mit der Hand. Sein Mitleid schien schnell in Ablehnung umgeschlagen zu sein. »Die Pforte war einmal grün angestrichen, die Farbe ist aber inzwischen verblichen wie der Glanz jener Werkstatt.«

Nachdenklich ging ich die wenigen Schritte. Was würde ich dort antreffen? Oder war es die bloße Erkenntnis, dass Henkens Werkstatt aufgegeben worden war, die Gernard mir bedeuten wollte? Er musste jedoch einen Grund gehabt haben, mir dies nicht einfach mitzuteilen. Er hatte offensichtlich gewollt, dass ich *in* die Werkstatt ging, um dort etwas zu entdecken. Ich konnte mir einfach keinen Reim darauf machen.

Die Pforte war unverschlossen, und mit bis zum Halse klopfendem Herzen trat ich ein. Die Werkstatt war nicht nur verwaist, sondern zu meinem übergroßen Erstaunen auch vollständig leer geräumt. Nur noch Schmutz und Staub befanden sich auf dem Boden. Ich schaute mich um. Eine aufgescheuchte, fettwanstige Ratte humpelte schwerfällig zu ihrem Versteck, einer Spalte, die sich zwischen Bodendiele und rissiger Wand aufgetan hatte. Was sollte ich Gernards Meinung nach hier finden, das entscheidend für den Beweis von Edmund Birkelins Unschuld an Vaters Tod wäre? Ich wusste nicht, wonach ich suchen sollte. Und es gab ja auch nichts, was ich hätte finden können. Unschlüssig stand ich herum und betrachtete gedankenverloren den langen Schatten, den das fahle Licht, das durch einen offenen Fensterladen hereinfiel, an die fleckige Wand warf.

Umso heftiger fuhr ich zusammen, als sich unvermutet ein zweiter Schatten an der Wand zeigte. Ich wirbelte herum und stand einem alten Weibe gegenüber, welchselbiges sich nahezu lautlos genähert haben musste, denn ich erinnerte mich nicht, ein Geräusch vernommen zu haben. Sie stand gebückt da und stützte sich auf einen Stock. Ihre Kleider verrieten eine edle Herkunft, allerdings hatte das Schwarz inzwischen eine graue Farbe angenommen, und an vielen Stellen war der Stoff fadenscheinig, an anderen ungelenk geflickt, ganz und gar nicht würdig für die Mutter eines Webers.

»Hab keine Furcht vor mir, Räuber«, krächzte das Weib in hohen Tönen. »Ich brauche hier nichts zu verteidigen, es sei denn, du wolltest mir das wenige Stroh stehlen, auf dem ich zu ruhen pflege, oder das trockene Brot abspenstig machen, das mich mehr schlecht als recht nährt.«

»Wo sind die Webstühle und das Werkzeug hin?«, fragte ich und war trotz der Vorwarnung durch den Webergesellen erstaunt.

»Juden«, antwortete die Alte. Ihre Stimme war die unangenehmste, die ich je vernommen hatte. Genau so stellte ich mir die Stimme von des Teufels Großmutter vor. »Sie haben alles genommen.«

»Juden?«, fragte ich verständnislos.

»Und Jesus ging in den Tempel hinein und trieb heraus alle Verkäufer und Käufer im Tempel und stieß die Tische der Geldwechsler um und die Stände der Taubenhändler«, zitierte sie die Schrift, aber ich konnte damit nichts anfangen.

»Was wollt Ihr mir damit sagen?«, fragte ich wachsam, wohl willens, mir nichts entgehen zu lassen, was mir einen hilfreichen Hinweis geben könnte.

»Dass er mir gebe seine Höhle in Machpela, die am Ende seines Ackers liegt; er gebe sie mir um Geld, so viel sie wert ist, zum Erbbegräbnis unter euch«, brachte sie eine andere Schriftstelle anstelle einer Antwort vor.

»Eure Rede ist dunkel«, schalt ich, hin- und hergerissen zwischen Furcht und Abscheu vor ihr.

Sie aber fuhr unbeirrt fort: »Und Josef gab Befehl, ihre Säcke mit Getreide zu füllen und ihnen ihr Geld wiederzugeben, einem jeden in seinen Sack, dazu auch Zehrung auf den Weg; und so tat man ihnen.«

»Die Schrift und die Geschichte von Josef und seinen Brüdern ist mir wohlbekannt. Doch ich wüsste gern, was Ihr mir damit bedeuten wollt!«, rief ich, zunehmend ungehaltener werdend.

»Als aber einer seinen Sack auftat, dass er seinem Esel Futter gebe in der Herberge, sah er sein Geld, das oben im Sack lag ...«, setzte sie ihr sinnloses Gebrabbel aufgeregt drängend fort, ohne zu erkennen zu geben, ob sie mich gehört hatte.

»Ich bitte Euch ...«, versuchte ich zu unterbrechen.

Ihr Gesicht hellte sich unversehens auf, und ihre Stimme wurde ruhiger: »... und sprach zu seinen Brüdern: Mein Geld ist wieder da, siehe, in meinem Sack ist es! Da entfiel ihnen ihr Herz, und sie blickten einander erschrocken an und sprachen: Warum hat Gott uns das angetan?«

Ich wandte mich zum Gehen. Es war so unheimlich hier, dass ich keine Minute mehr verweilen mochte.

Die Alte wechselte den Stock von der rechten in die linke Hand, wobei sie gefährlich schwankte, als drohe sie zu stürzen, und hielt mich mit ihrer nun frei gewordenen rechten Hand am Arm fest. Dann ließ sie den Stock ganz fallen, stützte sich auf mich und grabbelte mit der linken Hand nach einem Geldsäckchen, das an ihrem Gürtel zwischen den Falten ihres Kleides baumelte.

»Bitte, nimm das«, flüsterte sie geheimnisvoll. »Es ist bei dir besser aufgehoben als bei mir.«

Ich riss mich los und flüchtete zur Pforte, ohne das Geldsäckchen anzurühren.

»Lasse nur ja Vorsicht walten«, rief sie mir nach und bückte sich nach ihrem Stock – zu meiner Verwunderung ohne zu fallen. »Nicht alle Juden nämlich sind Juden.«

Aufgewühlt eilte ich zu Elisabeth und stellte beunruhigt fest, dass ich nicht klüger war als zuvor.

*

Bei Elisabeth angekommen, fand ich sie mit ihrer Schwester Geberga im Gespräch. Sie standen vor einigen Ballen der für Gernard gefertigten Seide.

»Es ist hervorragende Ware, gute Schwester«, erklärte Elisabeth gerade. »Sie lässt sich für einen guten Preis verkaufen, nicht nur in Florenz, in jeder Stadt, vielleicht Hamburg, nur habe ich mich den anderen gegenüber verpflichtet, sie nicht in Köln auf den Markt zu bringen. So schicke doch nach einem deiner Söhne, einer wird sich bereitfinden, zurückzukehren und der armen Mutter unter die Arme zu greifen, so herzlos kann doch ein Kind nicht sein ... O Peter, du siehst aus, als seiest du einem Teufel begegnet! Was ist geschehen?«

Ich küsste beide Weiber zum Gruße und antwortete: »Einem, Frau Elisabeth? Es waren derer viele. Zunächst haben die Weber es geschafft, Herrn Edmund Birkelin aufzuspüren –«

»Gott sei Dank!«, rief Geberga erleichtert aus.

»Er streitet jedoch rundheraus alles ab, was ihm zu Last gelegt wird«, erklärte ich. »Besonders den Frevel an ... äh ... an Herrn Gernard.«

Geberga schluchzte auf.

»Ist das nicht das Wesen eines Schalks?«, gab Elisabeth zu bedenken.

»Durchaus«, bestätigte ich, ohne meine Zweifel zu benennen, die Elisabeth hätten beunruhigen können und über die sich Geberga gegrämt hätte. »Dann habe ich, wie Herr Gernard mir kurz vor seinem schnöden Tod aufgetragen hatte, die Weberwerkstatt von Herrn Henken von Turne aufgesucht ... sie ist verwaist.«

»Er kümmert sich eben mehr um die Angelegenheiten im Rat«, mutmaßte Elisabeth.

»Hätte er sie nicht einem Gesellen übergeben können?«, warf Geberga scharfsinnig ein.

»Ach, ehe ich es vergesse«, sagte Elisabeth, »Johann, dein Freund, war hier und bittet dich, ihn irgendwo zu treffen, ja, richtig, ›Burg‹ hatte er gesagt, du würdest schon wissen, was damit gemeint sei.«

»Dass ihn der Blitz erschlagen möge«, fluchte ich ungezogen. Mein harter Zorn auf ihn war ungerechterweise umso größer geworden, je mehr sich verdichtete, dass der aus seiner Missetat zu folgernde Verdacht gegen meinen Vater nur allzu berechtigt war. Aber hatte mir nicht Vater selbst einstmals lachend erzählt, bei den Alten hätte man den Überbringer der schlechten Nachricht in den peinsamen Tod geschickt? »Seine Nase soll im Arsche eines Hundes stecken, diese stinkende Ausgeburt einer Slune.«

»Was ist in dich gefahren?«, fragte Elisabeth entsetzt. »Deinen guten Freund derart mit Scheltworten zu belegen, die, unter Erwachsenen gesprochen, teuer zu stehen kommen.«

»Er hat meinen Vater bestohlen!«, grollte ich. »Auf dem Totenbett!«

Doch ich bremste mich, alles preiszugeben, denn ich wollte Elisabeth gegenüber die Schande meines Vaters geheim halten, wenn das möglich war.

»Wenn er etwas auf dem Kerbholz hat«, versuchte Elisabeth, mich zu beruhigen, »wird er es zurückerstatten. Er ist nicht weniger brav als du. Alles wird gut. Und nun geh mit meiner Schwester Geberga ins Kontor und setze einen Brief an ihre Herren Söhne auf.« Denn anders als Elisabeth vermochte Geberga nicht zu schreiben.

Murrend fügte ich mich in mein Schicksal.

Ich holte ein abgeschabtes Pergament hervor, stellte mir Tinte zurecht und nahm eine gebrauchte Feder zur Hand. Sie würde etwas klecksen, aber ich beschloss, undankbare Söhne wie die von Gernard und Geberga hätte keinen sauberen Brief verdient. Dann wartete ich.

»Wie soll ich bloß anfangen?«, seufzte Geberga aus tiefster Seele. »›O heiß und innigst geliebter Albert‹ – oder soll ich Rufus in Worms zuerst ansprechen? Rufus ist der ältere, aber Albert war mir, Gott sei's geklagt, mehr ans Herz gewachsen.«

Ich ging darauf nicht ein, sondern erkundigte mich ungerührt: »Wo weilt Herr Albert derzeit?«

»In Mainz.« Geberga seufzte erneut unglücklich.

Das kann ja heiter werden!, dachte ich herzlos und erläuterte hochnäsig: »Also werden wir zwei Briefe schreiben müssen, gleichen Inhalts, aber in verschiedene Städte zu senden, jeweils mit der Anrede an einen.«

Geberga war nicht von meiner Überheblichkeit gekränkt, dazu war sie offenbar zu sehr mit ihrer Trauer beschäftigt, zu der sich die Angst um ihre Zukunft gesellte. »Das leuchtet mir ein. ›O sehnlichst erwarteter Sohn, komm nach Hause und rette Deine Mutter vor der Verarmung!‹«

»Ihr müsst zuerst schreiben, dass sein Herr Vater tot ist«, erinnerte ich sie vorsichtig.

»Wie schrecklich!«, rief sie, und die Tränen begannen, ihr über die Wange zu laufen. »Wie furchtbar!«

»›Geliebter Sohn‹«, schlug ich alsbald vor, um den Fortgang zu beschleunigen, und setzte zum Schreiben an. Die Spitze der Feder berührte schon fast das Pergament, als Geberga hastig dazwischenging: »›Heiß geliebter‹!«

Erneut setzte ich zum Schreiben an, aber Geberga war noch nicht zufrieden: »›Über alles‹, setze das bitte noch davor«, verlangte sie kleinlich.

Ich schob das Pergament zur Seite und griff nach einer Wachstafel, denn ich wollte nicht Gefahr laufen, dass ich etwas auf teures Pergament schrieb, das dann wieder geändert werden sollte. Es war so aufwendig, die Tinte abzuschaben, viel schneller konnte ich auf der Tafel Worte glatt streichen und ersetzen, um dann die endgültige Fassung zu Pergament zu bringen.

»›Über alles geliebter Herr Sohn‹«, wiederholte ich und ritzte die Worte ins Wachs. Weil ich unter Elisabeths Aufsicht schon etliche Briefe verfasst hatte, fiel es mir nicht schwer, mir die weiteren Worte einfallen zu lassen: »›Gott, der Herr aller Dinge, der allmächtige und gütige Vater sei Dir gnädig‹ – so beginnt man einen Brief – ›und der sündigen Seele Deines hochverehrten Herrn Vaters, der, wie ich Dir in größter Betrübnis mitteilen muss, durch meuchelnde Hand verblichen ist‹ – so leitet Ihr geschickt zu der betrüblichen Botschaft über.«

»… ›an dem traurigsten aller meiner Tage‹, das soll auch darin stehen, sie sollen wissen, wie es ihrer armen Frau Mutter ergeht«, fügte Geberga ein.

»Wenn wir dann noch ›vor diesem‹ ergänzen, wissen sie auch, wann es geschehen ist und dass Ihr Euch beeilt habt, es ihnen mitzuteilen«, vervollständigte ich den Satz.

»Gut, gut. Sodann sollen sie wissen, an wessen verruchter Hand das teure Blut ihres guten Vaters klebt: ›Dieses ungeheuerlichen Frevels schuldig gemacht hat sich der teuflische Herr Edmund Birkelin, der, wie Du Dich hoffentlich entsinnen kannst, aus dem heiligen Köln verbannt wurde und nunmehr in Aachen ansässig ist‹ …« Jetzt sprudelten die Worte nur so aus Geberga heraus, als ob ein Damm gebrochen wäre.

»Haltet ein, so schnell kann ich nicht nachkommen.« Die Sicherheit, mit der sie die Anklage wider Edmund vortrug, bewirkte bei mir das Gegenteil, und ich gemahnte mich an meine Zweifel, von denen ich jedoch wähnte, sie für mich behalten zu sollen. Angeregt durch die Erinnerung wagte ich allerdings zu fragen: »Wisst Ihr, teure Frau Geberga, was Herr Gernard und dieser Notar, war es Herr Josef …«

»Herr Jacob, Jacob vom Kettwick«, half Geberga meinem schwachen Gedächtnis nach.

»Was Herr Jacob vom Kettwick, Herr Gernard und Herr Henken an jenem Abend, als *mein* Herr Vater ermordet wurde, vorhatten?«

»Das ging mich ja nichts an«, antwortete Geberga schroff. Sie besann sich jedoch eines Besseren und setzte etwas milder hinzu: »Aber soviel ich verstanden habe, sollte Herr Richard, also dein Herr Vater, auch hinzukommen. Man erwartete ihn, doch er kam nicht, ja, weil er tot war, und als er nicht kam, ärgerten sich die beiden, Gernard und Henken meine ich, und wurden allein beim Herrn Notar vorstellig. Es ging um irgendeine alte Schuld, wie ich am Rande mitbekommen habe.«

Ich erstarrte. Da war sie wieder, die Rede von der Schuld. Aber wer nun hatte sie bei wem? Und ... Weiter kam ich in meinen Grübeleien nicht, denn Geberga wurde ungeduldig. Ich konnte es ihr nicht verdenken, sie wusste ja nicht um meine bohrenden Zweifel.

»Lasse uns bitte im Sauseschritt weitermachen, sonst verliere ich noch den Faden. Also, sie, Albert und Rufus, waren noch in Köln, als die Verbannung zuerst ausgesprochen wurde, darum müssen wir das Folgende ausführen: ›Die Herrn Landfriedensgeschworenen der hochwohlgeborenen Ratsgeschlechter haben den ehrwürdigsten Versuch unternommen‹ ...«

»Wann?«, unterbrach ich. »›Im letzten Jahr haben‹ und so weiter.«

Ungeduldig stimmte Geberga zu: »Ja, schreib das, und dann: ›ehrwürdigsten Versuch unternommen‹ ...«

»›Ehrwürdigsten‹?« Das Wort schien mir angesichts dessen, was gefolgt war, unpassend zu sein.

»Der Versuch war es fürwahr«, bestimmte Geberga scharf. »Die Schändlichkeit kommt gleich, so geht's fürbass: ›mit ihm einen gerechten Frieden zu schließen, dabei sind sie jedoch den Versuchungen ihrer verwandtschaftlichen Bindungen an Herrn Edmund erlegen und haben ihm zugestanden, was sie nicht durften, dies aber im Geheimen, um es nicht an die überaus wachsamen Ohren der Kölner Bürger dringen zu lassen.‹«

Geberga machte eine Pause, damit ich schreiben konnte. Ich beherrschte die Kurzschrift leider noch nicht, die es erlaubt, so unverzüglich zu schreiben, wie ein Mensch spricht. Zum Zeichen, dass Geberga fortfahren konnte, nickte ich, nachdem ich die Wörter ins Wachs geritzt hatte.

»›Dein Herr Vater jedoch konnte sich in dieses üble Ränkespiel nicht fügen und ließ die Kölner wissen, was dort hinter ihrem Rücken abgemacht worden war, woraufhin der unwürdige Vertrag für null und nichtig erklärt und die Verbannung Herrn Edmunds auf ewig erneuert wurde. So hat sich der alte Bube auf diese grauenhafte Weise gerächt‹ …«

»Besser wäre es, ganz genau zu sein: ›An dem oben angegebenen Tage also‹«, berichtigte ich gewissenhaft. Ich freute mich aber für sie und für die beiden Söhne, dass sie Gernards Tölpelhaftigkeit im Umgang mit den städtischen Angelegenheiten so vorteilhaft zu sehen und darzustellen vermochte, denn es war immer angenehmer, mit den Taten des Familienoberhauptes in Einklang zu stehen. Wehmütig wünschte ich, dass es mir auch bezüglich Vaters gelingen möge, wenngleich dazu wenig Hoffnung bestand.

»Schreib das so, ja. ›… gerächt und Deine gute Frau Mutter zu einer armen Witwe gemacht. Vor seinem so unerwarteten elenden Dahinscheiden hatte Dein Herr Vater ein vortreffliches Geschäft mit meiner Frau Schwester abgemacht, das er nun nicht zu Ende führen kann.‹ Ja, und darum sollen sie sich Beine machen und herkommen, ihrer Frau Mutter helfen.« Mit einem Male war Gebergas Wortschwall verebbt.

»Kennen sie den Ratsbeschluss, die Witwenerbschaft betreffend?«, fragte ich.

»Ich meine, nicht«, antwortete Geberga zögernd.

»Dann muss es auch erklärt werden, sonst sagen sie: Soll Mutter doch das Geschäft führen, sie ist nicht arm, und es droht ihr auch keine Verarmung, schließlich ist sie eine reiche Witwe«, überlegte ich, ungerecht von mir auf andere schließend.

»Sie sollen sich unterstehen, so etwas von ihrer Frau Mutter zu denken, diese Lausebengel!«, schimpfte Geberga.

»Ich schreibe also: ›Weil es auf Ratsbeschluss hin notwendig ist, dass ein männlicher Erbe die Geschäfte fürbass betreibt‹ …«, beharrte ich.

»… ›weisen Ratsbeschluss‹, er ist weise«, fügte Geberga hinzu.

»Denkt Ihr das?«, fragte ich verwirrt. »Dass er weise ist?«

»Nein, aber man sagt dies in ehrerbietiger Weise, und so wohlerzogen wollen wir es halten. Darum ›bitte ich Dich wie

Deinen geschätzten Herrn Bruder, derjenigen den Dankesdienst nicht zu verweigern, die Dir einst unter Schmerzen mit Gottes Beistand das Leben geschenkt hat, und in Deine Vaterstadt zurückzukehren, um mit dem Verdienst‹ ...«

Ohne zu fragen, ergänzte ich »aus dem zuvor bezeichneten Geschäft‹«.

»... ›ihr einen sorgenfreien Lebensabend zu gewähren, den sie sich wahrlich verdient hat. Hernach magst Du mit Gottes Segen und mit meinem für immer ziehen, wohin es Dich treibt.‹«

Ich fertigte zwei Abschriften, von denen die eine an Albert Gir von Covelshofen, den Kölner in Mainz, und die andere an Rufus Gir von Covelshofen, den Kölner in Worms, gehen würde. Unter die Abschriften setzte ich noch »Gezeichnet: Geberga de Porta, Mutter. Im Auftrage erstellt: Peter Nicol vom Eisenmarkt, Lehrknabe bei Elisabeth de Porta, Schwester derselben«.

Schließlich rollte ich die Pergamente, versiegelte sie mit Elisabeths Ring und legte sie auf den Haufen, den der Bote zur Post nehmen würde.

Wir hatten lange gebraucht, um den Brief aufzusetzen. Nicht nur das Schreiben war recht anstrengend gewesen, sondern auch das lange Zusammensein mit der verzweifelten Witwe, während gleichzeitig in mir die Zweifel daran rumorten, dass wir den Mörder der beiden Männer, von denen der eine unglücklicherweise mein eigener Herr Vater war, bereits gefunden hatten.

Ich streckte gerade die Muskeln der Finger, die sich durch das lange Ritzen von Buchstaben ins Wachs verkrampft hatten, als wir ein großes Gepolter hörten, das aus der Richtung der Küche kam.

Mit einem Satz war ich auf dem Weg und vernahm, nachdem das Gepolter aufgehört hatte, dass ein Mensch um Hilfe schrie. War das Grauen nun bis in dieses ehrbare und unschuldige Haus gedrungen, das mir immer eine traute Zuflucht bot? Oder, versuchte ich mich zu beruhigen, verdrosch Engelradis nur mal wieder einen der aufdringlichen Freier, derer sich Elisabeth ihrer mägdelichen Anmut und wohl auch ihres gut gehendes Geschäftes wegen bisweilen zu erwehren hatte? Immer wieder bangte ich, dass eines Tages Elisabeths Trauer um Eike verblassen und das Bild eines neuen Helden erscheinen würde, obwohl Johann sagte, das sei dicke zu wünschen, damit ich endlich von der dummen Hoffnung ließe, sie eines Tages besitzen zu dürfen. Aber auf Johann wollte ich ja nicht mehr hören! Schande sollte der gewinnen, der mich des Gedenkens an Vater entfremdet hatte!

»Au, au, hör auf, du bringst mich ja noch um«, kreischte eine junge Stimme, viel zu jung für einen Freier.

Der Lärm kam wahrhaftig aus der Küche, und ich schlich mich nun vorsichtig dorthin. Als ich um die Ecke lugte, rief der Geschlagene:

»Peter, hilf mir. Man will mich umbringen.«

Engelradis hielt mit ihrer kräftigen Hand niemand anderes als Johann, den sie über das Knie gelegt und dem sie gehörig den Hintern versohlt hatte. Erstaunt ließ sie von ihm ab und schaute ihn an. Erst jetzt schien sie ihn erkannt zu haben.

»Oha, verzeih mir, Peter, dein Freund hat sich herangeschlichen wie ein Missetäter.«

Johann humpelte mir entgegen und rief erneut: »Man will mich umbringen.«

Schadenfroh grinste ich, weil ich ihm die Schläge von meinem ganzen verhärteten Herzen gönnte: »Wer ist denn hier wohl der Zage? Engelradis hat dir nur eins übergezogen, weil sie dich für einen Dieb hielt, aber jetzt geschieht dir doch nichts mehr.«

»Das meine ich nicht«, presste Johann hervor. »Dir wird das Lachen noch vergehen!«

Mit einer Stärke, die ich ihm nicht zugetraut hätte, zog Johann mich in den Hof. Ich schlug um mich, zappelte und wehrte mich mit Händen und Füßen. Schließlich gelang es Johann jedoch, mich unter den großen Kirschbaum zu schleifen.

»Hör mich an«, bat er, während ich weiter auf ihn eindrosch, um dort fortzufahren, wo Engelradis aufgehört hatte, weil sie ja von meiner Wut auf Johann nichts wusste. »Dein Herr Vater ... er war es nicht.«

»Was?«, fragte ich, während meine Schläge immer lustloser wurden.

»Er hat sich nicht an der Fehde der Jülicher beteiligt«, rief Johann mit letzter Kraft.

Ob dieser wundervollen Neuigkeit wechselte mein Gemütszustand unmittelbar, und ich ließ mich neben Johann im Gras vor dem Baum nieder, als hätte nie ein Wässerchen unsere Minne getrübt.

»Leise«, mahnte ich, »muss ja nicht jeder hören. Also, erzähle. Woher weißt du das?«

»Später«, wehrte Johann ab. »Ein Teufel ist mir gefolgt, zur Burg. Darum habe ich gesagt, man wolle mich umbringen.«

»Ach was«, lachte ich, erleichtert über die Aussicht, dass mir die Schande erspart bleiben würde, der Sohn eines Friedensbrechers zu sein. »Das bildest du dir ein.«

»Nein«, beharrte Johann, »ich wurde sogar tätlich angegriffen.«

»Und wer soll das getan haben?«, fragte ich, immer noch nicht überzeugt. Solche Dinge geschahen den Erwachsenen, Gernard, Vater, Johanns Vater, vielleicht einst Henken oder Everhard, doch nicht uns Jungen.

»Ich weiß nicht, wer das gewesen ist«, beteuerte Johann verängstigt. »Ich war in der Burg, an unserem Fenster. Da trat der Schatten hinter mich. Ich habe ihn an der Wand gesehen, das Schwert schon über dem Haupt, bereit, auf das meinige herniederzusausen. Ich habe geschrien wie am Spieß. Und dann ist jemand mir zu Hilfe geeilt und hat mit dem Teufel gerauft, vermutlich einer der Bettler, die dort hausen.«

»Und du hast den Angreifer nicht erkannt?«, tadelte ich streng.

»Also, Peter, ich hab nur gemacht, dass ich weglaufe, so schnell bin ich in meinem ganzen Leben noch nicht gerannt«, rechtfertigte sich Johann.

»Keinen Blick erhascht?«, bohrte ich unnachsichtig.

»Es war schon so dämmrig in der Burg«, jammerte Johann, verzweifelt um Nachsicht bittend.

»Irgendetwas musst du doch gesehen haben!«, zischte ich. »Denk gefälligst nach!«

Johann tat, wie ihm geheißen. Er kehrte den Blick nach innen und sagte dann: »Der Angreifer war in schwarzem Tuche vermummt, wähne ich.«

»Darum die Rede vom Teufel«, sagte ich abschätzig.

»Was sollen wir nur tun?«, fragte Johann leise und vertraut.

»Wir?«, fragte ich kaltschnäuzig. Ich wollte nicht, dass er straflos davonkäme. Denn was blieb, war ja wohl, dass er Vater bestohlen hatte. Auf dem Totenbett! Henken hatte recht, so jemandem durfte man nicht mehr die Hand geben, nicht einmal den kleinen Finger reichen. Daran änderte sich nichts! Sollte er doch zu Teilmann gehen!

»Du wirst mir nicht beistehen?«, fragte Johann ebenso leise, aber nicht mehr so vertraut. Es klang schon fern und wehmütig.

Verstockt schwieg ich.

Johann war noch blasser als sonst und zitterte. Mit sichtbar weichen Knien raffte er sich auf, flüsterte leise »Lebewohl« und trollte sich.

*

Elisabeth musste gesehen haben, wie er hinausging, und hatte den Zustand erahnt, in welchem er sich befand. Sie trat jedenfalls unmittelbar, nachdem Johann weg war, an den Baum und sagte: »Es ist so ein Jammer, denn es gibt nichts Schöneres auf der Welt als die Minne. Was ist nur geschehen zwischen euch?«

»Das muss ich Euch ein anderes Mal berichten«, sagte ich und erhob mich. Johann war nicht zu Teilmann gegangen, sondern zu mir gekommen, um Hilfe zu erbitten, trotz alledem, was zwischen uns geschehen war. Ich hatte eine heilige Pflicht zu erfüllen, die Pflicht der ewig währenden Minne! Ich sagte nichts weiter, sondern ging ebenfalls zur Pforte. Draußen war es dunkel. Niemand war mehr auf der Straße. Ich lugte hervor und erspähte Johann, der die Cäcilienstraße hinunterschlich wie ein geschlagener Hund. Er dauerte mich sehr. Langsam folgte ich ihm. An der Ecke zur Schildergasse gewahrte ich einen Schatten, der sich auf ihn zubewegte. Ich spannte alle Muskeln und rannte los. Weil der Schatten schon bedrohlich nahe bei Johann war, stieß ich gellende Schreie aus.

»Johann, zur Seite!«, brüllte ich, als ich sah, dass der hünenhafte Schatten den Arm hob. Erkannte ich da einen Dolch in seiner Hand? Oder war es gar ein Schwert? Es ging alles so schnell, dass ich nicht einmal das erkennen konnte!

Johann wich aus, und als ich mich näherte, suchte der Hüne das Weite. Hatte der Schatten einen Schweif? Hörte ich einen Pferdefuß davontraben? War es leibhaftig ein Teufel?

Als ich bei Johann war, prallte ich mit ihm zusammen, und wir beide strauchelten.

»Danke, Peter«, keuchte Johann leichenblass.

»Wahrlich, da will man dir ans Leder«, stellte ich fest, ebenfalls außer Atem.

»Ruhe da unten«, dröhnte es aus einem Fenster.

Wir rappelten uns hoch.

»Wohin soll ich mich jetzt bloß wenden?«, heulte Johann unschlüssig. »Der Teufel kennt ja unser Versteck in der Burg, und nach Hause traue ich mich auch nicht.«

»Hör zu, Johann, du entsinnst dich des Durchschlupfes in der Mauer bei den Barfüßern in der Rosengasse, wo wir vormals die Äpfel geklaut haben? Gut. Wir laufen getrennt, um den Teufel zu verwirren. Du nimmst den Weg über die Herzogstraße, ich den über den Steynweg. Gib mir einen Vorsprung, mein Weg ist etwas weiter. Zähle bis zehn. Und nun Hals- und Beinbruch.«

Damit lief ich von dannen.

Aus der Schildergasse schallte mit plötzlich der Ruf entgegen: »Haltet den Dieb!«

Ein Mann vor mir drehte sich um und stellte mir ein Bein. Ich rollte in den Dreck, kam aber wieder auf die Füße.

»Ich bin's nich'!«, brüllte ich aus Leibeskräften und rannte fürbass. »Ich bin's nich'.«

Ich vernahm Hohngelächter in meinem Rücken, und bald war nicht bloß der Mann, der mir das Bein gestellt hatte, hinter mir her, sondern eine ganze Meute. Am Steynweg angekommen, entschied ich mich, die Dravergasse hochzulaufen. Auf den runden Steinen glitt man gerade im Herbst schneller aus als auf dem Matsch der nicht gepflasterten Straßen. Dennoch fühlte ich schon den heißen Atem der Verfolger im Nacken und gewahrte, dass eine Hand nach meinem Kleid griff, als gerufen wurde, der Dieb sei gestellt. Die Meute kehrte um, und ich lehnte mich erleichtert und erschöpft an eine Hauswand. Viel Zeit zum Verschnaufen konnte ich mir jedoch nicht gönnen. Ich kehrte nicht zum Steynweg zurück, sondern setzte meine Schritte in Richtung zur Herzogstraße fort. Hier müsste ich auf Johann treffen, und wir würden den Rest des Weges doch gemeinsam gehen.

An der Ecke zur Herzogstraße bog ich rechts ein, sah oder hörte Johann allerdings weder hinter noch vor mir. Er wird schneller gewesen sein, versuchte ich mich zu beruhigen, vielleicht hat er zu eilig bis zehn gezählt oder es gar nicht ausgehalten zu warten. Er wird schon da sein, redete ich mir ein.

Beim Barfüßerkloster angekommen, schaute ich mich verängstigt um, ob mir auch ja niemand gefolgt war, und schlüpfte durch den vertrauten Riss in der Mauer. Johann konnte ich nirgendwo ausmachen. Für einen Augenblick war mir, als bliebe mein Herz stehen. Was konnte mit ihm geschehen sein? Wo mochte er jetzt sein? Hatte ihn der Teufel erwischt, und er war nicht mehr am Leben?

Angestrengt lauschte ich. Es war nichts zu vernehmen, was darauf hindeutete, dass jemand angelaufen käme. Was war angeraten, jetzt zu tun? Ihn suchen gehen? Aber wo? Er musste ja auf dem kurzen Wegstück der Antonsgasse verloren gegangen sein! Hatte ihm dort der verfluchte Schatten aufgelauert?

Wenn Johann doch noch am Minoritenkloster eintreffen sollte, während ich in der Antonsgasse nach ihm suchte, wäre das ein schlimmes Missverständnis. Wie lange sollte ich andererseits hier auf ihn warten? Starker Gott, betete ich, lasse nicht zu, dass auch noch mein Freund Johann ums Leben kommt!

Derart verängstigt war ich, dass ich, als ich ein Keuchen näher kommen hörte, zusammenzuckte und dachte, dass nicht Gott mein Gebet erhört hätte, sondern der Teufel ein böses Spiel mit mir triebe und mir den Verfolger geschickt hätte.

»He, ich bin es bloß«, vernahm ich leise die Stimme von Johann, der mein Erschrecken wohl irgendwie mitbekommen haben musste.

»Gott sei Dank!«, stöhnte ich aus tiefster Seele. »Wo bist du gewesen?«

»Ich kam die Antonsgasse entlang und wollte in die Schildergasse hinunter zur Herzogstraße, aber da war ein Menschenauflauf. Ich hörte Geschrei, etwas von einem Dieb oder so, also bin ich hoch zur Kreuzgasse, um die Streitzeuggasse zu nehmen, dort hinwiederum wurde der Weg von einem Karren versperrt, den Schmiede mit Schwertern und Rüstungen beluden. Ich lief also zurück und durch die Pützgasse, die Glockengasse runter. Peter, du, ich bin ja sooo erschöpft!«

Wir verkrochen uns hinter einem Strauch und wagten zuerst gar nicht mehr zu sprechen. Es wäre gelogen, wenn ich behaupten würde, ich hätte keine Furcht gehabt.

Schließlich brachte Johann seinen Mund ganz dicht an mein Ohr, was mich unangenehm an die Nacht mit meiner Schwester erinnerte.

»Dein Herr Vater hat es nicht getan«, hauchte Johann, wenn er auch der vorausgegangenen Anstrengung wegen ein gewisses Krächzen in der Stimme nicht vermeiden konnte. Es hörte sich an wie das der Alten in Henkens ehemaliger Werkstatt. »Er war es *nicht*, der sich an der Jülich-Brabanter Fehde beteiligt hat.«

»Woher hatte er dann die Münze?«, fragte ich ebenso leise, jedoch ohne Johanns Ohr zu berühren.

»Na ja, die Münzen werden hier in Köln nicht gern genommen und sind wahrlich selten«, erklärte Johann, »aber es ist nicht unmöglich, dass dein Herr Vater sie anderweitig erhalten hat.«

»Das ist sehr vage und stellt keinen Beweis dar«, maulte ich und war enttäuscht.

Johann schien das bemerkt zu haben: »Nun warte, der Beweis kommt erst noch. Ich ... Also, es verhält sich dergestalt: Ich habe mit Mutter darüber gesprochen.«

»Mit deiner Frau Mutter«, wiederholte ich einfältig.

»Ja, und sie ... es ist kaum weniger schlimm es dir zu sagen, Peter. Sie kann bezeugen, dass dein Herr Vater in der fraglichen Zeit ... in ... woanders war«, druckste Johann herum.

»In der fraglichen Zeit.« Weil ich nichts verstand oder vielleicht nichts verstehen wollte, mir aber nichtsdestotrotz wieder Böses schwante, blieb mir nichts anderes übrig, als stumpf die Worte zu wiederholen, die Johann flüsterte.

»Ja, auf den Tag genau zwischen den Iden und dem Ende des Augustes«, bestätigte Johann.

»Er war nicht daheim, das habe ich schon nachgeforscht.« Ich erinnerte mich an das, was meine Schwester mit Vaters Abwesenheit verbunden hatte.

»Meine Frau Mutter weiß es besser«, beharrte Johann.

Ich erhob meine Stimme: »Wie kannst du das behaupten?«

»Sch, leise«, mahnte Johann. »Sie ... er ... Sie hatte eine Reise zu den Verwandten im Bergischen vorgetäuscht ... Meine Frau Mutter ... beging Unkeuschheit mit ihm ...«

»... und meine mit Herrn Henken«, ergänzte ich, ohne weiter darüber nachgedacht zu haben, was ich da sagte. Doch genau das war es, was meine Schwester angedeutet hatte, ohne Namen zu nennen, vielleicht weil sie sie nicht kannte.

Weil ich nicht wusste, wohin mit meiner erneut aufgeflammten Wut, rammte ich Johann den Ellenbogen in die Seite. Er wagte nicht aufzujaulen, seinem Mund entwich nur ein gepresstes Stöhnen.

»Du Narr!«, wimmerte er und wand sich in Schmerzen.

»Meine Familie trifft die Schande nicht weniger als deine.«

Ich muckste mich nicht.

»Hier können wir nicht bleiben«, beschwerte sich Johann dann, »ich friere.«

»Lass uns ins Hospital von St. Andreas gehen und uns unter die Bettler und Lumpen mischen«, schlug ich vor.

»Man muss dort bezahlen«, wandte Johann ein. »Hast du Geld?«

»Nein«, antwortete ich kleinlaut. Meinen Lohn hatte ich nämlich am Abend bei Elisabeth schon in den Sparstrumpf gesteckt, bevor ich nach den Anstrengungen des vergangenen Tages erschöpft eingeschlafen war. Hätte ich das doch nicht getan!

»Ich auch nicht«, bekannte Johann freimütig. »Jedenfalls nicht dabei, denn wenn man es im Geldbeutel bei sich trägt, zerrinnt es einem für gewöhnlich zwischen den Fingern.«

»Ich weiß, wo wir Geld herbekommen. Hör zu, Johann, ich war vorhin in der Werkstatt von Herrn Henken von Turne wegen dem, was Herr Gernard Gir von Covelshofen vor seinem Tod … vor seiner Meuchelung zu mir gesagt hat. Sie ist verwaist bis auf eine Alte, die dort haust, dem Vernehmen nach seine Frau Mutter. Sie hat einen Sack voll Geld …«

»Du willst dich zum Dieb machen?«, empörte sich Johann.

»Nun gut, dann müssen wir uns eben der Gefahr stellen, in die Burg gehen und den Jülicher Taler holen.«

In aller Vorsicht krochen wir aus unserem Versteck und bewegten uns in Richtung Rhein. Es war fast schon dunkel, und kaum jemand befand sich noch in den Gassen. Die Straßenkehrer mit ihren Reisigbesen waren schon zugange. Das Klacken ihrer Holztrippen, mit denen sie ihre Schuhe vor dem tiefen Matsch und Schmutz schützten, war weithin zu hören. Wir hielten uns in der Mitte des Weges und schauten uns oft um, der eine nach rechts, der andere nach links, der eine nach vorn, der andere nach hinten. Wir horchten auf jedes Geräusch, konnten aber nichts Verdächtiges entdecken oder vernehmen.

Umso mehr erschraken wir, als wir hinter uns Schritte hörten, die sich unaufhaltsam zu nähern schienen.

»Was habt ihr hier noch zu schaffen, ihr Lausejungen?«,

fragte eine Stimme. »Macht, dass ihr nach Hause kommt, sonst lasse ich euch vom Gewaltboten einsammeln!«

Ich drehte mich um. Ein massiger, fast kahlköpfiger Straßenkehrer hatte sich hinter uns aufgebaut, den Besen in der einen Hand, die andere herausfordernd in die Seite gestemmt. An seinem Gürtel hingen mehrere Schlüssel.

»Schon gut, Alter«, sagte ich mit sündiger Überheblichkeit. »Wir müssen noch einen Brief überbringen … äh … an Pfarrer August in Groß St. Martin.« Mir fiel in der Schnelle keine bessere Ausflucht ein, und ich hoffte, der Straßenkehrer würde den Namen des Pfarrers von Groß St. Martin nicht kennen, denn ich tat es nicht.

»Ihr seid keine Boten«, stellte der Straßenkehrer fest und zog missbilligend die hohe Stirn in Falten.

»Los!«, raunte Johann, nahm mich am Ellenbogen und begann zu laufen.

»Willst du uns die ganze Stadt auf den Hals hetzen?«, keuchte er, während wir an der Stesse, dem Wohnviertel der Ratsboten, entlangrannten, als seien *wir* die Teufel.

＊

Wenig später trafen wir unbehelligt am Hille'schen Lagerhaus ein. Vorsichtig drückten wir die Pforte auf, es war jedoch nicht zu vermeiden, dass sie ein kleines, wehklagendes Quietschen von sich gab. Witwe Hille schlief wie immer laut schnarchend zusammengerollt neben der Pforte. Auf der gegenüberliegenden Seite des Fischmarktes brannte über einem Hauseingang eine blakende Laterne. Sie schwankte im Wind und warf ab und zu ein wenig Licht in den Eingang des Lagerhauses.

»Sieh nur, Peter, das ist Blut und kein Dreck an Witwe Hilles Gesicht und an ihren Lumpen«, sagte Johann mit stockendem Atem, als das Licht direkt auf sie fiel. Er griff nach mir und hielt mich fest.

»Hat sich womöglich wieder geprügelt«, vermutete ich gespielt herzlos. »Hat sie eine offene Wunde?«

Johann ließ mich los, näherte sich der Schlafenden und hockte sich neben sie. Dann flüsterte er: »Ich kann nichts Verdächtiges feststellen.«

Erleichtert schlichen wir die Treppe hinauf und schafften es, die lose Stufe zu überspringen. Auch das Knarren der anderen Stufen hielt sich in Grenzen, weil wir so umsichtig auftraten.

Im ersten Stock schnarchte jemand in der Nähe »unserer« Nische. Wir tasteten uns unsicher vor. Johann entfuhr vor Angst ein lauter Furz. Unter anderen Umständen hätte ich darüber sicherlich gelacht. Das lauteste Geräusch im Raume verursachten unsere Herzen. Bevor wir den Schlafenden erreicht hatten, traten wir in klebrigen Matsch, und ich wäre fast ausgeglitten. Im letzten Augenblick fing ich mich, berührte aber beim Abstützen den Matsch mit der Hand.

Blut! Viel mehr als das, was wir bei Witwe Hille vorgefunden hatten, eine große Lache. War der Schlafende verletzt? Es kam schon vor, dass ein Bettler die »Hausordnung« missachtete und, anstatt in einer Ecke zu nächtigen, mitten im Wege einschlief, besonders wenn er zu viel des Weines genossen hatte.

»So schnarcht kein Verletzter«, hörte ich Johann mit Grauen in der Stimme flüstern. »Hier liegt noch jemand.«

Ich hatte das Gefühl, dass er nur mit Mühe einen lauten Schrei unterdrückte. Ich vertraute seinem Urteil, denn er verfügte über ein erstaunliches Wissen über Gesundheit und Krankheit, das ihm seine Mutter beigebracht hatte.

Johann bückte sich und tastete im Dunkeln: »Kein Puls, kein Atem, keine Wärme. Unzweifelhaft tot.«

»Sag so etwas nicht«, bat ich zitternd. Meine gespielte Gelassenheit war dahin.

»Es ist wahr!«, kreischte Johann angeekelt, als würde er es jetzt erst richtig wahrnehmen. Er vermochte es nicht mehr, seine Stimme zu zügeln. »Dafür kann ich doch nichts.«

Aus einer Ecke brummte jemand erbost: »Ruhe, wenn ich bitten darf! Man will schlafen!«

»Hier liegt ein Toter!«, rief ich gedämpft hinüber.

»Macht euch nichts draus«, kam eine murmelige Antwort.

»Das passiert schon mal in einer Stadt, in der die Weber herrschen und nicht Zucht und Ordnung. Kein Grund zur Ruhe-
störung.«

»So viel steht fest«, sagte ich zu Johann. »Herr Edmund Birkelin kann es nicht gewesen sein.«

»Wieso?« Johann dehnte die Antwort, als ob er selbstverständlich davon ausgegangen war, dies anzunehmen, obwohl
er bislang noch nicht den Verdacht geäußert hatte, Edmund
hätte sein Verfolger gewesen sein können.

»Der liegt bereits in Ketten«, erklärte ich kurz.

»Vor den Toten sollte ich vielleicht weniger Furcht haben
als vor den Lebendigen«, überlegte Johann beklommen.

»Bei der versauerten Milch des Jesuskindes«, meldete sich
der schlafbedürftige Bettler erneut zu Wort. »Kümmert euch
gefälligst bei Helligkeit um euren verdammten Toten und lasst
unsereins in Ruhe nächtigen.«

»Jetzt könnte ich einen ›Libanon‹ gebrauchen«, seufzte ich.

»Rufus hat doch schon zu«, raunzte mich Johann an. »Außerdem haben wir doch kein Geld.«

»Kann das denn wahr sein?«, kam es aus der Ecke. Der
schlaftrunkene Ton war einem gewissen Grölen gewichen.
»Das erinnert mich an früher, hab ich auch immer getrunken,
als es noch bessere Zeiten waren für mich. Hier, einen ›Libanon‹ habe ich nicht, aber nehmt doch einen Schluck von meinem Wein, ist noch was übrig.«

Ich tastete mich hinüber und sah die Umrisse eines alten,
zerzausten Mannes. Seine Augen funkelten, unerwarteterweise
mit Minne. Ich sah, wie seine Hand zitterte, als der Alte einen
Krug nahm und mir etwas in den Mund schüttete. Es handelte
sich um widerlich abgestandenes Zeug. Kaum hatte ich es ge-
schluckt, war mir, als ginge es mir besser.

»Dein Freund auch!«, befahl der Alte fröhlich.

Zögernd näherte sich Johann und bekam auch einen kräftigen Schluck. Er hustete und ein Teil des Weines lief ihm aus
dem Mund.

»Der wertvolle Wein!«, schimpfte der Alte spaßhaft, denn

seine Stimme blieb dabei freundlich. »Du lernst es auch noch.«

»Danke!«, sagte ich zu dem Alten. »Wir müssen wieder los.«

»Morgen ist auch noch ein Tag«, antwortete er, legte sich wieder hin und drehte sein Gesicht zur Wand. »Schlaft erst mal eine Runde.«

Ich stieß Johann an zum Zeichen, dass er jetzt die Münze holen solle, und er verstand. Johann hatte keine Mühe, die Münze im vergammelten Mauerwerk zu finden, denn wenn er sie auch nicht sehen konnte, so führte ihn sein sagenhaftes Gespür zur richtigen Stelle, und ohne ein weiteres Wort verließen wir die Burg wieder.

Als wir auf den Fischmarkt hinaustraten, war es bereits stockfinster. Mit einem Mal war mir speiübel. Die Laterne über dem Eingang zum gegenüberliegenden Haus brannte nicht mehr. Ich blickte mich um. Überhaupt waren nur noch wenige Fenster erleuchtet und die meisten Laternen verlöscht. Ich übergab mich. Der Wind fegte durch die Straßen, und droben am Himmel trieb er die Wolken vor sich her. Ab und zu gaben diese etwas vom Mond frei, und es war möglich, den Weg zu erkennen. Johann tat es mir nach und übergab sich einige Schritte später, obwohl er ja dicke weniger von dem Wein abbekommen hatte. Wir krallten uns aneinander und setzten vorsichtig einen Schritt vor den anderen, bis wir beim Hospital von St. Andreas in der Armenstraße oberhalb der Pfaffenpforte ankamen. Die Pfaffenpforte hat durchaus etwas mit der Geschichte unserer Familie zu tun, mit Mutters Familie genauer gesagt, derer von Grin. Denn der heldenhafte Bürgermeister Grin, ein Urahn meiner Frau Mutter, war vor unerdenklichen Jahren von zwei unehrenhaften Pfaffen in eine Falle gelockt worden und musste sich gegen Bestien wehren. Aber seine Kraft war so übermenschlich, dass er überlebte und die Pfaffen anklagen konnte, die dann dieser Orten aufgeknüpft wurden. So geschieht es dem Pfaffenpack recht, dachte ich übellaunig, da ich Pfarrer Martin immer noch gram war, obwohl bei Lichte besehen die Grins ja auch nicht besser waren.

Wir mussten lange kräftig klopfen, bis uns ein alter Mönch öffnete. Um seine Tonsur brauchte er sich nicht mehr zu kümmern, denn er hatte sowieso kaum noch Haare auf seinem alten, von Flecken übersäten Kopf. Seine Kutte war zerschlissen und strömte einen Geruch aus, als würde sie aus eiem feuchten Keller stammen, in welchem sie über Jahre hinweg gelagert und aus dem sie gerade erst wieder hervorgeholt worden war.

Ich drückte ihm die Münze in die speckige, nasskalte Hand und ließ meine Hand in seiner ruhen, sodass er die Münze nicht sehen konnte.

»Wir suchen ein Dach über dem Kopf für eine Nacht«, sagte ich. Ich stellte mir vor, dass ich von Angst, Hunger und der Wirkung des schlechten Weines ganz leichenblass war. Johann jedenfalls war es, und ich werde nicht deutlich besser ausgesehen haben. »Und das ist alles, was wir haben. Nehmt es für Gott, Vater.«

Der Mönch fühlte wohl, dass es eine wertvolle Goldmünze war, die sich zwischen unseren Händen befand.

»Gott vergelt's euch«, rasselte er gutmütig. »Ihr seid noch so jung, viel zu jung.«

»Für eine Nacht«, sagte ich, zog meine Hand zurück und legte den Finger geheimnisvoll an den Mund: »Und vor allem – kein Wort zu niemandem.«

Der Mönch wiederholte die Bewegung und sagte in geheimem Einverständnis: »Oben rechts müsste ein Eckchen auf einem Bett frei sein.«

Als wir Geräusche vernahmen, die unzweifelhaft auf unkeusches Treiben schließen ließen, errötete Johann, während ich sah, wie der Mönch genüsslich grinste.

»Habt Ihr etwas, wo wir ungestört sind?«, fragte Johann.

Der Mönch runzelte bedrohlich die Stirn, sein Wohlwollen war anscheinend aufgebraucht. Dann warf er jedoch einen kurzen Blick auf die Goldmünze und sagte widerstrebend: »Nehmt meine Kammer, ich habe sowieso Nachtdienst.«

Er führte uns in eine ebenerdig gelegene, entsetzlich winzige Kammer, in der sich kaum etwas anderes befand als ein roher, halb verfaulter Balken an der Wand, der offensichtlich als Bett diente. Unter dem widerlichen Balken stand das Nachtgeschirr, und auf dem Balken befanden sich ein wenig Stroh, um den Kopf zu betten, und eine sehr dünne Decke. Der Raum war fensterlos, und nachdem der Mönch uns eine gute Nacht gewünscht und die Tür geschlossen hatte, war es finsterer, als ich es jemals erlebt hatte. Es müffelte abstoßend nach einer Mischung aus faulendem Holz, nassen Wänden und Überresten menschlicher Ausscheidungen. Da haben es die Bettler im Hille'schen Lagerhaus weitaus besser, dachte ich. Zudem kostet es dort nichts!

Wir setzten uns nebeneinander auf den Balken und brauchten eine Weile, bevor wir etwas sagten. Ich stellte mir vor, dass Johann nicht anders als mir die Augen vor Müdigkeit zuzufallen drohten, zum Schlafen waren wir jedoch zu sehr von den Ereignissen mitgenommen.

»Der Tote in der Burg«, sagte Johann schließlich und röchelte, als müsse er sich wieder übergeben. Gott sei Dank war nichts mehr im Magen, was er ausspeien konnte. »Er ist um meinetwegen gestorben wie ein Held, und sei er der ärmste Bettler. Gott sei seiner Seele gnädig.«

Die Aufmerksamkeit meines benebelten Hirnes gehörte einer anderen Angelegenheit: »Mein Herr Vater war nicht derjenige, der dem Verbot entgegen an der Jülich-Brabanter Fehde teilgenommen hat. Die Fehde … Vater … Herr Gernard … der Angriff auf dich und der tote Bettler. Ich gäbe was drum, wenn ich wüsste, ob und wie das alles zusammenhängt.«

»Weißt du etwas Näheres über Herrn Edmund Birkelin?«, fragte Johann zusammenhanglos, wie mir schien. »Du hast gesagt, er läge in Ketten.«

Es gab mir einen Stich von Ärger, dass Johann keine Anstalten machte, auf das mir Wichtige einzugehen, antwortete aber dennoch: »Ja, die Weber haben ihn aufgegriffen, und es fügte sich, dass ich sogar bei seiner ersten Vernehmung dabei sein konnte aufgrund des Zeugnisses, das ich abgeben konnte, weil ich mit Herrn Gernard Gir von Covelshofen gesprochen hatte am Abend zuvor.«

»Und was sagte Herr Edmund zu den Anschuldigungen?«, lautete Johanns nächste Frage, als befände ich mich im Verhör.

»Er bestreitet sie beide«, berichtete ich wahrheitsgemäß. »Wenn ich so recht darüber nachsinne, halte ich es für ziemlich sicher erwiesen, dass er Herrn Gernard auf dem Gewissen hat, wegen des Pergamentes mit der Drohung, der Angst von Herrn Gernard und der Tatsache, dass Herr Gernard die Erneuerung des Bannes gegen Herrn Edmund verschuldet hatte.«

»Der Mord an deinem Herrn Vater aber geht nicht auf seine Kappe, meinst du«, stellte Johann ungerührt fest.

»Nein, den Grund hast du mir schon ganz zu Anfang geliefert«, antwortete ich im gleichen, vorgetäuscht nüchternen Tone, »Herr Edmund hätte durch den Mord an meinem Herrn Vater nichts zu gewinnen gehabt. Auch und gerade wenn es stimmt, was Herr Edmund vorbringt, nämlich dass Vater Schulden bei ihm hat, vielmehr hatte, klingt es nicht sehr folgerichtig, dass der Gläubiger den Schuldner erschlägt und somit alle Hoffnung fahren lassen muss, jemals eine Rückzahlung zu erhalten.«

»Die angebliche Schuld deines Herrn Vaters bei Herrn Edmund passt allenthalben zu Herrn Gernards Hinweis, der Grund für den Mord könnte eine nicht zurückgezahlte Schuld sein«, überlegte Johann. »O Gott, wie ist mir übel!«

Es war, als würde die vollkommene Dunkelheit unser Reden von unseren Herzen trennen, so sprach auch ich, als drehe es sich nicht um Vater, sondern um eine Rechenaufgabe im Kontor: »Herr Gernard wollte damit wohl kaum meinen Herrn Vater beschuldigen, sich selbst den Kopf eingeschlagen zu haben. Es ergibt eben keinen Sinn. Ich wüsste vor allem gern, warum Herr Henken mir gegenüber die Verwicklung meines Herrn Vaters in die Fehde bestätigt hat. Ich konnte es ihm nicht verübeln, solange ich es für unabweisbar hielt, nun hingegen ist es etwas anderes.«

»Die Werkstatt von Herrn Henken, erzähl mir etwas davon«, verlangte Johann nun herrisch.

Ich wunderte mich über mich selbst, dass ich ihm ohne einen Widerstand seinen großtuerischen Willen tat: »Ich traf dort nur seine Frau Mutter, sie ist wirr im Kopfe. Sonst ist die Werkstatt ratzekahl leer. Ich verstehe nicht, warum, denn wenn Henken anderes im Sinne hatte, als sich um seine Werkstatt zu kümmern, hätte er sie, wie es üblich ist, einem seiner Gesellen übergeben können. Aber die Alte hat etwas gesagt über Juden, die keine sind, und gefaselt, das Geld sei zurückgekehrt. Sie hat aus der Schrift gesprochen, die Geschichte mit Joseph und seinen Brüdern. Zum Schluss hat sie mir sogar Geld angeboten! Davon hatte ich dir schon berichtet ...«

»Was bedeutet ›ratzekahl leer‹?«, unterbrach Johann ungeduldig.

Ich stellte mir vor, dass er bei dieser Frage sogar seinen Finger hob wie ein Schulmeister.

»Dass die Werkzeuge verkauft wurden«, brummte ich gehorsam. »Mir ist nicht wohler im Magen als dir.«

»Und warum verkauft ein Handwerker seine wertvollen Werkzeuge?«, setzte Johann seine überhebliche Befragung fort. »Eigentlich ist es nicht im Magen, sondern im Kopf. Alles dreht sich.«

Ich dachte, dass ich nun doch gleich platzen würde, und spürte, wie mir das Blut in den Kopf stieg. Johann wollte mich auf einen Gedanken lenken, den er nicht aussprach und der mir sicherlich missfallen würde. Nichtsdestotrotz konnte er wichtig sein. Darum hielt ich mich zurück und machte gute Miene zum bösen Spiel. »Weil er seinen Beruf an den Nagel hängen will, vielleicht.«

»Würde er dann nicht seine Werkstatt, wie du gesagt hast, einem Gesellen vermachen?« Johanns Stimme hob sich in der Erregung ein wenig, sodass ich nun das Gefühl hatte, er trieb nicht mich zu einem neuen Gedanken, sondern sich selbst.

Seine Erregung ging auf mich über, und ich mutmaßte: »Gepfändet? Die Juden?«

»Juden, die keine Juden sind. Das könnten Pfandleiher sein, die keine Juden sind, oder?«, schloss Johann, und ich konnte, weil wir der Kälte wegen so dicht beieinander saßen, spüren, wie sich seine Haare aufrichteten und ihm eine Gänsehaut über den Körper lief.

»Worauf willst du hinaus?«, fragte ich bang. Ich erwartete nichts Gutes.

»Das ist doch offensichtlich!«, rief Johann, soweit das im Flüsterton ging. »Gepfändet wird derjenige, der Schulden hat. Mein Kopf ist wieder ganz klar! Das könnte Herr Henken von Turne sein.«

Meine ganze Erregung ging dahin, und ich sackte zusammen. Mein Kopf, alles andere als klar, stieß mit einem dumpfen Ton hart an die Wand. Seiner Stütze beraubt, fiel Johann zur Seite, mir auf den Schoß. Einen flüchtigen Augenblick dachte ich daran, wie schön es doch wäre, wenn Elisabeth so neben mir säße, da wäre es mir auch einerlei, dass diese Kammer aus einem Haufen Unrat bestand.

»Bei Gottes blutendem Zers!«, fluchte Johann. »Pass doch auf, was du tust!«

Ich seufzte: »Da hast du Vater zu meiner großen Erleiterung freigesprochen, und nun willst du mir den nehmen, der mir an Vaters statt beistehen kann!«

Johann richtete sich auf und neigte nun auch seinen Kopf zur Wand hin, wenn auch ganz langsam und vorsichtig, sodass er mir wieder ins Ohr flüstern konnte: »Das Geld, das zurückkommt, das ist das Blutgeld des Herzogs von Jülich. Damit sollte die Schuld getilgt werden.«

Langsam schwante auch mir, wie die Dinge wirklich zusammenhingen: »Vater hat es herausgefunden und wollte Herrn Henken, der sein Nebenbuhler bei meiner Frau Mutter war, auf diese Weise loswerden.«

»Aber die Dinge nahmen einen anderen Lauf«, stellte Johann fest. »Die Kopfschmerzen, sie kehren zurück.«

Es gab eine Frage, die ungeklärt war, und das überlagerte meine eigenen Kopfschmerzen: »Wie aber ist mein Herr Vater, für ihn so verhängnisvoll, Herrn Henken auf die Schliche gekommen?«

Johann überlegte und hatte einen Geistesblitz, der die Finsternis zu durchzucken schien: »Mensch, Peter, denk doch mal nach! Das Geldsäckchen der Alten!«

Das konnte sein, stimmte ich innerlich zu, ohne etwas zu sagen. So wie sie mir das Geldsäckchen angeboten hatte, war vielleicht auch mein Herr Vater darangekommen. Mich ärgerte nun maßlos, dass ich so furchtsam gewesen war und es nicht von ihr genommen hatte. Denn dann wüssten wir jetzt, ob sich in dem Geldsäckchen Jülicher Münzen befanden. Aber warum gab die Alte so freizügig davon, wo es doch ihren Sohn an den Galgen bringen konnte?

Johann störte mein Nachsinnen: »Wer wusste alles von unseren dunklen Vermutungen, dein Vater sei an der Fehde beteiligt gewesen?«

»Herr Henken«, antwortete ich tonlos.

»Der Schatten. Peter, es mag dir schwerfallen, aber sieh es doch so an, dein Herr Vater ist ehrenvoll gestorben. Er hat einen Friedensbrecher gestellt und ist dabei …« Als Johann hier angekommen war, verließ ihn die Freude der Entdeckung, und er brach ab.

Ich weinte leise und grübelte noch, welche Rolle meine Frau Mutter dabei gespielt haben mochte. Ich war mit meiner Kraft allerdings so am Ende, dass ich diese Frage nicht mehr ergründen konnte.

Johann legte mir den Arm um die Schultern, und wir schwiegen. Es kann sein, dass wir hier und da von Müdigkeit übermannt einschlummerten, doch immer wieder erwachten wir von schlimmen Träumen geplagt, bis am frühen Morgen der Mönch die Tür aufriss und uns unbarmherzig verscheuchte.

# Zwischenspiel

Die Anspannung wollte nicht weichen, und Markus fand keinen Schlaf. Man war Vaters Mörder habhaft geworden und hatte ihn dingfest gemacht. Beruhigt war Markus aber nicht. Herr Henken hatte der Frau Mutter und ihm großzügig Unterstützung zugesagt, was die Weiterführung von Vaters Weinhandel betraf. Die würden sie auch bitter nötig haben, denn auf Peter, den Herumtreiber, war kein Verlass. Wo war er nur? Frau Mutter war in Sorge. Herr Henken auch. Martha konnte man vergessen, sie war völlig durcheinander. Gerwin hatte leider wenig von seinem Vater Noah mitbekommen, er würde nicht zum Kaufmann taugen. Markus stellte sich vor, dass Ritter der richtige Beruf für ihn wäre. Irgendwie würde sich das schon bewerkstelligen lassen. So etwas war schließlich nie etwas anderes als eine Frage des Geldes.

Markus legte sich zurecht, welche Schritte als Nächstes zu gehen wären. Herr Henken hatte angedeutet, dass der Kölner Rat Anspruch auf das Aachener Vermögen von Herrn Edmund Birkelin erheben würde – und was läge näher, als dass die Weinhändler vom Eisenmarkt die Ware übernähmen? Sobald es schicklich war, würde er sich nach Aachen begeben und dort Herrn Edmunds Bestände in Augenschein nehmen. Dem Vernehmen nach verfügte er über einen stattlichen Vorrat an bestem Wein. Natürlich wäre man den Webern zu Dank verpflichtet und müsste einen guten Teil des Gewinns an sie abführen. Dennoch rechnete sich Markus aus, dass genügend übrig bleiben würde, um Vaters Geschäft ordentlich ausweiten zu können.

Wehmütig dachte Markus an den Herrn Vater. Zwar war es der vorbestimmte Lauf der Dinge, dass die Eltern starben, aber er hätte seiner Führung noch bedurft, das spürte Markus deutlich. Herr Henken war ein herzensguter Mensch, aber er würde den Herrn Vater nie ersetzen können. Er war nicht das eigene Fleisch und Blut. Herr Henken hatte keine eigene Familie und konnte das wohl nicht ganz verstehen. Ein Gedanke machte Anstalten, sich Bahn zu brechen. Markus versuchte, ihn niederzukämpfen, denn er verhieß nichts Gutes. Er focht einen vergeblichen Kampf. In der Nacht sind die Gedanken nicht zu bändigen, das wusste Markus. Herr Henken würde versuchen, sich diese vaterlose Familie zu eigen zu machen und an der Seite von' Mutter ein Leben wie ein Kaufmann zu führen. Pass auf, sagte eine Stimme in Markus, dass Herr Henken dir das Geschäft nicht streitig macht. Erschrocken stellte er fest, dass es die Stimme seines Herrn Vaters war!

Wenn es zu einer Auseinandersetzung mit Herrn Henken käme, würde er, Markus, in einen Gegensatz zu Frau Mutter geraten. Das durfte nicht geschehen. Er biss die Zähne zusammen, dass sie knirschten. Unruhig drehte sich Martha im Schlaf und murmelte etwas. Markus hielt den Atem an. Er wollte sie nicht wecken. Stumm setzte er seine Grübeleien fort. Wollte der Geist seines toten Vaters einen Keil zwischen Frau Mutter und ihn treiben? Oder ihn dazu benutzen, sich an seinem vermeintlichen Nebenbuhler zu rächen? Markus wusste, dass seine Frau Mutter in Wahrheit nicht unehrenhaft gehandelt hatte. Ihre Zuneigung zu Herrn Henken war rein und unbefleckt. Aber gerade die Pfaffen vermochten nicht, sich so etwas vorzustellen. Pfarrer Martin hatte zuerst die noch allzu biegsame Seele von Martha vergiftet und dann sogar diejenige von Vater, obwohl der doch allenthalben über die Machenschaften der unheiligen Kirchenmänner zu schimpfen pflegte. Tief im Innern jedoch war er ihnen hörig wie so viele andere, die keinen festen Boden unter den Füßen spürten. Markus wusste, dass sich der Herr Vater, der von den Kölnern bis an sein Lebensende als Fremder angesehen wurde, nach einem Halt gesehnt hatte. Markus nahm sich vor, alles richtig zu machen. Er würde das Geschlecht der Nicols fest in Köln verankern. Herr Henken würde ihm dabei helfen. Nicht Herr Henken würde ihn benutzen, sondern er würde den Spieß ganz einfach herumdrehen.

Nun ist alles geregelt, dachte Markus, jetzt sollte ich unbekümmert einschlafen können. Der Schlaf aber verweigerte sich ihm auch weiterhin. Was fehlt noch, was habe ich übersehen? Es ist die Unruhe, die mich umgibt, dachte Markus. Martha ließ nicht ab von ihrem Groll auf Herrn Henken, und Frau Mutter sorgte sich um Peter. Bei Herrn Henken, dem Amptmeister Everhard und den anderen Webern hatte Markus außerdem noch eine weitere Verunsicherung bemerkt. Sie stammte daher, dass es in der Stadt gärte. Markus hatte es hier und da mitbekommen. Es gab Leute, die mit dem Einfluss der Weber im Weiten Rat der Stadt unzufrieden waren und die hinter vorgehaltener Hand drohten, mit den Geschlechtern gemeinsame Sache zu machen. Die Ergreifung von Herrn Edmund Birkelin war ein großartiger Sieg. Einerseits. Andererseits aber hatte der Schelm auch noch viele Verwandte und Freunde in der Stadt. Was werden diese unternehmen, wenn Edmund der gerechte Tod droht?

Markus konnte sich keine größere Katastrophe vorstellen, als dass es dem Engen Rat und den Geschlechtern gelänge, die Macht in Köln erneut an sich zu reißen. Das wäre das Ende aller Bemühungen Vaters, in Köln Fuß zu fassen. Sein Einfluss gründete unweigerlich darin, dass er einen Ausgleich zwischen den Webern und den Geschlechtern erreicht hatte, einen Ausgleich, der zwar brüchig war, aber beiden Parteien erlaubte, miteinander oder wenigstens nebeneinander in Frieden zu leben. Wenn nun die Weber ihre Macht verlören, hätten die Geschlechter die Fürsprache eines Nicol nicht mehr nötig.

Markus überlegte, wie er vorgehen musste, um auch für einen solchen Fall vorzubauen. Er würde die Nähe der Schöffen suchen. Mit ihnen würde er besprechen, wie bezüglich des Vermögens von Herrn Edmund vorzugehen sei. Wenn sie Einwände dagegen hätten, dass die Nicols das Vermögen zugeschlagen bekommen, würde er sogar darauf verzichten. Vielleicht wäre es klug vorzuschlagen, das Vermögen treuhänderisch zu verwalten. Kurzfristige Gier, das wusste Markus vom Herrn Vater, schadete der langfristigen Sicherung des Familienbesitzes. Markus merkte, wie er bei diesen Gedanken langsam ruhiger wurde. Er hatte nicht nur ein klares Bild seiner Zukunft, sondern auch eine Vorstellung davon, wie es umgesetzt werden konnte. Die größte Schwierigkeit würde darin bestehen, die Frau Mutter zu überzeugen. Aber Markus war sich sicher, dass sie ihm keinen Wunsch würde abschlagen können. Er musste nur bedacht vorgehen und die direkte Auseinandersetzung mit Herrn Henken vermeiden.

Markus blinzelte und versuchte erneut, Schlaf zu finden. Es sollte ihm nicht gelingen. Hartnäckig hielt sich das Gefühl, dass sich Unheil zusammenbraute, welches sein ehrgeiziges Vorhaben durchkreuzen könnte.

# Der Prozess

## 19. November 1371

So standen wir, völlig gerädert von der auf dem harten Brett durchwachten und durchlittenen Nacht, im Flur des Hospizes. Andere Nachtgäste begannen ebenfalls, sich zu erheben. Von oben erklang ein undeutliches Rumoren, auch der eine oder andere Streit flammte auf. Vor dem Schysshus gab es aufgeregtes Gedränge und Gestoße. In der Armenküche von St. Andreas würde es gleich Suppe zu nur einem Pfennig für die Kelle geben.

»Ich hab Hunger«, sagte ich, und ich musste zugeben, dass ich mich jetzt sogar gern gewaschen hätte.

Johann pflichtete mir bei: »Du sagst es. Aber wir verfügen über keinen einzigen Pfennig, sonst könnten wir uns eine Kelle teilen.«

»Kannst du uns nicht schnell einen finden?«, stichelte ich und hoffte dennoch, dass er es irgendwie bewerkstelligen würde.

»Wo nichts ist«, wehrte Johann missmutig ab und hielt seinen brummenden Schädel, »gibt es auch nichts zu holen.«

Ihm war der unverdünnte Wein nicht bekommen, so wenig wie mir. Wie die Pfarrer das nur aushielten, jeden Tag Messwein zu trinken, dachte ich, und Pfarrer Martin hatte schon zum Morgen Wein zu sich genommen. Gewöhnte man sich daran, und die Kopfschmerzen hörten irgendwann auf?

»Wir können uns nicht auf die Straße trauen, um nach Hause zu gehen«, überlegte ich. »Uns könnte Du-weißt-schon-Wer auflauern.«

»Sollen wir hier festwachsen?« Johann schien zu verzweifeln.

Ich dagegen fand einen Ausweg: »Nein, hör zu. Wir tauschen unsere Kleider mit den Lumpen von Bettlern, das macht uns zumindest von Weitem unerkenntlich. Du wirst dich zu deinem Herrn Vater in die Immunität von St. Kunibert begeben und den Schutz von Abt Baldwin erbitten. Und denk daran, Abt Baldwin zu beauftragen, deiner guten Frau Mutter eine Nachricht über deinen Verbleib überbringen zu lassen, sonst stirbt sie noch vor Gram.«

»Den Schutz wird Abt Baldwin mir gewähren, da bin ich sicher. Aber was ist mit dir? Du hast nur von mir gesprochen!«, rief Johann.

»Ich habe etwas anderes vor«, deutete ich bloß an, denn ich wollte Johann nicht beunruhigen mit meiner Absicht, nochmals in Henkens Werkstatt zu gehen, um das Geldsäckchen der Alten zu untersuchen.

Nun mussten wir uns daranmachen, unsere guten, wenn auch inzwischen nicht mehr ganz frischen Kleider gegen stinkende Lumpen zu tauschen.

Ich schaute mich um und sah ein älteres Paar, das untergehakt geduldig vor dem Schysshus wartete, ohne zu drängeln und zu keifen. Das gebückt stehende Weib hatte ein Kopftuch auf, das vor sehr langer Zeit einmal weiß gewesen sein konnte. Ein Kopftuch wäre nicht schlecht, dachte ich, um mich zu verkleiden.

»Gott zum Gruße, wackere Leute«, wandte ich mich an die beiden. »Wir, mein Freund und ich, würden euch gern eine Freude machen, haben aber kein Geld. Würdet ihr stattdessen unsere Kleider nehmen und uns dafür eure Lumpen überlassen?«

Über ihre Gesichter huschte ein minnendes Lächeln. Kaum hatten wir damit begonnen, uns die Kleider abzustreifen und die Lumpen überzutun, wurden wir von den anderen Bettlern umringt und argwöhnisch beäugt. Verstohlen, als würde ich die beiden Bettler damit betrügen, hielt ich den wertvollen Gürtel zurück und murmelte entschuldigend, er sei ein Geschenk meiner Frau Mutter, und der Mann nickte gnädig. Die beiden Glücklichen, die unsere Kleider bekommen hatten, wurden offenkundig beneidet, und eine Alte zischte: »Womit haben *die* sich das verdient?«

»Sie keifen nicht wie ihr anderen und benehmen sich auch sonst sehr christlich«, antwortete ich.

»Werdet ihr bei den Barfüßern oder bei den Predigern eintreten?«, fragte der alte, krumme Mann mit einer Mischung aus Minne und Starrsinn im Gesicht, die mir bei den Alten immer wieder auffiel. »Denn dass ihr bestimmt seid, Bettelmönche zu werden, ist doch wohl gewiss.«

Johann und ich zuckten die Schultern, und ich stellte beunruhigt fest, dass das Weib ihr Kopftuch behalten hatte.

»Bitte«, sagte ich zögernd zu ihr, weil ich nicht wusste, wie ich mein Anliegen begründen sollte. »Deine Kopfbedeckung hätte ich auch gern.«

Das Weib sah mich verständnislos an.

»Das sind keine angehenden Mönche«, mutmaßte ein umherstehender Müßiggänger. Dass es sich um einen solchen handelte, war in meinen Augen unverkennbar, weil er einen jungen und kräftigen Eindruck auf mich machte. »Sie wollen sich gewanden, um auf einen Maskenball zu gehen.«

»Zu so früher Stunde?«, fragte ein anderer, nicht weniger jung, aber er stützte sich auf eine Krücke, und dergestalt ließ sich vermuten, dass er des Arbeitens in seinem Beruf, welcher es auch gewesen sein mochte, nicht mehr fähig war.

»Die Weber, sie feiern den ganzen lieben Tag, denn sie nehmen uns alles und brauchen nicht mehr zu arbeiten«, behauptete wiederum ein Alter, aber er hatte einen so feuchtfröhlichen Blick, dass ich mich fragte, ob er überhaupt geschlafen oder vielleicht die ganze Nacht durchgezecht hatte.

Ich stand bedröppelt da wie ein begossener Pudel und wusste nicht fürbass. Der Mann des Weibes bedeutete ihr aber, mir ihr Tuch zu geben, und sagte zu ihr: »Wir verkaufen diese feinen Stoffe und finden auf dem Markt ein neues Kopftuch für dich. Es scheint ihm wichtig zu sein.«

Wir machten, dass wir wegkamen, und verließen das Hospital in Lumpen gehüllt. Johann lief an den Predigern vorbei in Richtung St. Kunibert und ich in Richtung Rheinufer. Mit dem ungewohnten Kopftuch war es mir sehr ungemütlich. Die Kleider stanken, und ich hatte Furcht, alles Volk würde sich angewidert umdrehen und mich begaffen.

»Hals- und Beinbruch«, wünschte ich Johann zum Abschied, um ihn nicht weniger als mich selbst aufzumuntern.

»Nichts für ungut«, gab er zurück.

Er konnte froh sein, dass er sich gleich, nach nur ein paar Schritten, in Sicherheit befinden würde. Er lächelte mich verschwörerisch an und fragte: »Du, Peter, meinst du, ich könnte bei Elisabeths Magd Engelradis landen? Es war gar nicht so schlecht, als sie mir gestern mit ihrer starken Hand das Gesäß vermöbelt hat ...«

»Woran du schon wieder denkst, du Unzüchtiger!«, tadelte ich und musste auch grinsen.

✳

Mit dem nämlichen Grinsen auf den Lippen ging ich die Armenstraße hinunter, an der Pfaffenpforte vorbei und durch die Gravegasse bis hinter den Fischmarkt. Doch schnell verging mir das Hochgefühl. Ach Mutter!, dachte ich nämlich bei der Pfaffenpforte. Was wusste meine Frau Mutter von Henken? Wie stand sie tatsächlich zu ihm? Vor allem aber, wenn Johann recht hatte und Henken der Friedensbrecher war, erhob sich die Frage, ob Mutter davon gewusst hatte. Ich erschauderte. Wollte ich jemand sein, der aus dem Schoß eines derartigen Weibes geboren worden ist? Nein, nein und nochmals nein! Hatte ich es nicht gleich im Gefühl, als ich im Angesicht von Vaters Leichnam stand, dass ich mich von ihr entfernte? Nun kannte ich die Antwort auf die Frage, warum das so war. Ich hatte es gefühlt, wenngleich noch nicht gewusst. Ich empfand jedoch auch einen Stich von Glück, schmerzhaft zwar, aber erleichternd, dass Vater nun von aller Schuld reingewaschen werden konnte. Pfarrer Martin, der Schalk, hatte uns eingetrichtert, Vater und Mutter zu ehren. Für den Fall hingegen, dass Vater und Mutter entzweit waren und man sich für eine Seite entscheiden musste, hatte er natürlich keine Antwort. Das sah den Kirchenleuten ähnlich, sie beschäftigten sich mit dem, was einfach zu beantworten war, und umgingen alles, was das Leben an wahrhaft schwierigen Fragen aufwarf.

Nun musste ich meine Gedanken allerdings auf das Nächstliegende richten. Ich hoffte, im Gewühl der Märkte niemandem aufzufallen. Man würde einem Bettler nicht so genau in die Augen schauen. Oder doch? Als ich hinter mir einen unterdrückten Schrei hörte, fuhr ich erschrocken herum. Ein altes Weib war gestrauchelt. Ohne nachzudenken, streckte ich ihr meine hilfreiche Hand hin. Kaum begann ich, sie mühsam hochzuziehen, da rempelte mich jemand von der Seite an. Ein gleichfalls steinalter, aber aufrecht stehender Herr, nicht unfein gewandet, der geiferte: »Lass bloß deine dreckigen Pfoten von meinem Eheweib, du Diebin. Auch wenn wir in unsere Tage gekommen und gebrechlich sind, gibt's dennoch nichts zu holen bei uns!«

Immerhin hatte sich meine Verkleidung bewährt, dachte ich beruhigt und sah zu, dass ich fürbass kam.

Als ich auf dem Weg zu Henkens Werkstatt an unserer Burg vorbeikam, fiel mir sofort auf, dass Witwe Hille nicht an ihrem angestammten Platz saß. Diese Absonderlichkeit brachte mich dazu, in das Lagerhaus zu gehen und mich dort umzuschauen. Nirgendwo entdeckte ich Hille. Was hatte das zu bedeuten? Mit klopfendem Herzen stieg ich die Stufen hinauf und hoffte, dass sich einer der Bettler erbarmt und den Gewaltrichtern Bescheid gegeben hatte wegen des Toten. Und richtig, er lag nicht mehr dort. An der Stelle fand ich bloß noch eine Lache schwarzes, getrocknetes Blut vor. Ich erschauerte und bekreuzigte mich. Als es in einer Ecke raschelte, fuhr ich zusammen. Warum um alles in der Welt war ich hierhergekommen an den Ort, wo es Johann fast erwischt hatte und wo ein Mensch bereits ermordet wurde? Soweit ich gesehen hatte, befand sich niemand im Lagerhaus oder an seiner Pforte, Witwe Hille so wenig wie ihr neuer Begleiter oder einer der anderen, die hier ihr Nachtlager hatten. Wenn mich nun jemand zu töten beabsichtigte, hätte er freie Hand und ein leichtes Spiel. Warum andererseits sollte es jemand auf mich abgesehen haben, der ich doch nicht Peter Nicol vom Eisenmarkt war, Sohn des Richard Nicol vom Eisenmarkt und der Ursula Grin, sondern irgendeine heruntergekommene junge Slune? Nichts an mir wies darauf hin, dass es sich aus welchen Gründen auch immer lohnen würde, mir den Schädel einzuschlagen. Das sagte ich mir tausendmal, doch es half nicht, meine Angst zu besänftigen.

Ich trat aus dem Licht, welches durch das Fenster in das hintere Dunkel der Halle fiel. Damit kam ich der Stelle näher, von wo das Geräusch gekommen war. Sie war allerdings nicht mehr so leicht auszumachen. Bewegungslos blieb ich stehen, um dem erwarteten Angreifer keinen Hinweis auf meinen Standort zu geben. Verdammt, dachte ich, das weiße Kopftuch. Es war zwar schmutzig, aber immer noch hell genug, um meinen Kopf zu einem leichten Ziel zu machen. Vorsichtig knotete ich es auf und zog es vom Schädel. Ich zerknüllte das Tuch und versuchte, es vollständig in der Faust zu verbergen.

Wieder war da ein unheimlich anzuhörendes Rascheln.

»Wer da?«, ertönte es aus der dunklen Ecke. Es war die Stimme eines Mannes, vielleicht desjenigen, dem Johann und ich gestern die Nachtruhe geraubt hatten. Er hatte wohl länger geschlafen als die anderen.

Ich versuchte, meine Stimme gehörig zu verstellen. »Bodo heißt man mich. Bin neu hier in der Stadt.«

Die unsichtbare Gestalt räusperte sich.

»Hier ist voll«, sagte der Mann dann. Als ich seine Umrisse im Dunkeln erkannte, sah ich, dass er einen gewaltigen dunklen Bart haben musste.

»Ich seh aber keinen«, rutschte es mir heraus, denn mich ärgerte die Lüge.

»Das täuscht«, erklärte er großmäulig und ließ seine Bartzotteln wippen. »Lag ein Toter hier, gerade dort, wo du stehst. Bewaffnete Weber waren da und haben ihn abgeholt und Hille gleich mitgenommen.«

»Hille?«, fragte ich begriffsstutzig, als sei ich wirklich fremd hier. Die Weber hatten den Toten abgeholt? Wie wussten sie, dass hier einer lag? Warum waren nicht die Gewaltrichter gekommen? Jeder, der einen Toten meldete, wandte sich selbstverständlich an sie und nicht an das Wollenampt. Hatte Henken ihnen Bescheid gegeben, weil er von der Tat wusste? Sie gar selbst begangen hatte? Ich bemerkte, dass mir der Gedanke, Henken sei ein Frevler, schnell geläufig geworden war. Wie konnte es sein, dass ich ihn, dem ich so unumschränkt vertraut hatte, urplötzlich für einen Verräter und Mörder hielt? Aber Johann befand sich im Recht: Es war Henken, dem ich von dem Verdacht erzählt hatte, den Johann gegen meinen Vater geäußert hatte. Vielleicht hatte er sich ausgerechnet, dass es nicht lange dauern würde, bis Johann darauf kam, dass nicht Vater, sondern Henken der Friedensbrecher war, und wollte ihm zuvorkommen, indem er ihn kurzerhand vom Leben in den Tod beförderte.

»Witwe Hille«, erklärte der Mann und rotzte ungehörig auf den Boden. »Ihr Herr Gemahl betrieb in diesem Hause mal ein großes Geschäft. Sie lebt hier noch. Die haben gemeint, *sie* hätte den totgeschlagen. War auch ganz voller Blut, große Sauerei. Da haben es die anderen mit der Angst zu tun bekommen und haben sich fortgestohlen.«

»Außer dir«, berichtigte ich keck.

»Außer mir«, bestätigte der Mann und zwiebelte sich lautstark mit den Fingern den Bart, sodass ich ihm nicht abnahm, er habe keine Angst. Doch er bekräftigte: »Ich habe keine Angst, vor nichts und niemandem.«

»Hast du gesehen, wie es geschehen ist?«, fragte ich unvorsichtig. »Ich meine, der Tote und so.«

»Nein, der lag schon hier, als ich gestern kam«, antwortete der Mann gleichgültig. Er schien sich gottlob nicht über meine Neugier zu wundern. »Diese Witwe war's. Haben *die* gemeint. Ganz blutverschmiert war sie. Igitt.«

»Na, dann werde ich mir halt woanders was suchen«, sagte ich, um meinen unverdächtigen Abgang vorzubereiten.

»Tu das«, gab er zurück, nun mit einem Male durchaus freundlich. »Viel Glück.«

Als ich wieder hinaus auf den Markt trat, musste ich kurz innehalten, denn die Sonne war durchgebrochen, und meine Augen brauchten etwas, um sich an das gleißende Licht zu gewöhnen.

»Gott zum Gruße, Peter«, sprach mich jemand von der rechten Seite an, während ich nach links geschaut hatte, in die Richtung, in die ich gehen musste. »Wie siehst du denn aus?«

Ich wandte den Kopf und war entsetzt, dass man mich so leicht erkennen konnte. Ach, verflixt und zugenäht! Mir fiel auf, dass ich vergessen hatte, mir das Tuch wieder um den Kopf zu binden.

Auch das noch!, dachte ich, als ich erkannte, wer mich angesprochen hatte. Es war kein anderer als die alte Petze Teilmann, der andere Freund von Johann. Er hatte einen so lächerlich langen Rock an, wenngleich aus kostbarstem Tuche gefertigt, als sei er sein eigener Großvater, und unter anderen Umständen hätte ich mit dem Finger auf ihn gezeigt und lauthals losgeschrien. Nun dagegen konnte er sich über mich lustig machen. Ich hätte vor Scham im Boden versinken mögen.

»Ich wollte hier mal nachschauen, ob Johann da ist«, erklärte Teilmann und machte eine Kopfbewegung zum Eingang der Burg hin. Ich war verletzt. Hatte Johann ihm von unserem Versteck erzählt? Das war schlimmer, als jeder andere Verrat hätte sein können!

»Ihr seid ja wie vom Erdboden verschwunden, gestern«, fuhr Teilmann fort. »Eure Mütter machen sich die schrecklichsten Sorgen und lassen überall nach euch suchen. Was denkt ihr euch eigentlich dabei? Wo ist Johann überhaupt?«

»Bei seinem Herrn Vater«, erklärte ich knapp und versuchte, Teilmann nicht gar zu sehr Unminne entgegenzubringen, denn immerhin war er ja der Neffe von Gernard und hatte gerade seinen Oheim verloren. »Man hat versucht, ihn zu ermorden!«

»Herrn Lufred von Troyen?«, rief Teilmann. »Im Kloster St. Kunibert? Das ist nicht möglich!«

»Nein, Johann«, berichtigte ich. »Johann weiß etwas, das

mit dem Mord an meinem Herrn Vater und an deinem Herrn Oheim zusammenhängt, und der Mörder ist ihm auf den Fersen, um auch ihn zu töten.«

»Wie schrecklich!«, rief Teilmann halbherzig und ohne wahrhaft Angst zu zeigen. »Ist er in St. Kunibert in Sicherheit? Kann ich etwas tun, um zu helfen?«

Mein erster Antrieb war, ihn barsch in die Schranken zu verweisen, dann nahm jedoch blitzschnell eine andere Möglichkeit in meinem Kopf Gestalt an.

»Warte«, sagte ich und band mir das Kopftuch wieder um.

»Jetzt erkennt man dich in der Tat nicht wieder«, grinste Teilmann. »Alte Slune.«

Ich ging auf diese Frechheit nicht ein, denn ich war viel zu sehr damit beschäftigt, mein Vorhaben auszuarbeiten: »Hör zu, Teilmann, die Frau Mutter von Johann wird eine Nachricht durch Abt Baldwin erhalten. Aber wir haben meine Frau Mutter vergessen. Kannst du ihr bitte ausrichten, dass ich am Leben bin? Und dann bitte eine Nachricht Herrn Henken von Turne überbringen, egal wo er sich aufhält, nämlich dass Peter Nicol vom Eisenmarkt in seiner Werkstatt in der Weverstraße auf ihn wartet.«

»Deiner Frau Mutter?«, vergewisserte sich Teilmann aufmerksam.

»Egal, wem. Wichtig ist, dass es der Herr Henken mitbekommt«, schärfte ich ihm ein. »Wenn alles glattgeht, kriege ich den verdammten Mörder.«

»Also«, fasste Teilmann den Auftrag zusammen. Ich bemerkte, dass er sehr sorgsam vorging. »Deiner Frau Mutter mitteilen, dass du am Leben bist und dich in der Werkstatt von Herrn Henken von Turne aufhältst. Darauf achten, dass Herr Henken dies mitbekommt. Ach, ich wünschte, du würdest dich nicht so sehr mit diesem hinterfotzigen Weber einlassen!«

Ich musste meinen aufkeimenden Zorn unterdrücken. Was nahm er sich da heraus? Auch wenn ich dabei war, das Vertrauen in Henken zu verlieren, stand es ihm gleichwohl nicht an, mir Vorschriften zu machen. Dann kam mir in den Sinn, dass es tatsächlich nicht schlecht wäre, wenn er weiterhin glauben würde, ich würde von Henken Unterstützung erwarten, weil er dann gar nicht erst in Versuchung käme, sich oder besser: mich und meine wahren Absichten zu verraten. Wusste ich nicht aus übler Erfahrung, wie schädlich mir seine Schwatzhaftigkeit werden konnte? Damit meine ich natürlich diese leidige Geschichte mit den Äpfeln aus dem Klostergarten der Barfüßer. Nie im Leben würde ich ihm das verzeihen können! Ihr glaubt vielleicht nicht, wie sehr dieser Treuebruch meine zarte Seele verletzt hatte, aber so verhielt es sich nun einmal. Und hier ging es nunmehr um eine deutlich kniffligere Angelegenheit, bei der um vieles mehr Vorsicht geboten war. Es war also besser, Teilmann als Boten zu missbrauchen, der keine klare Vorstellung davon hatte, was für eine Nachricht er da eigentlich überbrachte und was sie auslösen sollte. So sagte ich absichtlich mürrisch: »Lass das mal meine Sorge sein.«

Ich sah Teilmann hinterher, der den Weg über den Heumarkt nahm, während ich kurz drauf in Richtung Buttermarkt rannte. Das hätte ich nicht tun sollen, denn die ungebührliche Hast lenkte die Aufmerksamkeit auf mich. Alle starrten hinter mir her, und da ich mich, als ich zum Thurmmarkt kam, in unmittelbarer Nähe zum Vaterhause befand, bekam ich es mit der Angst zu tun, ich könnte jemandem aus der Familie oder von den Nachbarn begegnen und sogleich erkannt werden. Ich bremste mich und raffte mit der Linken das Kopftuch am Kinn zusammen, damit mein Adamsapfel auch ja gut verdeckt würde. Unversehens sprach mich ein Mann an: »O, noch so jung! Du solltest Ansehnlicheres zur Gewandung haben, schöne Magd. Willst du nicht mit mir kommen?«

Alte Slune, junge Slune, mein Gott, ich hatte nicht erwartet, in derartige Schwierigkeiten zu geraten, als hätte ich nicht schon genügend andere Sorgen am Halse. Ich blickte mich hilfesuchend um, während mich der Mann voller Erwartung anschaute. Ich entschied, dass ich keine Zeit für wohlerzogene Gesten hatte, und gab erneut Fersengeld. Bei St. Maria Lyskirchen wurde mein rasches Fortkommen erneut gebremst, denn ich geriet in eine Taufgesellschaft, die sich fröhlich lärmend aus dem Kirchenportal ergoss. Es war kein leichtes Durchkommen. Als mir jemand eine großzügige milde Gabe zusteckte, musste ich zu meinem Schrecken feststellen, dass es sich um die Nichte des Bäckers Rufus handelte, deren erster Sohn gerade getauft worden war. Rufus und alle seine Mägde waren auch versammelt.

Nun steckst du in der dicksten Tinte, dachte ich, hier kommst du nicht unerkannt fürbass. Ich senkte den Kopf und hockte mich, die rechte Hand zum Empfang der Almosen ausgestreckt, neben das Portal auf einen freien Platz, der noch nicht von anderen, sich dieserorts zahlreich herumtreibenden Bettlern besetzt war. Kaum war ich in die Knie gegangen, bekam ich einen Ellenbogen in die Seite gerammt.

»Scher dich fort«, zischte eine abstoßend stinkende Alte grob. Sie war so über und über mit offenen Wunden verziert, dass mir der dicke Argwohn kam, sie seien nur aufgemalt, um die Mildtätigkeit des Kirchenvolkes herauszufordern. »Das ist mein Platz.«

Ich rückte ein Stück zur Seite, ohne den Blick zu heben. Gern hätte ich mir die Nase zugehalten, doch ich fürchtete, damit doch zu sehr aufzufallen. Und überdies war die Rangelei auch so nicht unbemerkt vonstattengegangen.

»Na, na, wer wird denn gleich«, hörte ich jemanden sagen. Das durfte nicht wahr sein! Es war leibhaftig Rufus. Ich hielt die Luft an und betete zu Maria, der Königin des Friedens, diesen Kelch an mir vorübergehen und Rufus mich nicht genauer in Augenschein nehmen zu lassen. Ich wiegte den Kopf hin und her wie eine tatterige Alte und hoffte, dadurch das Erkennen meiner Züge noch schwerer zu machen.

»Ist genug für euch alle da«, beruhigte Rufus.

Ich fühlte eine Münze in meiner Hand und nahm im Augenwinkel wahr, dass auch die Alte, die mich hatte verscheuchen wollen, etwas bekam. Langsam leerte sich der Vorplatz der Kirche.

»Du bist neu hier, nicht wahr?«, fragte mich die Alte und

rutschte etwas näher heran. Es war nicht zum Aushalten. Jetzt oder nie, dachte ich, erhob mich und setzte meinen Weg fort. »He, he«, rief sie mir in enttäuschtem Tone nach. »Wer wird denn gleich beleidigt sein?«

Ich drehte mich um und warf ihr alles zu, was ich an Almosen bekommen hatte, nämlich drei halbe Pfennige und sogar einen Dreikönigsgroschen. Das machte sie sprachlos und verschaffte mir Zeit, über den Holzmarkt zu verschwinden. Die Herzogstraße hinauf traf ich glücklicherweise weniger Leute an, und dann befand ich mich auch schon in der Weverstraße.

An Henkens Werkstatt grenzte ein baufälliger Schuppen, vor dessen schmalem Eingang unzählige Disteln wucherten. Der obere Teil des Eingangs war voll mit Spinnweben. Kurz entschlossen zwängte ich mich durch die Disteln, die mir Arme und Beine zerkratzten, weil die Lumpen so fadenscheinig waren. Innen hörte ich das Trappeln von aufgescheuchten Mäusen oder Ratten, die das Weite suchten. Würde meine Rechnung aufgehen und Henken erscheinen?, fragte ich mich bang. Mir sank der Mut.

Im Geiste ging ich die Beweisführung noch einmal durch, die Johann und ich erdacht hatten. Henken drücken Schulden, so sehr, dass er seine Werkstatt verpfänden muss. Um sich seiner Schuldenlast zu entledigen, lässt er sich darauf ein, verbotenerweise an der Jülich-Brabanter Fehde teilzunehmen, auf der Seite der Jülicher. Der Jülicher Herzog ist siegreich und entlohnt seine Genossen fürstlich. Henken kann seine Schulden aber nicht unmittelbar abtragen, denn das Gold, das er als Beute bekommt, hat ein Gepräge, das die Herkunft überdeutlich macht. Ist Gernard sein Gläubiger? Oder mein Herr Vater? Jedenfalls weiß Gernard von Henkens Schuld, und Henken kündigt an, seine Schuld begleichen zu wollen. Aber mein Herr Vater kommt hinter das Geheimnis von Henkens plötzlichem Reichtum und stellt ihn zur Rede. Dafür erschlägt Henken meinen Herrn Vater und beschuldigt Edmund Birkelin der Tat. Wusste Henken zu diesem Zeitpunkt schon, dass Edmund in der Stadt war? Gleichviel, ansonsten war es ein für Henken glücklicher Umstand, dass Edmund sich unerkannt in Köln aufhielt und zudem vorhatte, Gernard Gir von Covelshofen, denjenigen, der den Friedensvertrag zwischen ihm und der Stadt Köln hatte platzen lassen, niederzumetzeln. Dann aber musste Henken, ausgerechnet von mir, erfahren, dass Johann von seiner, also Henkens, Beteiligung an der Jülicher Fehde etwas mitbekommen hatte, wenn er, also Johann, auch anfangs fälschlich meinen Vater dieses Frevels verdächtigte. Henken musste jedoch wähnen, Johann würde fürbass forschen, lauerte ihm auf und versuchte, auch ihn umzubringen, jedoch vergeblich. Darum war ich jetzt hier.

Doch irgendetwas fehlte noch in meiner Lösung des Rätsels. Warum hatte Gerhard nicht gleich Henken als den möglichen Mörder meines Vaters bezeichnet? Warum hatte er Henkens Verwicklung in die Jülicher Fehde nicht offenbar gemacht? Die Antwort auf die letzte Frage lag auf der Hand: Das hatte er nicht gewusst. Dann hatte Gerhard gesagt, es handele sich darum, dass die Weber eine Schuld nicht zurückzahlen wollten und darum meinen Herrn Vater umgebracht hätten. Daraus konnte ich schließen, dass es mein Herr Vater war, bei dem die Schulden bestanden, denn der Schuldner tötet den Gläubiger, um sich seiner Schuld zu entledigen, nicht jemand Dritten. Was hatte dann Gerhard damit zu tun? Der Schuldschein, ging es mir durch den Kopf, wir müssen den Schuldschein finden. Befand er sich bei einem Notar oder in der Hinterlassenschaft meines Vaters? Das Letztere wäre schlecht, denn Henken könnte ihn dort bereits ausfindig gemacht und vernichtet haben, vor allem, wenn meine Frau Mutter – welch schrecklicher Gedanke! – in die Verschwörung verwickelt sein sollte.

Doch die Frage, warum Gerhard die Weber, nicht aber Henken selbst als Täter bezeichnet hatte, ging mir nicht aus dem Sinn. Wenn er von der Schuld Henkens bei meinem Herrn Vater wusste, hätte ihm doch alles durchsichtig sein müssen. Oder hatte mein Herr Vater Gerhard gegenüber bloß etwas angedeutet, und Gerhard war im Unklaren darüber geblieben, um was genau es sich handelte? Das Rätsel war alles andere als gelöst, musste ich mir zerknirscht eingestehen.

*

Mit der Zeit wurde ich unruhig, ob Henken überhaupt kommen würde. Es konnte sich bei allen meinen und Johanns Überlegungen und Anschuldigungen auch um reine Hirngespinste handeln. Johann hatte nicht den geringsten Beweis, und ich war ihm blind gefolgt, machte mich hier zum Narren, indem ich, eingehüllt in Lumpen, in einem dreckigen Schuppen darauf wartete, dass ein völlig unbescholtener Kölner Bürger auftauchen würde.

Oder, noch schlimmer, Henken könnte sich zusammen mit meiner Frau Mutter hierher begeben. Nicht auszudenken, was dann folgen würde. Jetzt war es allerdings zu spät, sich darüber den Kopf zu zerbrechen, wie stümperhaft ich die Falle gestellt hatte. Vielleicht würde auch bloß Knecht Bruno geschickt, um mich Tölpel nach Hause zu holen. Was würde ich dem nur sagen, um meinen merkwürdigen Aufzug zu erklären? Ich würde bleiben, was ich immer schon war: ein kleiner Wurm.

Hatte Teilmann nicht gesagt, unsere Mütter würden sich entsetzliche Sorgen machen? Natürlich würde meine Mutter sich ebenso wie Henken, der an meines Herrn Vaters statt die Obhut über mich übernommen hatte, gleich auf den Weg machen, wenn sie erführe, wo ich mich befand. Wenn Henken also auftaucht, überlegte ich nun, würde das dafür sprechen, dass er unschuldig ist. Denn wenn er schuldig wäre, würde er doch eher Reißaus nehmen. Eine Falle gestellt? Ich ihm? Nein, das war nur die wirre Vorstellung eines dummen Lehrknaben, der noch nicht viel von der Welt erfahren hatte. Ich schrumpfte in Gedanken immer weiter zusammen. Kein Wurm war ich, vielmehr ein wahres Nichts!

Schließlich traf jemand ein. Ich gewahrte hastige Schritte an der Pforte, die knarrend geöffnet wurde, doch ich vermochte nicht zu erkennen, wer es war. Meine Aufmerksamkeit musste einen Augenblick lang abgeschweift sein! Die Pforte der Werkstatt fiel hinter der eintretenden Person zu. Ich stolperte durch die Disteln ohne Rücksicht auf die tiefen Schrammen, die ich mir dabei zuzog. An der Pforte lauschte ich. Im Inneren hörte ich Schritte und eine entfernte Männerstimme, die »Peter, Peter« rief. Ich hörte, wie sich die Stimme weiter entfernte, dazu das Knarren von Treppenstufen. Wegen der überaus dicken Wände war es mir nicht möglich, den Mann an der Stimme zu erkennen. Er ging nach oben. Ich würde bald gar nichts mehr hören.

Ohne nachzudenken, drückte ich gegen die Pforte. Sie seufzte nur leise, und ich zwängte mich durch den Spalt. Vorsichtig schlich ich zur Treppe und verbarg mich unter dem Absatz.

»He, Peter, he, Peter!«, hörte ich wieder. Es war womöglich Henken! »Ich muss mit dir sprechen.«

Der Mann öffnete eine Tür im oberen Stock und sagte wieder etwas, das ich jedoch nicht verstehen konnte. Es half nichts, ich musste noch näher heran. So kroch ich unter dem Treppenabsatz hervor und stieg die Treppe hinauf. Bei jeder knarrenden Stufe ging ein Ruck durch mich hindurch, aber nichts sollte mich aufhalten. Die Aussicht, den Mörder meines Herrn Vaters zu stellen, verlieh mir einen Mut, der alles überstieg, was ich mir je zugetraut hätte. Die Tür, durch die der Mann wahrscheinlich gegangen war, war nur angelehnt. Es fiel Licht auf den Flur, und ich konnte wieder das Geräusch von Schritten ausmachen.

»Wo ist er? Wo ist er? Wo ist er?«, fragte der Mann in einem fort, mal laut, mal leise, mal freundlich, mal wütend, mal verzweifelt, mal jammernd, mal bittend.

Eine andere Stimme antwortete: »Niemand hier. Niemand hier. Niemand hier.« So, wie sich die Fragen in immer neuen Tönen darboten, so waren auch die Antworten mal fröhlich, mal verstockt, mal hämisch, mal furchtsam, mal leiser, mal lauter.

Ich sah, wie sich der Schatten der einen Person auf den einer anderen zubewegte und diesen schließlich berührte. Es musste sich um das alte Weib handeln, Henkens Mutter also, die an der Schulter gepackt und durchgeschüttelt wurde.

»Hast du wieder von meinem Gold gestohlen, du stumpfe Alte?«, brüllte der Mann jetzt. »Wo hast du es versteckt? Woher wusstest du davon? Wo hast du die Münzen? Schmeiß damit nicht um dich! Das hab ich dir doch wieder und wieder gesagt! Du bringt uns noch alle um damit, du stumpfe Alte!«

Mit einem Male nahm ich eine andere Bewegung wahr, und etwas klimperte. Unachtsam steckte ich den Kopf durch den Türspalt, um sehen zu können, was vor sich ging. Die Tür quietschte, natürlich, wie konnte es auch anders sein. Der Mann wirbelte herum und stürzte auf mich zu. Ich versuchte auszuweichen, steckte aber dennoch so manchen Puff ein. Ich schrie aus Leibeskräften. Henken, wahrhaftig, es war niemand anderes als Henken!

Plötzlich brach Henken zusammen. Seine Mutter hielt einen Holzscheit in der Hand, den sie auf ihn hatte niederfahren lassen. Oder wollte sie eigentlich mich treffen? Das werden wir nie herausfinden. Jedenfalls lag Henken bewusstlos auf dem Boden inmitten der verstreuten Münzen aus dem Geldsäckchen der Mutter. Die blickte verständnislos auf ihren niedergestreckten Sohn und brummte: »Was tut der fremde Mann hier in meiner Wohnung und verursacht solch ein Durcheinander?« Und zu mir gerichtet: »Sieh her, mein lieber Sohn, was hier gespielt wird. Geh nun und hole Hilfe gegen diesen dreisten Einbrecher.«

Armes, verwirrtes Weiblein, dachte ich, las eine Münze auf und sah sofort, dass sie der Münze glich, die Johann aus der Faust meines Herrn Vaters entwendet hatte.

Obwohl mein ganzer Körper von den Verletzungen der Disteln, den Schlägen Henkens, der durchwachten Nacht und der langen Zeit ohne Essen und Trinken schmerzte wie nie zuvor im Leben, nahm ich die Beine in die Hand und sauste los, um zum Rathaus in der Bürgergasse zu gelangen. Ich glaube, selbst in der Nacht zuvor, in der Angst vor dem unbekannten

Angreifer, war ich nicht so geschwind gelaufen wie in diesem Moment.

*

Wie nicht anders zu erwarten, wurde ich an der Pforte von dem Wachhabenden angehalten. Er hatte eine ehrfurchtgebietende, kräftige Gestalt. Mein Gott!, dachte ich. Ich fühle mich hier in Köln, als befände ich mich auf einem Ritterturnier, man ist ständig umgeben von Bewaffneten, die zuzuschlagen drohen. Die Waffen des Geistes, hatte mir mein Vater oft eingeschärft, sind denen aus Metall stets überlegen, wenn man sich vorsichtig von diesen fernhält. So schalt er mich, wenn ich mich gar zu sehr von Schwertern und Dolchen begeistert zeigte, besonders von denen, die der besagte Meister Bernardus gefertigt hatte.

»Wohin des Weges?«, fragte der Mann streng.

Ich riss mir das schmutzige Tuch vom Kopf und verbeugte mich. »Peter Nicol vom Eisenmarkt, Sohn des gemeuchelten Herrn Richard und der Frau Ursula Grin. Ich muss dringend einen der ehrenwerten Schöffen sprechen.«

Der Wachmann blickte mich abschätzig von oben bis unten an. »So, so, musst du das?«, fragte er zurückweisend.

»Gefahr im Verzuge!«, rief ich verzweifelt. »Es muss sein! Ein feiger Verräter liegt bewusstlos in seiner Werkstatt, kann aber jederzeit erwachen, ein Verräter Kölns, ich bitte Euch inständigst, mich vorzulassen.«

»Bettler«, sagte der Mann, »die zu dicke Wein getrunken haben und weiße Mäuse sehen, dürfen nicht eintreten …«

»Ich schwöre bei der Seele meines Herrn Vaters, dass ich keinen Tropfen genossen habe«, flehte ich.

»… besonders dann nicht, wenn es sich um Kinder handelt«, beendete er seinen Satz, ohne sich von meinen Einwänden überzeugen zu lassen.

»Ich bin fast mit der Lehre fertig!«, setzte ich aufgebracht dagegen. »Lasst bei Frau Elisabeth de Porta, der Garnmacherin aus der Cäcilienstraße, nachfragen, dort bin ich Lehrknabe.«

»Bei einer Garnmacherin?«, lächelte der Mann. »Und dann diese Fetzen an, das erzähl deiner werten Frau Urgroßmutter, doch nicht mir.«

»Versteht doch«, bat ich. »Ich durfte nicht auffallen. Er hätte mich sonst aufgespürt.« Trotz meiner Erregung vermied ich, Henkens Namen zu erwähnen, da ich nicht wusste, wie der Wachmann zu den Webern stand beziehungsweise ob er zu den Geschlechtern hielt. Erst jetzt wurde mir so richtig klar, dass ich die Seite gewechselt hatte! Oder hatte ich sie wechseln müssen? Gleichviel, darüber nachzudenken fehlte mir die Muße.

»Gibt es etwas Auffälligeres«, fragte der Wachmann, »als einen Herumstreuner, der sich als Vornehmer ausgibt?«

In der Not erinnerte ich mich, dass ich eine der Münzen mitgenommen hatte, die ich sogar noch in der linken Faust umklammert hielt. Wie Vater auf seinem Totenbett, dachte ich. Ich streckte meinen Arm aus und öffnete die Hand.

»Dies, mein Herr«, sagte ich so schneidend ich konnte, »ist eine Münze, die aus der Beute der Jülich-Brabanter Fehde stammt. Ein Kölner hat sich dem Verbot zum Trotze an ihr beteiligt. Man wird Euch sehr gram sein, wenn Ihr es vereitelt, des nämlichen Friedensbrechers habhaft zu werden.«

Der Wachmann schaute von der Münze zu mir und zurück.

»Wo hast du die gestohlen?«, fragte er. »Komm, ich führe dich Herrn Franz von Kusin vor, auf dass er dich in den Kerker werfen lasse.«

Die von Kusins gehörten nicht zu den Leuten, die bei uns ein und aus gingen, überlegte ich, als ich hinter dem Mann hertrottete. Er machte sich nicht einmal die Mühe, auf mich aufzupassen, so sehr war er davon überzeugt, dass ich gehorchen und ihm folgen würde. »Ein Kusin kommt selten allein«, scherzte Vater manchmal. Wie viel wusste dieser Schöffe Franz von der ganzen Angelegenheit? Wie stand er zu meinem Herrn Vater? Ein von Kusin war gewiss einer, der zu der Seite der Geschlechter zählte. Würde er sich meiner entsinnen? Konnte er das überhaupt? Hatte er mich schon mal gesehen? Meine Erinnerungen waren wie weggeblasen, und mein Kopf fühlte sich ausgeblutet an.

Der Wachmann klopfte an eine Tür und trat ein.

»Der Bube hier«, erklärte er, »ist aufgegriffen worden. Er hat dieses Goldstück hier entwendet.«

»Name?«, fragte der Schöffe und schaute mich gelangweilt an.

»Peter Nicol vom Eisenmarkt«, antwortete ich eingeschüchtert, »Sohn des verstorbenen ehrenwerten Herrn Richard Nicol und der hochwohlgeborenen Frau Ursula Grin.«

Franz gönnte mir einen zweiten, eingehenderen Blick, und überglücklich gewahrte ich, dass ein wiedererkennendes Lächeln über sein Gesicht huschte. Denn ich hatte ihn, wie ich mich nun erinnerte, da ich ihm von Angesicht zu Angesicht gegenüberstand, wahrlich schon einmal in meinem Vaterhaus angetroffen, freilich ohne mir seinen Namen zu merken. Es war noch gar nicht so lange her, es muss wohl gewesen sein, kurz bevor ich die Lehre begonnen hatte. Vater hatte einige Vertreter der Geschlechter geladen, um ihnen seine Kinder vorzustellen und zu versuchen, für uns das volle Bürgerrecht zu erlangen. Es war dicke kostbarer Wein geflossen an dem Abend, am nächsten Morgen allerdings waren die Zusagen wieder vergessen, und die Angelegenheit hing weiterhin in der Schwebe. Nicht einmal der Fürsprache von Mutters Verwandten, den Grins, konnten wir uns sicher sein, obwohl auch deren Blut in unseren Adern floss.

»Wieso dieser Aufzug?«, ließ Franz sich mit leicht angehobenen Augenbrauen vernehmen.

»Darf ich Euch das später erklären, Euer nachsichtiges Einverständnis vorausgesetzt, ehrenwerter Herr Schöffe?«, bat ich. »Schenkt bitte dieser Münze Eure huldvolle Aufmerksamkeit. Sie stammt nämlich aus der Beute der Jülich-Brabanter Fehde.«

Franz nahm die Münze in die Hand und ließ sie sofort wieder fallen, als sei sie heiß wie Feuer.

»Von diesen Münzen findet Ihr derer etliche in der Werk-

statt des bekannten Webers Henken von Turne in der Weverstraße. Er liegt dort, bewusstlos, wenn er nicht inzwischen er-
wacht und getürmt ist. Er ist der Mörder meines Herrn Vaters
und hat gestern versucht, Johann von Troyen, Sohn des Herrn
Lufred von Troyen und der Frau Druda Hadevart, zu erschlagen.«

»Dass der Donner mich rührt!«, pfiff Franz durch die Zähne. »Wenn das stimmen sollte, wären wir einen der Erzbuben
los. Wir werden ihn schon vorführen. Du dagegen suchst zuvörderst dein Zuhause auf und ziehst dir anständige Kleider
an. Dann kehrst du ohne weiteren Verzug hierher zurück, wir
bedürfen nämlich deines Zeugnisses.«

*

Ins Vaterhaus traute ich mich allerdings nicht, denn ich wusste
schließlich immer noch nicht, inwieweit meine Frau Mutter
von Henkens Missetaten Kenntnis besaß. Stattdessen begab
ich mich, natürlich, in die Cäcilienstraße und in Elisabeths Obhut. Mit Schrecken erkannte ich, dass ich auch sie nicht mit
einer Nachricht bedacht hatte. Und so kam es, dass ich, als ich
eintrat, ein heilloses Durcheinander von freudigen Vorwürfen
verursachte, dass ich noch lebe und warum ich nichts habe von
mir hören lassen. Elisabeth drückte mich ausgiebig an ihr
Herz, trotz der stinkenden Lumpen, in die ich gehüllt war.

»Was ist bloß geschehen, mein Junge? Wie geht es Johann?
Wo seid ihr gewesen? Warum kommst du als Bettler verklei-
det? Weiß deine Frau Mutter davon?«

»Wir, Johann und ich, mussten uns verstecken vor einem
Angreifer, nämlich Herrn Henken von Turne ...«

»Herrn Henken?«, rief Elisabeth ungläubig.

»Der Mörder meines Herrn Vaters, ja«, erklärte ich fast
schon stolz, denn handelte es sich nicht um eine Heldentat, ihn
gestellt zu haben, eine Heldentat, durch die man die Minne eines Weibes zu erregen in der Lage ist? »Er wird soeben, hoffe
ich, in Gewahrsam der Schöffen genommen. Und ich brauche

bitte saubere Kleider. Ich kann nicht in die Rheingasse, denn was meine Frau Mutter umtreibt, weiß ich nicht.«

»Du musst uns alles erzählen!«, forderte Elisabeth sichtlich erregt.

»Sobald ich zurück bin, gerne, aber zuvörderst erwarten mich die ehrenwerten Schöffen im Rathaus, damit ich dortselbst wider Herrn Henken Zeugnis ablegen möge.«

Ich wusch mich kurz mit kaltem Wasser, da mir deuchte, dass mir keine Zeit vergönnt sei, auf erwärmtes Wasser zu warten, und bekam dann neue Kleider. Wann hatte ich zuletzt etwas gegessen? Ich wusste es nicht. Doch egal, ich nahm im Vorbeigehen einen Schluck Apfelmost. Ein Stück labendes Brot bekam ich von der guten Engelradis als Wegzehrung zugesteckt.

*

Wieder am Rathaus angekommen, wurde ich von einem entsprechend angewiesenen Boten in Empfang genommen und in den Langen Saal geleitet. Hier hatten vor ein paar Jahren die Vertreter der Hansestädte getagt und beschlossen, dem dänischen König Waldemar Atterdag den Krieg zu erklären, allerdings hatte sich unsere Stadt nicht an dem Krieg beteiligt, sondern nur mit Geld ausgeholfen. Wie auch in der Jülich-Brabanter Fehde war es die Weisheit unserer Ratsherren, sich so weit wie möglich aus den Händeln der übrigen Welt herauszuhalten. Sollten sie sich die Köpfe einschlagen, aber uns in Frieden unseren Handel treiben lassen!

Ehrfürchtig stand ich in dem übergroßen Saal mit dem riesigen, hölzernen Gewölbe und fühlte mich wie so oft als sehr, sehr kleiner Wurm. Die meisten Tische waren leer, nur an der Stirnseite, unter der mahnenden Aufsicht der Neun Guten Helden, saßen ein paar Menschen. Die Neun Guten Helden zeigen aus jedem der drei Zeitalter – dem vor dem Gesetz, also dem der Griechen und Römer, dem unter dem Gesetz, also dem des alten Bundes, sowie dem der Gnade, also unserem

Zeitalter nach der Fleischwerdung des Herrn – die Besten der Besten, die wir uns zum Vorbild nehmen sollen, als da wären: Alexander, der größte Heerführer aller Zeiten, Hektor, der stärkste und edelste Held, und Julius Cäsar, der mächtigste Herrscher; Judas Maccabäus, der Freiheitskämpfer von Gottes auserwähltem Volk, König David, der für die Weisheit steht, sowie Josua, der bedeutende Prophet; und für unsere Zeit Gottfried von Bouillon, der Anführer des ersten heiligen Kreuzzuges zur Befreiung Jerusalems, König Artus, der edle Ritter, und Kaiser Karl, der Gründer des Reiches. Was für eine Bürde es sein würde, im Angesicht dieser Helden hier Recht zu sprechen, dachte ich beklommen.

Unter den Anwesenden erkannte ich den ehrenwerten Vater und Herrn Erzbischof Friedrich III. von Saarweden, ein herrischer junger Mann, kaum älter als ich selbst. Franz hatte inzwischen wohl beschlossen, ihn hinzuzuziehen, um einen Richter zu haben, der weder der Kumpanei mit der einen noch der anderen Seite bezichtigt werden konnte. Unsere Vorfahren hatten die weltliche Macht der Erzbischöfe in der denkwürdigen Schlacht von Worringen, anno 1288, ein für alle Mal besiegt – übrigens mit Unterstützung der Brabanter, ein Grund mehr für Köln, sich aus den Unstimmigkeiten zwischen Jülich und Brabant herauszuhalten, denn den Jülichern sind wir ihrer langen Treue wegen nicht weniger zu unverbrüchlichem Dank verpflichtet. Als man mich in den Versammlungssaal einließ, wurde Henken gerade vom Erzbischof gefragt: »Welchen Leumundszeugen begehrt Ihr, Herr Henken?« Der Erzbischof hatte die Rolle des Richters wie selbstverständlich übernommen und schien sich offensichtlich wohl darin zu befinden.

»Herrn Everhard den Griechen, unseren Amptmann«, antwortete Henken. Er schaute mich mit wässrigen Augen an.

Durch eine nachlässige Geste bedeutete der Erzbischof einem Boten, Everhard zu holen. Am Tisch vor ihm saß sein Schreiber. Links daneben der Schöffe Franz von Kusin nächst einem weiteren, wie ich vermutete: städtischen Schreiber. Rechts von dem erzbischöflichen Schreiber hatte man Henken von Turne einen Stuhl angewiesen, flankiert von zwei hinter ihm stehenden Wachen, ganz so, wie es Edmund Birkelin ergangen war.

Mein Platz war neben dem Schreiber des Schöffen. Es ergab sich eine ungemütliche Wartezeit, bis Everhard der Grieche eintraf. Als ich den Blick im Saal umherschweifen ließ, fiel mir ein Gerüst ins Auge, auf dem Maler standen, die dabei waren, die Deckenbilder fertigzustellen. Eines der Bilder zeigte den griechischen Gelehrten Aristoteles, der zu seiner Schande von Phyllis geritten wird. Aristoteles, müsst ihr nämlich wissen, war der Lehrmeister von Alexander dem Großen. Er hatte seinen Schüler ermahnt, seine Minne zu der edlen Slune Phyllis zu zügeln, um nicht der Macht der Weiber zu erliegen. Phyllis aber rächte sich, indem sie Aristoteles so umgarnte, dass sie ihn als Reittier benutzen und vor seinem Schüler lächerlich machen konnte. So weit soll man es bei aller berechtigten Verehrung für die Weiber nicht kommen lassen. Ich dachte an Elisabeth und wie gern ich mich in solch ein Bild fügen würde, wenn sie nur dazu bereit wäre. Wie egal es mir wäre, ob man mich späterhin lächerlich finden würde!

Schließlich traf Everhard ein.

»Henken, mein Freund«, rief Everhard und warf einen giftigen Blick in die Runde. Er jedenfalls schien sich weder von dem Saal noch von der Anwesenheit des Erzbischofs einschüchtern zu lassen. »Was will man dir da am Zeuge flicken?«

Henken schüttelte betrübt das Haupt und schwieg.

Der Erzbischof ergriff erneut das Wort: »Erschienen ... und so weiter, das ist alles schon aufgenommen worden ... in der Sache wider Herrn Henken von Turne, Wollenampt. Aufgefunden bewusstlos in seiner leer geräumten Werkstatt liegend nebst seiner alten Frau Mutter, niedergeschlagen von derselben, vermutlich allerdings ohne Absicht, inmitten einer Reihe von verdächtigen Münzen, die um ihn herum verstreut waren. Die Münzen stammten aus der Vergeltung, mit der der Herzog Wilhelm von Jülich seine Vasallen bedacht hat für ihren Dienst im Verlaufe der siegreichen Fehde gegen die Brabanter, aus der sich herauszuhalten jedoch der Rat des heiligen Köln allen seinen Bürgern bei Strafe des Verlustes von Besitz und Leben befohlen hat. Überdies erhebt der hier anwesende, minderjährige Herr Peter Nicol vom Eisenmarkt, Sohn der ... und so weiter, wie vor ... Anklage wider Herrn Henken, Mörder seines Herrn Vaters zu sein und einen weiteren Minderjährigen, Herrn Johann von Troyen, Sohn des gebannten Mitgliedes des Engen Rates Herrn Lufred von Troyen und der Frau Druda Hadevart, ansässig am Quatermarkt, angefallen zu haben –«

»Den Bettler ... Er hat den Bettler niedergeschlagen«, rief ich dazwischen, und damit fiel mir Witwe Hille ein. Der Erzbischof runzelte missbilligend die Stirn ob der unehrerbietigen Unterbrechung. Davon ließ ich mich aber nicht abhalten in meinem Eifer für die Gerechtigkeit, schließlich ging es darum, die Gunst der holden Frau Elisabeth zu erlangen, und dazu musste man den Mut eines Helden obwalten lassen. »Im Wollenampt wird die Witwe Hille, Bettlerin im ehemaligen Hille'schen Lagerhaus hinter dem Fischmarkt, widerrechtlich festgehalten für ein Vergehen, welches sie nicht begangen hat.«

»Sie ist unschuldig«, bestätigte Everhard leichthin, bedachte mich allerdings mit einem Blick, den ich als hämisch empfand, ohne dass ich mir denken konnte, worauf sich die Häme beziehen sollte, »und ist von uns bereits auf freien Fuß gesetzt worden.«

Der Erzbischof schien dies nicht bemerkenswert oder aufschlussreich zu finden und wandte sich ohne sichtliche Regung an Henken: »Herr Henken, Ihr habt die Schwere der Anschuldigungen vernommen. Was wollt Ihr dazu ins ›protocolum‹ schreiben lassen?«

»Ich bin kein Mörder«, sagte Henken fest und blickte mir erstaunlich gerade und ehrfurchtgebietend in die Augen. »Peter, ich habe deinen Herrn Vater nicht umgebracht, weiß Gott, das hätte ich nie getan.«

Mir wurde weich in den Knien. Wie konnte ich kleiner Wurm es mir nur herausnehmen, mich wider diesen mächtigen Helden zu wenden?

174

»Was für eine widersinnige, törichte, vollkommen unmögli-
che Unterstellung, ausgesprochen von einem Narren!«, ließ
sich Everhard erregt vernehmen.

»Ich muss Euch bitten, Eure Zunge zu zügeln, Herr Everhard«, sagte der Erzbischof und ließ eine Zornesfalte auf seiner
ansonsten noch glatten, rosigen Stirn erscheinen, »und bloß
dann das Wort zu nehmen, wenn es Euch zugeteilt wurde.
Herr Henken, Ihr habt Euch noch nicht zu Eurer Beteiligung
an der Jülich-Brabanter Fehde geäußert.«

Henken schwieg und blickte stier auf die Spitzen seiner vor
ihm auf dem Tisch gefalteten Finger.

»Nein, Henken«, rief Everhard aufgebracht, »nein, sag, dass
es nicht wahr ist, es darf nicht wahr sein, die ganze ›nova ordinatio‹ steht auf dem Spiel, alles, was wir erreicht haben für die
braven Handwerksleute in der Stadt!«

Die Augen der Anwesenden hefteten sich an Henken, der
gleichwohl beharrlich schwieg.

Der Erzbischof richtete seine Worte an den Schreiber: »No-
tiert, dass der Angeklagte zu diesem Punkte vorzieht, sich
nicht zu äußern.« Dann sah er den Schöffen an: »Schöffe Franz,
wie sollen wir Eurer Meinung nach fortfahren?«

»Hören wir uns den Bericht des Jungen an«, schlug Franz
vor. Ich hatte den Eindruck, dass er sich sehr geehrt fühlte,
vom Erzbischof auf diese Weise in seinen Aufgaben bekräftigt
zu werden.

Ich holte tief Luft, weil ich das Gefühl hatte, mein Brust-
korb zöge sich zusammen und erdrücke mich: »Als mein Herr
Vater auf dem Totenbette lag, hielt er, wie mein Freund Johann,
von dem schon die Rede war … äh … hm … herausfand, eine
Goldmünze in der Faust. Johann stellte fest, dass es eine Jülicher Münze war, und wir waren beide in großer Sorge, mein
Herr Vater hätte sich verbotenerweise an der Fehde beteiligt.
Es fand sich jedoch ein Zeuge, oder besser: eine Zeugin, die bestätigte, dass mein Herr Vater sich zum fraglichen Zeitpunkte
im August dieses Jahres woanders als am Ort der Schlacht in
Baesweiler aufgehalten hatte. Von Herrn Gernard Gir von Co-

velshofen, gleichermaßen gemeuchelt durch die Hand von Herrn Edmund Birkelin, dem Verräter –«

»Herr Edmund hat inzwischen Zeugen für den ganzen Abend der Tat aufbieten können«, warf der Schöffe ein.

»Das ist nicht wahr!«, zischte Everhard, und ich gewahrte, wie ihm die Zornesröte ins Gesicht schoss.

»Sie können jederzeit vereidigt werden«, betonte Franz selbstsicher.

»Wart das auch Ihr, weil Herr Gernard und mein Herr Vater Euch gemeinsam auf die Schliche gekommen waren?«, fragte ich Henken entgeistert. Ich hatte allen Mut zusammengenommen, um zu Ende zu bringen, was ich begonnen hatte.

»Als dein Herr Vater starb«, wandte sich Henken mir zu, »war ich bei Herrn Gernard und später beim Notar Herrn Jacob vom Kettwick, der glücklicherweise noch lebt und es bezeugen kann. Wir erwarteten deinen Herrn Vater, der sich jedoch nicht einfand. Das war sehr ärgerlich, denn ich beabsichtigte, eine alte Schuld, die ich bei deinem Herrn Vater hatte, zurückzuzahlen durch ein Geschäft, das ich mit Herrn Gernard zu machen gedachte.«

Er windet sich heraus, dachte ich verzagt, es ist alles verloren!

»Warum habt Ihr Eure Schuld nicht direkt bei Herrn Richard beglichen?«, fragte Franz vernünftig. Aha, wenigstens der Schöffe, um ein Vielfaches erfahrener als ich, wusste noch weiter. Das beruhigte mich wieder ein wenig.

»Das ist ja wohl meine Angelegenheit«, wies ihn Henken zurecht.

»Nicht wenn es die hier verhandelte Sache betrifft«, belehrte ihn der Erzbischof nachdrücklich. Er immerhin ließ sich nicht von dem Helden einschüchtern. Das beeindruckte mich tief.

Von den unsichtbaren Fesseln der Unterwerfung befreit, wurde mir mit einem Schlage deutlich, worum es hier ging.

»Möglicherweise wollte er das Blutgeld durch Herrn Gernard in gute florentinische Dukaten umwandeln lassen«, schlug ich als Erklärung vor, weil Henken nichts sagte.

Henken überging das: »Herr Gernard, der Herr Notar und ich warteten auf Herrn Richard Nicol, bis wir des Wartens müde waren und uns nach Hause begaben. Von Herrn Richards Witwe wissen wir, wann sich Herr Richard auf den Weg zu Herrn Gernard machte, sodass es augenscheinlich ist, dass er auf diesem Weg ermordet wurde und nicht später. An dem Abend, als Herr Gernard ermordet wurde, tröstete ich Herrn Richards Witwe und diejenigen seiner Kinder, die es vorzogen, ihrer Frau Mutter beizustehen.« (Dies empfand ich als eine überaus niederträchtige Einlassung, da er es doch selbst war, der mich darin bestärkt hatte, die Lehre bei Elisabeth nicht abzubrechen.) »Und was den Angriff auf den Jungen gestern betrifft, diesen Johann, so denke ich, dass ich auch für die fragliche Zeitspanne beweisen kann, wo ich gewesen bin.«

»Dies wird sich im Einzelnen nachprüfen lassen, wenn wir die Zeugen vernehmen«, sagte der Erzbischof. »Schöffe Franz, was meint Ihr, wie sollen wir bezüglich der Anklage wegen des Friedensbruches verfahren?«

Franz stutzte einen Augenblick, bis ihm die richtige Vorstellung kam. »Wir werden Herolde ausschicken, um nach Zeugen zu suchen, die Herrn Henken als Beteiligten an der besagten Fehde benennen können. Es muss Angehörige der Opfer geben, die dazu fähig sind.«

»So sei es«, verfügte der Erzbischof. »Aufgrund der Schwere der Anschuldigungen und der Glaubwürdigkeit der Umstände, die zu ihnen geführt haben, verfügen wir, dass der Beklagte für die Zeit des Verfahrens, allerdings nicht länger als vierzehn Nächte, ins Gefängnis bei der Plackgasse überstellt werde.«

»Legt ein Geld fest, zu dem er abgelöst werden kann!«, forderte Everhard. »Das ist so guter, alter Brauch.«

Gerade ihr Weber müsst euch auf den »guten, alten Brauch« berufen, dachte ich aufgewühlt, ihr mit eurer »neuen Ordnung«!

»Nein«, beschied der Erzbischof unnachgiebig. »Vierzehn Nächte. Wenn seine Schuld bis dato nicht erwiesen werden kann, sei er frei für alle Zeiten.«

*

Vom Rathaus aus ging ich an der Dombaustelle vorbei durch die Johannisstraße nach St. Kunibert, um Johann abzuholen, weil die Gefahr nun offenbar ein für alle Mal vorbei war. Hungrig, aber frohgemut schritt ich aus, weil die ehrenwerten Schöffen jetzt die Sache in die Hand genommen hatten und feststellen würden, wer welche Schuld auf sich geladen hatte. Mir war diese Last, viel zu schwer für meine unerfahrene Jugend, dankenswerterweise von den Schultern genommen worden.

Ich klopfte an die Pforte des Klosters und sagte, als mir geöffnet wurde: »Gott zum Gruße, hochwürdiger Vater und Bruder, Peter Nicol vom Eisenmarkt bin ich. Könnt Ihr mich bitte zu Johann von Troyen vorlassen, ich bringe gute Nachricht.«

»Ihr werdet sehnlichst erwartet, Herr Peter«, sagte der Mönch und führte mich in einen Saal des Stiftes, in welchem die verbannten Ratsherren und Landfriedensgeschworenen versammelt waren und eine, wie ich schnell gewahrte, durchaus üppige Vesper einnahmen. Schlecht erging es ihnen hier nicht in der Verbannung, dachte ich flüchtig. Man musste den Mönchen und der Kirche schon zugutehalten, dass sie die Verbannten beherbergten, wenn auch sicherlich nicht, ohne einen gehörigen Obolus zu erhalten. Ich hatte mich nunmehr daran zu gewöhnen, die Kirche und die Parteiungen in der Stadt mit anderen Augen zu sehen, als ich es zuletzt getan hatte. Und es fiel mir wahrhaftig nicht schwer zu gestehen, dass der junge Herr Erzbischof eine überaus gute Figur gemacht und den Helden, deren steinerner Aufsicht er unterstellt war, alle Ehre bereitet hatte. Vielleicht waren ja Halunken wie Pfarrer Martin eher die Ausnahme als die Regel, und der Erzbischof würde ihnen schon gehörig auf die Hühneraugen treten.

Ich machte Johann aus und lief auf ihn zu. Er erhob sich, und ich küsste ihn glücklich auf die Wange. Im Hintergrund hörte ich, wie die Versammelten mir Anerkennung zollten und Hochrufe erklangen.

»Es ist vollbracht«, sagte ich zu Johann. »Herr Henken konnte aufgegriffen werden, während er inmitten seines Blutsolds lag.«

Ich fühlte mich nicht ganz wohl in meiner Haut, als Herr Lufred auf mich zutrat, um mir die Ehre zu erweisen, wusste ich doch von Johann, wie sehr sein Herr Vater den meinigen verabscheut hatte.

»Herr Peter«, sagte er mit einer Achtung, die mir gewiss noch nicht gebührte, »Ihr müsst uns alles erzählen.«

»Ja, wo soll ich beginnen?«, sann ich laut nach, um Zeit zu gewinnen. »Johann hat sicherlich schon kundgetan, dass er die Münze aus dem Fehdezoll des Herzogs von Jülich in der Hand meines gemeuchelten Herrn Vaters gefunden hatte, der hinwiederum der Friedensbrecher nicht sein konnte, weil es –«

Ich unterbrach mich. Wie sollte ich erwähnen, dass Vater sich anderswo aufgehalten hatte, ohne Frau Druda mit hineinzuziehen, was angesichts dessen, dass Lufred ihr Gatte war und sie sich mit Vater im Lotterbett befunden hatte, recht unschicklich gewesen wäre? Wie hatte Johann davon berichtet?

Johann erkannte wohl meine missliche Lage und stand mir bei.

»Herr Richard ist nicht in Baesweiler gewesen, dafür gibt es Zeugen, die bereit sind, unter Eid auszusagen«, sagte Johann mit unbewegter Miene. Ich bewunderte seine Selbstbeherrschung! »Davon habe ich Vater und den anderen bereits Mitteilung gemacht.«

»Schön, schön«, murmelte Lufred. »Wie ging es dann fürbass?«

»Also, ich hatte einen Hinweis von dem ebenfalls gemeuchelten Herrn Gernard, ich solle mich in der Werkstatt von Herrn Henken umsehen. Was ich auch tat. Dort befand sich nichts weiter als seine verwirrte Frau Mutter, die mir merkwürdigerweise Geld anbot. Das lehnte ich natürlich ab, doch sie begleitete ihr ungewöhnliches Angebot mit dunklen, zunächst unverständlich wirkenden Andeutungen. Als ich Johann später davon berichtete, gelangten wir zu der Mutmaßung, dass es sich um die besagten blutbesudelten Münzen handeln könnte. Dergestalt stellte ich Herrn Henken eine Falle, indem ich ihm durch unseren Genossen Teilmann mitteilen ließ, ich würde ihn in seiner Werkstatt erwarten. Dort legte ich mich auf die Lauer. Er fand sich wahrhaftig ein und wütete gegen seine Mutter. Als ich hinzutrat, versuchte er, mich umzubringen. Ich wehrte mich tapfer, und seine Frau Mutter wollte ihm vermutlich zu Hilfe eilen, traf allerdings mit einem Holzscheit, das herumgelegen und das sie aufgehoben hatte, ihn anstatt mich. So kam es, dass er bewusstlos zusammenbrach. Bei dem ganzen Durcheinander hatte sich der Hüftbeutel der Alten gelöst, und die Münzen waren auf den Boden gefallen. Ob Ihr es glaubt oder nicht, es waren diejenigen des Herzogs von Jülich. Also lief ich zum Rathaus und gab Bescheid.«

»Gut gemacht, Junge«, rief einer.

»Ein Hoch auf Herrn Peter!«

»Nieder mit den Webern!«

»Das ist ihr Ende!«

»Wir werden wieder frei sein!«

»Setzt ihm ein Denkmal, dem tapferen Knaben!«

Die Männer wiederholten die Geschichte der Ergreifung von Henken mehrmals und gerieten in immer ausgelassenere Gemütsverfassung, in welchselbiger sie sich nicht scheuten, die Einzelheiten in den schillerndsten Farben auszuschmücken und mich zu einem Helden und Drachentöter werden zu lassen. Schulterklopfend wurde ich eingeladen, an ihrem Mahl teilzunehmen. Mir lief das Wasser im Munde zusammen, denn was hier aufgefahren worden war, war nicht weniger als ein voll ausgewachsenes Festtagsgericht mit fetter Ente auf Pfeffer, Reis mit Fischen, und zwar Hechten, sowie einer großen Platte Käse, zuckerbestreuten gebratenen Birnen und unzähligen, wundervollen Nüssen.

Später gingen die Ratsherren dazu über zu erörtern, was sie tun würden, wenn die althergebrachte, überaus gerechte Macht des Engen Rates wieder hergestellt und der Weite Rat von den Raitsluden gesäubert sein würde. Sie lachten bei der Vorstellung, das Vermögen der Weber und ihrer Freunde einziehen und zum Bau eines neuen Versammlungshauses der Geschlechter verwenden zu können. Sie sind nicht besser als die Weber, dachte ich enttäuscht und angewidert.

Nachdem ich mich an Speis und Trank reichlich gelabt hatte, beschlossen Johann und ich, nach Hause zu gehen. Damit meinte ich für meinen Teil Elisabeths Haus, doch Johann beharrte darauf, ich solle mit meiner Frau Mutter sprechen, bis ich schließlich ein Einsehen hatte.

»Ich muss noch im Hospital St. Andreas vorbei«, sagte Johann. »Mein Herr Vater lässt dorthin ein großzügiges Almosen überbringen. Kommst du mit?«

Gestärkt durch die Mahlzeit stimmte ich zu.

»Eins bereitet mir immer noch Bauchschmerzen«, sagte ich, als wir außer Hörweite waren. »Ich habe das eben mehr oder weniger verschwiegen, doch es stellt sich als mehr als wahrscheinlich dar, dass Herr Henken für den Nachmittag, als meines Herrn Vaters Tod von Meuchelhand herbeigeführt wurde, seinen anderweitigen Verbleib bezeugen lassen kann.«

»Wie das?«, wunderte sich Johann ohne deutliche Gefühlsregung.

»Durch den Herrn Notar«, erklärte ich viel beunruhigter als er, »und zudem weiß ich selbst es ja von Herrn Gernard, dass Herr Henken sich bei ihm befand und sie gemeinsam den Notar aufgesucht haben, während sie auf Vater warteten. Wie hätte Herr Henken da meinen Herrn Vater niedermetzeln können?«

»Aber den Friedensbruch kann man ihm nachweisen?«, wich Johann vorsichtig mit einer Gegenfrage aus. Langsam schien er zu begreifen, dass es sich um eine nicht geringe Schwierigkeit handelte.

Ich holte tief Luft und ließ sie dann mit lautem Geräusch entweichen. »Ich hoffe es.«

»Irgendwie muss er es aber bewerkstelligt haben«, beruhigte Johann mich und wohl auch sich selbst. »Denn es gibt keinen anderen Grund für den Mord und alles, was danach geschehen ist, als dass er diesen Frevel vertuschen wollte.«

Wir waren gerade in die Gravegasse eingebogen und an St. Lupus vorbei, da war mir, als seien mir am Hinterkopf Augen gewachsen, denn ich gewahrte einen Schatten, ein verdächtiges Geräusch, irgendetwas, das mich aufschrecken ließ.

»Der Schatten«, sagte ich zu Johann und drückte ihn in einen Spalt zwischen zwei Häusern. »Er ist zurück.«

»Das kann nicht sein, du musst dir das einbilden«, wehrte er mit Worten ab, während er leichenblass wurde. Dann wurde ihm jedoch bewusst, dass dies kein Spiel war.

In der Gasse konnte keiner von uns beiden einen Verdächtigen erspähen, und wir setzten alsbald unseren Gang fort, aber die Ausgelassenheit war nun gänzlich dahin. Angestrengt lauschten wir, bis ich erneut zwischen den Schritten der Leute, die wir sehen konnten, ein zögerndes und suchendes Knirschen vernahm. Johann hatte es offenbar auch mitbekommen, denn ohne uns näher absprechen zu müssen, hasteten wir hinter einen Bretterverschlag, der zu der Baustelle der halb fertigen neuen Kathedrale gehörte.

Wir kauerten uns hin und warteten ab; etwas anderes zu tun, fiel uns nicht ein. Wir versuchten, kein Geräusch zu verursachen, doch unsere Herzen schlugen so laut, dass ich fürchtete, das Klopfen sei in ganz Köln zu hören. Es gab ein Knacken ganz in der Nähe. Der Schreck lähmte mich.

»Was für einen Ausweg haben wir?«, flüsterte ich in letzter Not.

»Ich weiß einen Durchschlupf zur Bürgerstraße auf der anderen Seite, das Rathaus, die Schöffen«, flüsterte Johann zurück.

»Können wir uns des Wohlwollens der Schöffen sicher sein?«, fragte ich, inzwischen eingeschüchterter als je zuvor. Mutterseelenallein und verlassen fühlte ich mich, von aller Welt verraten, oder wenigstens drohte von überall her Verrat.

»Wenn wir niemandem trauen«, sagte Johann und rannte los, »kommen wir hier um.«

Damit ich nicht allein zurückbliebe, schloss ich mich ihm an. An der Pforte des Rathauses wurde ich dieses Mal freundlich begrüßt, und wir bekamen ohne Weiteres Zugang zu dem Schöffen Franz von Kusin.

Franz wollte gerade sein Tagewerk abschließen und hatte sich schon zum Heimweg fertig gemacht.

»Herr Peter und Herr Johann«, begrüßte er uns leutselig.

»Der Teufel!«, presste Johann hervor. »Er ist wieder da! Hinter uns her! Es ist nicht vorbei!«

Franz sah mich fragend an, als erwarte er von mir eine aufschlussreichere Rede. Ich nahm mich zusammen, um ihn nicht zu enttäuschen: »Herr Schöffe, mein Freund Johann meint, dass wir erneut bedroht worden sind.«

»Von wem?«

»Das wissen wir nicht, er ist wie ein Schatten, aber ich bitte Euch, uns Glauben zu schenken. Wir leiden Todesangst!« Lange hatte ich die Fassade nicht aufrechterhalten können und zitterte nun, ohne dass ich dem Einhalt zu gebieten wusste.

Franz dachte einen Augenblick nach, wobei er uns genau betrachtete. Erst dann sagte er: »Wenn du uns nicht eine so große Hilfe bei der Ergreifung von Herrn Henken gewesen wärst, Peter, mein Sohn, würde ich dir keinen Glauben schenken und euch beide zum Teufel jagen. Aber … nun gut, ich werde jedem von euch einen bewaffneten Boten an die Seite geben, die euch nach Hause geleiten und dort Nachtwache halten. Dann werden wir morgen fürbass sehen.«

»Ich würde es vorziehen«, sagte ich dankbar, »zu meiner Lehrherrin geleitet zu werden, weiß ich doch nicht, wie sich meine Frau Mutter angesichts der Ergreifung von Herrn Henken gebärden wird.«

Franz hob in der ihm eigenen Art die Augenbrauen. »Das muss ich jetzt, glaube ich, nicht verstehen. Man wird dich ins Vaterhaus bringen.«

Wir waren eben doch noch einfache Grünschnäbel, deren

Wünsche nicht für voll genommen werden mussten, besonders nicht von hochgestellten Persönlichkeiten wie dem Schöffen Franz, dachte ich bitter.

Der Bote war selbstredend auch neugierig und fragte mich aus, während ich beklommen neben ihm herging. Je öfter ich die Geschichte jedoch erzählte, umso löchriger kam mir die Beweisführung gegen Henken vor, jedenfalls was die Meucheltaten betraf. Sein Verhalten vor dem Erzbischof zeigte, wie ich überlegte, dass er sich ziemlich sicher war, die Mordanklagen abwenden zu können, während es sich hinsichtlich des Friedensbruches durchaus anders verhielt.

*

Während der Wachmann neben der Pforte pflichtschuldigst Stellung bezog, rannte ich durchs Haus und rief: »Kommt alle zusammen, Familienrat! Alle in die Stube! Familienrat!«

Meine Frau Mutter trat mir im Flur entgegen. Sie hatte ein verquollenes Gesicht. Von ihrem Stolz, dem Stolz der ehrwürdigen Familie Grin, den ich zum wenigsten noch bewundern konnte, war augenscheinlich nichts geblieben.

»Was ist los? Was geht hier vor? Was machst du da, mein Junge?«, fragte sie verstört und versuchte, mich zur Begrüßung zu küssen.

Ich drängte, nein, fast schubste ich sie zur Seite und lief fürbass schreiend durch das Haus.

Schließlich war der kleine Kreis der unglücklichen Familie in der Stube versammelt; ich nahm natürlich, weil ich es mir nicht anders verdient hatte, Vaters Platz an dem großen Tisch ein, auf dem ich mir allerdings ziemlich verloren vorkam. Er war mir unzweifelhaft zu groß. Mir gegenüber saß meine Mutter, mein nichtsnutziger Bruder Markus eng an ihrer Seite. Vetter Gerwin – niemand aus dieser gottverfluchten Familie hatte sich je die Mühe gemacht, mir zu erklären, warum er ausgerechnet bei uns Unterschlupf hatte erhalten müssen; gab es denn keine anderweitigen Verwandten? – blieb unschlüssig stehen, weil er zumindest jetzt zu spüren schien, dass er nicht dazugehörte und dass ihn das Ganze nichts anging, aber auch meine Schwester Martha setzte sich nicht, als sei sie schon nicht mehr ganz von dieser Welt. ... nichts anging? O Gott, und wie es ihn etwas anging, schließlich würde sich herausstellen, dass Henken mitschuldig am Tod seiner Eltern war! Wie würde Vetter Gerwin sich gebärden? Könnte er es ertragen? Würde er zusammenbrechen oder unbändig um sich schlagen?

Ich versuchte, die Haltung des Schöffen nachzumachen, was mir, wie ich heute denke, wohl nur sehr unzureichend gelungen sein mochte, und sagte gespielt gleichgültig: »Herr Henken ist ergriffen worden.«

Dann jedoch wusste ich nicht weiter, oder vielmehr übermannte mich das Gefühl der Schande, und mir versiegten die Worte.

»Er befand sich in großer Sorge, als er ging«, erklärte Mutter unruhig und fuhr sich durch die Haare, als sei deren unzüchtige Offenheit im Augenblick ein Ärgernis für sie. »Was ist geschehen?«

»Ich habe ihn überführt.« Der Stolz gab mir meine Kraft zu sprechen wieder. »Er ist ein Friedensbrecher, der den Herzog von Jülich in der Fehde gegen die Brabanter unterstützt hat ...«

Vetter Gerwin wurde blass und sackte zusammen wie ein nasser Sack. Raff dich auf, dachte ich, und schwöre ihm, dass du die Schändung deiner Familie ahnden wirst ... und meines Herrn Vaters, immerhin dein Oheim, der dir großherzig Obdach geboten hatte in der Not!

»Und wenn schon?« Meine Frau Mutter fand, vielleicht durch meinen sündigen Hochmut herausgefordert, ihren herrischen Ton wieder. »Bist du Gott, auf dass du richten dürftest?«

Ich aber bremste mich nicht, den schlimmen Satz auszusprechen, ja nachgerade herauszuposaunen: »... und unseren Herrn Vater hat er gemeuchelt!«

Mutter schüttelte verständnislos den Kopf: »Als Richard umkam, hat Henken mit Herrn Gernard und dem Notar vom Kettwick auf ihn gewartet.«

Diesen Einwand hatte ich befürchtet, doch weder konnte noch wollte ich auf ihn eingehen. Hier ging es schließlich um die höhere Gerechtigkeit!

»Vater ist Henken auf die Schliche gekommen«, erklärte ich, »und dafür musste er sterben!«

Mutter senkte traurig ihre Stimme und sagte eher zu sich als zu uns, die wir es atemlos vernahmen: »Henken hätte allen Grund dazu gehabt ...«

Als ich so recht erfasst hatte, was sie da behauptete, ergriff mich ein gar heiliger Zorn: »Du willst einen Mörder rechtfertigen, den Mörder meines geliebten Herrn Vaters, mithin deines offenbar weitaus weniger geliebten Gemahls obendrein? Wer spielt hier Gott? Nur *ER* vergibt Sünden!«

Mutter blieb indessen gänzlich unbeeindruckt: »Peter, es bricht mir das Herz, dich so zu sehen, aber du befindest dich durchaus im Unrecht, und ich muss deinen bereits übergroßen Schmerzen, fürchte ich, einen weiteren hinzufügen, damit du verstehst: Richard hat Herrn Henken seiner Schuld wegen in der Hand gehabt und all die Jahre seinen Vorteil daraus gezogen.«

Markus rückte von Mutter ab. Endlich schien auch er begriffen zu haben, was für unerhörte Geschehnisse hier ausgesprochen wurden. Mutter war mit nichts weniger beschäftigt, als Vaters Andenken zu schänden! Das war ein Frevel ohne Beispiel und durfte nicht geduldet werden, nicht einmal von Markus, Mutters Liebling.

»Vorteil?«, fragte Markus so scharf, wie es sein verweichlichtes Wesen überhaupt zuließ. »Habe ich dich nicht stets vor diesem ... diesem Henken gewarnt? Die Weber haben immer höhere Akzien auf Wein erhoben!«

»Eures Vaters Parteinahme für die Weber war beileibe nicht so uneigennützig, wie es vielleicht den Anschein hatte«, seufzte Mutter. Sie sah nur Markus an und hielt mich nicht für wert, mich eines Blickes zu würdigen. »Er selbst hat keine Akzie abgeführt, das war *sein* Lohn dafür, dass er Henken nicht in den Schuldturm wandern ließ, nachdem dieser schon all seinen Besitz verpfändet hatte. Der arme Henken hat das Jülicher Gold benutzen wollen, um sich freizukaufen.«

»Aber war nicht Vater der, der in Schulden fast ertrank?«, rief Markus erregt.

Mutter schüttelte nur stumm den Kopf.

Es verhielt sich genau so, wie ich es heute am Morgen nach dem Erwachen in der Herberge von St. Andreas befürchtet hatte, aber nicht wahrhaben wollte. Nun war es endlich heraus. Sie hatte es rundheraus zugegeben, ohne dass es irgendeines Zutuns von meiner Seite bedurft hätte.

»Du hast davon gewusst, Tante Ursula?«, fragte Vetter Gerwin fassungslos, und so bemerkte ich, dass er zu sich gekommen war. Was sie gesagt hatte, konnte als Beweis ihrer Schuld gelten. Würde ich je im Leben darüber hinwegkommen, ein solches Weib zur Frau Mutter zu haben?

»Nicht von Anfang an«, antwortete Mutter, weiterhin ungehörig gelassen. Woher sie diese empörende Gelassenheit nahm, war mir unerfindlich. »Aber auch ein einfältiges Weib wie ich macht sich seine Gedanken. Ihn konnte ich nicht dafür verurteilen.«

»Vater ist ermordet worden!«, schrie ich. Meine verständliche Wut ließ mich schwindelig werden, und beinahe wäre ich vom Stuhl gekippt.

»Meine ganze Familie! Deine Kusine, meine Frau Mutter ...« Vetter Gerwin fand keine Kraft, fürbass zu sprechen, obwohl er versuchte, es mir an Lautstärke gleichzutun.

Auch Martha begann zu schreien, bei ihr steigerte es sich jedoch zu einem äußerst unschön anzuhörenden, unbeherrschten Kreischen: »Was für eine Familie! Ein Sündenpfuhl. Der ›feine‹ Herr Vater ein Ehebrecher, die ›getreue‹ Frau Mutter lässt sich mit dem ›heldenhaften‹ Mörder des Gatten ein ... Dazu gehöre ich nicht mehr, ich gehe zu meinem Gemahl, dem himmlischen Bräutigam, sofort!«

Sie konnte ihre Absicht nicht in die Tat umsetzen, denn Vetter Gerwin hielt sie fest. Warum tat er das?, fragte ich mich. Ich konnte es mir nur so erklären, dass er, wo er doch eine Familie verloren hatte, jetzt wenigstens seine Pflegefamilie erhalten wollte, um welchen Preis auch immer.

»Setz dich nur aufs hohe Ross, Martha«, fauchte Mutter und ließ ihre Augen zu gefährlich anmutenden Schlitzen werden. »Glaubst du wirklich, wir wüssten nicht, dass du dich unkeusch von Pfarrer Martin betatschen lässt …«

Martha versuchte, sich des eisernen Griffes von Vetter Gerwin zu entwinden und Mutter ins Gesicht zu spucken. Vetter Gerwin erwies sich jedoch als kräftiger, und der verächtliche Auswurf landete auf dem Boden zwischen Martha und Mutter.

»… und du, Peter«, wütete Mutter weiter, »hast nichts Wohlfeileres zu tun, als dich von deiner Lehrherrin umgarnen zu lassen, die hinter nichts anderem als deinem – meinem – unserem Erbe her ist …«

Dieser unvermutete Angriff setzte mich so sehr in Erstaunen, dass ich kleinlaut einwandte: »Du hast Elisabeth doch höchstselbst die tüchtigste Lehrherrin genannt, die ich hätte antreffen können.«

»Ich wollte nur dein Bestes«, behauptete Mutter frech. »Und wenn ich nicht Markus hätte und Neffe Gerwin mir die Treue halten würde, würde ich an euch, Peter und Martha, verzweifeln und irre werden über Gottes Ratschluss.«

Vetter Gerwin sah sich, solcherart geehrt, veranlasst, auch einen Dünnschiss abzulassen: »Du warst schon immer ein aufgeblasener Hanswurst, Peter. Kapierst du nicht, dass Herr Henken euren Herrn Vater nicht hat umbringen können? Ist dein Schädel dazu zu hart? Hat dir deine Garnmacherin den Verstand herausgestorcht?«

O wie schön, wenn das wahr wäre, dachte ich trotz der misslichen Lage, in der ich mich befand, lenkte dagegen ab, indem ich sagte: »Für den Friedensbruch wird Herr Henken baumeln!«

Ich versuchte, die Siegesgewissheit in meiner Stimme deutlich werden zu lassen, fürchtete aber, dass ich nur schlapp geklungen hatte. Darum setzte ich mit Trotz hinzu: »Und du, Vetter, solltest mir dankbar sein, dass zumindest einem der Mörder deiner Familie dergestalt Gerechtigkeit widerfährt!«

»Herr Henken ist ein aufrichtiger Held, er gehörte nicht zu den Mordbrennern«, behauptete meine Mutter, doch es klang in meinen Ohren nicht ganz so überzeugt wie das, was sie zuvor zu Henkens Verteidigung vorgebracht hatte. Woher hätte sie das auch so genau wissen können, wenn sie nicht ausführlich mit ihm darüber gesprochen hatte?

Markus schaute verwirrt von Mutter zu Vetter Gerwin und mir und zurück.

»Und wer hat nun Vater erschlagen?«, fragte er.

»Das werden die Richter herausfinden«, beschied ihm Mutter, »denn den Übeltäter wird es erwischen. Herr Henken, mein edler Beschützer, war es jedenfalls nicht. So, und nun geht ihr zu Bett, alle miteinander, und morgen möchte ich, dass wir wieder eine Familie sind, wie es sich geziemt. Guter Gerwin, sei gewiss, dass Herr Henken nichts mit dem Tod von Kusine Richmodis und deiner Familie zu tun hatte. Die Plünderungen haben stattgefunden, als er sich schon auf dem Rückweg nach Köln befand, und sie haben ihn nicht weniger mit Entsetzen erfüllt als uns. Als er davon erfuhr, war es jedoch zu spät, um etwas … um es zu verhindern.«

Wir gehorchten, denn es gab keinen Zweifel, dass sie einen Widerspruch nicht im Ansatz geduldet hätte.

Beim Hinausgehen zischte mir Martha vorwurfsvoll zu: »Das hätte ich nicht von dir gedacht, Bruder, was Mutter über die Garnmacherin und dich gesagt hat.«

Ich sagte nichts, weil ich nichts heißer ersehnte, als dass es wahr wäre, und überlegte bloß, ob denn das stimmte, was Mutter über Pfarrer Martin, den Hundsfott, und Martha gesagt hatte. Was für ein hässlicher Kerl er doch war! Wie konnte sich ein junges, hübsches Mädchen wie meine Schwester darauf einlassen? War ein Alter wie er überhaupt noch in der Lage, das zu tun, wovon hier die Rede war? Doch gemach, inzwischen dämmerte mir, dass man vorsichtig sein musste, jemanden nur aufgrund von Hörensagen zu verurteilen.

Vetter Gerwin und Markus nahmen Martha im Bett in die Mitte, um, wie ich hämisch vermutete, aufzupassen, dass sie des Nachts nicht wegliefe, aber für mich ließen sie keinen Platz frei. So setzte ich mich auf den harten und kalten Lehnstuhl, um dort zu schlafen. Meinen Kopf bettete ich auf die linke Armlehne und ließ die Beine über die andere baumeln, was mir nach kurzer Weile das Blut abschnürte. Es begann, in den Beinen zu kribbeln, und ich musste mich anders hinsetzen. So dicke Gedanken gingen mir gleichzeitig durch den Kopf, dass ich nicht wusste, womit ich mich zuerst beschäftigen sollte. Der letzte Gedanke jedenfalls, bevor ich schließlich doch noch entschlummerte, gehörte Elisabeth, die sich dann im Traume in meine Frau Mutter verwandelte. Ich schreckte schweißgebadet auf, um das Trugbild zu vertreiben, nur um als Nächstes das Bild von dem zertrümmerten Schädel meines Herrn Vaters als neuerliches Trugbild vor Augen zu haben. Ich selbst stand neben ihm und hielt das Schwert – natürlich vom Schwertmacher Bernardus geschmiedet, mächtig und unbezwingbar! –, das ihm die tödliche Wunde zugefügt hatte! Daraufhin beschloss ich, nicht wieder einzuschlafen, um den Dämonen keine weitere Gelegenheit zu geben, mich erneut zum Narren zu halten. So viel stand fest, überlegte ich beunruhigt, dass Henken von Turne nicht Vaters Mörder war, so wie es meine Schwester wollte, wahrscheinlich angestachelt durch Pfarrer Martins bösartige Einflüsterungen. Sie hatte mich ganz gegen meinen Willen zu ihrem Sprachrohr gemacht, ging mir mit einem Male auf, indem sie mich glauben machte, es ginge ihr um Vaters Ehre. Das durfte doch nicht wahr sein! Und im Verlauf der Nachforschungen, in die sie mich hineinzulocken verstanden hatte, hatte ich die Achtung vor Vater verloren, ebenso vor Mutter und natürlich vor Henken. Sie ist schuld!, jammerte ich verzweifelt. Aber nein, sie hat Vater nicht umgebracht, das konnte nun wahrlich nicht sein. Dann verfiel ich doch wieder dem Schlafe, einem gnadenreich traumlosen, dennoch letztlich nicht erholsamen Schlafe, wie ich schmerzhaft feststellen musste, als ich mit steifen Knochen erwachte. Schon die letzte Nacht hatte ich nicht geruht, so konnte und durfte das nicht fürbass gehen.

# Zwischenspiel

Gerwin wartete, bis die anderen drei im Zimmer schliefen. Er musste sich lange gedulden, bis er sicher war, dass auch Vetter Peter Ruhe gefunden hatte. Dann erlaubte es sich Gerwin, die Tränen fließen zu lassen. Er hatte schon gemeint, alle Tränen um seine feige dahingemetzelte Familie geweint zu haben, aber nun war alles wieder aufgerührt worden. Hätte er auf Tante Ursula losgehen sollen? Auf Vetter Peter, den Gernegroß? Hätte er sich schnurstracks zum Rathaus begeben, sich einen Weg zu Herrn Henken bahnen und ihn zur Rechenschaft ziehen sollen? Genug Wut, Trauer und Verzweiflung spürte er in sich, um das alles zu tun. Er fürchtete nicht das Gericht, denn es war ihm egal, ob er hernach für immer im Kerker verschwinden würde. Er hatte seit Langem das Gefühl, sein Leben verwirkt zu haben. Durch welche Schuld, wusste er nicht. Es gehörte zum Ratschlusse des Allmächtigen, dass er seine Urteile den Missetätern nicht erläuterte. Was Gerwin davon abgehalten hatte, Samson zu spielen, war vielmehr die traurige Gewissheit, dass er dann allein und ohne Angehörige dastehen würde. Ein solcher Gedanke war ihm unerträglich. Und natürlich musste er zugeben, dass die Beteiligung von Herrn Henken an der Fehde, in deren Gefolge auch seine Familie Opfer der Plünderungen geworden war, nicht hieß, dass er diese Schandtat eigenhändig vollbracht hatte. Vielmehr war das eher unwahrscheinlich. War es an ihm, Gerwin, das Urteil zu sprechen? Bei Lichte betrachtet nicht. »Die Rache ist mein«, spricht der Herr.

Gerwin betete zum Allmächtigen, dem Gott seines Vaters. Er bat um nichts, denn er wusste nicht, um was. Er erzählte Gott nur, wie es um ihn stand, weil er sonst niemanden hatte, dem er es hätte erzählen können. Gerwin war bewusst, dass er kein Jude war, weil die Juden ihren Glauben über die Mutter weitergaben. Aber vom Glauben seines Vaters hatte er genug mitbekommen. Wir sind zu nichts anderem aufgerufen, als das Schicksal hinzunehmen, welches der Allmächtige für uns bereithält, hatte Vater ihm eingeschärft und hinzugefügt: Der Messias der Christen fordert, dem Bösen nicht zu widerstehen, aber sie halten sich nicht daran. Wir Juden sind die besseren Christen, weil wir besser verstehen, dass Jesus ein Jude war. Gerwin hatte sich abgewendet und geschworen, nie widerstandslos hinzunehmen, wenn seine Familie oder er geschädigt werden würden. Doch der Allmächtige hatte es anders verfügt und ihm eine Lehre erteilt.

Jetzt wünschte Gerwin sich von ganzem Herzen, Jude sein zu können. Bislang hatte er sich gewünscht, in der christlichen Familie der Kusine seiner Mutter Zuflucht und eine neue Heimat zu finden. Doch er war geradewegs in der Unterwelt gelandet. Diese Leute meinten, des Gesetzes, das der Allmächtige den Menschen in seiner Gnade und Weisheit gegeben hat, entraten zu können, und natürlich schlugen sie über die Stränge wie verwirrte Pferde.

Oheim Richard und Herr Henken waren Verbündete gewesen. So schien es. Aber Herr Henken setzte seinem Verbündeten die Hörner auf, der im Gegenzug Henken erpresste. Das ganze Bündnis gründete darauf, dass sich die feinen Herren gegenseitig Vorteile auf Kosten ihrer Mitbürger verschafften. Vetter Markus tat unbeholfen, aber wenn man hinter die Fassade blickte, erkannte man einen überaus verschlagenen Mann, der sogar seine angeblich heiß geliebte Mutter verkaufen würde, wenn sich damit nur ein gutes Geschäft machen ließe. Der andere Vetter, Peter, war nichts als ein aufgeblasener, selbstverliebter Narr. Kusine Martha war dagegen harmlos, lebte aber so sehr mit dem Kopf in den Wolken, dass sie ihm kein Trost sein konnte. Gerwin stand wieder ganz allein da, ganz allein auf der Welt. Und nun drohte ihm auch noch der letzte Zipfel, den er erhascht hatte, wegzurutschen. Wieder quollen die Tränen, diesmal waren es Tränen um seiner selbst willen.

Tante Ursula, murmelte er, warum hast du mir das angetan? Oder waren die Beschuldigungen, hoffte Gerwin, die Vetter Peter gegen Herrn Henken vorgebracht hatte, so haltlos wie sein eigenes albernes Getue, schon als Mann zu gelten?

# Die Schlacht

*20. November 1371*

Am Morgen, während wir stumm, jedoch ohne aufeinander herumzuhacken, eine laue Brotsuppe löffelten, um uns für den Tag zu stärken, kam Johann in Begleitung des ihm zugeteilten, übernächtigten Boten. Auch mein Beschützer war zusammen mit ihnen in die Stube getreten. Die beiden Boten berieten sich kurz und gaben bekannt, dass sie zum Rathaus gehen und Ablösung schicken würden.

»Sie betrachten unseren Schutz bloß als ein Spiel«, empörte sich Johann.

»Der Verfolger sucht die Heimlichkeit«, sagte ich. »Er wird uns nicht hier im hellen Tageslicht unter aller Augen überfallen.«

»Witwe Hille«, sagte Johann, der von der üblen Stimmung in meinem Vaterhause nichts zu spüren schien. »Erinnerst du dich, dass wir gesagt haben, sie müsse denjenigen gesehen haben, der mich angegriffen und wahrscheinlich den Bettler erschlagen hat?«

»Hm«, machte ich unschlüssig und versuchte erneut, meine Glieder zu strecken. Schlaftrunken gähnte ich in einem fort.

»Du hast erzählt, die Weber hätten sie freigelassen. Wenn die Wachen wiederkommen, lassen wir uns zur Burg bringen«, schlug Johann vor. Er hatte offenbar ganz im Gegensatz zu mir wohl geruht und neue Kraft gewonnen.

»Wir müssen allein gehen«, ließ ich mich schließlich herab zu bestimmen. »Die Boten könnten es falschen Ohren berichten.«

»Du bist so misstrauisch!«, schimpfte Johann, lachte allerdings dabei und boxte mich spaßhaft in die Seite, um mich aufzumuntern.

»Ist das ein Wunder?«, fragte ich gereizt.

»Es ist zu gefährlich«, wandte Johann ein, der mir meine Gereiztheit nicht übel zu nehmen schien.

»Dann gehe ich allein«, sagte ich kurz entschlossen und sprang auf. Ich musste mich bewegen, und überdies hielt ich es in diesem Hause auch nicht länger aus.

Es dauerte nicht lange, bis ich meinen Mut bitter bereuen sollte. Ich hatte mich entschieden, den Weg über den Heumarkt zu nehmen, denn im dichten Gedränge fühlte ich mich sicherer. Aber bald nachdem ich das Ampthaus der Weber, die Airsburg, passiert hatte, vernahm ich ein Schlurfen hinter mir, das mir zu gleichmäßig klang. Der Abstand, den ich vermutete, änderte sich nicht. Ich hielt inne, und das Schlurfen verstummte ebenfalls. Ging ich fürbass, gewahrte ich es wieder. Unzweifelhaft folgte mir jemand auf Schritt und Tritt. Unzweifelhaft? Oder bildete ich es mir nur ein, weil ich so voller Misstrauen war, wie Johann mir vorgeworfen hatte?

Wenn es ein Verfolger war … und wenn es der gleiche Verfolger war wie zuvor, dann kannte er unsere Burg. Ich musste also alles tun, damit er nicht erriet, wohin ich wollte. Ich verlangsamte meine Schritte, sodass es ihm ein Leichtes sein würde, mir zu folgen – ich hörte allerdings kein Schlurfen mehr –, bog in die Gasse Unter Kästner nach links ab, um zum Quatermarkt zu gelangen. Ich klopfte an die Pforte von Johanns Vaterhaus. Mir öffnete die Magd Bliza.

»O Peter«, sagte sie sichtlich erschüttert. »Johann ist nicht da. Wir dachten, er sei bei euch. Es ist doch nicht wieder etwas Schlimmes geschehen? Das wäre zu dicke für die Herrin!«

»Nein, nein«, versuchte ich Bliza zu beruhigen, obwohl ich ja in höchster Eile war. Mit »Herrin« meinte sie Druda. Dass ich nicht lache, ging es mir durch den Kopf, Druda und Vater. Dabei war Druda immer gut zu mir gewesen. Vielleicht hat sie sich ja mich als Sohn gewünscht anstelle des weichlichen Johann?, dachte ich hämisch. Nein, nein, so durfte ich über meinen besten Freund nicht denken! Druda als Mutter? Nicht schlecht, würde ich gern eintauschen. Aber was sollte das? Ich würde bald auf eigenen Füßen stehen. Auf eigenen Füßen? Ins Vaterhaus zurückkehren, um dort das Geschäft zu übernehmen, weil Markus nicht dazu in der Lage war? Ins Haus der Frau Mutter? An die Seite der Witwe? O Gott, was stand mir bevor!

»Was ist mit dir?«, fragte Bliza. Sie rüttelte ein wenig an meiner Schulter und holte mich zurück von meiner Abschweifung.

»Frage bitte nicht lange, ich muss durch die Küche und über den Hof wieder hinaus. Während ich zur Küche gehe, schau hier zur Pforte hinaus und pfeife, wenn du jemanden entdeckst, der mir folgt, besonders jemanden, der unheimlich ist, einen vermummten Buben in schwarzem Gewand.«

Ich ließ ihr keine Zeit, Weiteres zu fragen. Ich schaute mich auf dem Weg in die Küche jedoch kurz um, damit ich sicherstellen konnte, dass sie wahrhaftig die Gasse beobachtete, wie ich es ihr aufgetragen hatte. Sie tat es folgsam, aber ich hörte keinen Pfiff, und so ging ich fürbass über den Hof zur gegenüberliegenden Kirche St. Alban. Wie es bei meinem Glücke nicht anders sein konnte, fand hier nun gerade eine Messe statt, und ich musste mich durch die Reihen drängen. Dann überlegte ich zufrieden, dass es sich gut gefügt hatte, denn selbst wenn mir der Verfolger wieder gefolgt war, würde er mich im Gewühl sicherlich aus den Augen verlieren.

Doch nun fand die Wandlung statt, und alle knieten sich hin, sodass ich nicht stehen bleiben konnte. So kniete auch ich nieder und stellte mich danach zusammen mit den anderen an, um den Leib und das Blut des Herrn zu empfangen. Nun war ich wieder sichtbar, was mich erneut in Unruhe versetzte, obwohl ich niemand Verdächtiges in den Reihen der Gläubigen erblickte.

Ohne die rechte Ehrerbietung nahm ich in Gestalt von Brot und Wein den Herrn in mich auf und lauerte nur auf die Gelegenheit, mich davonzustehlen. Schließlich konnte ich aus dem Seiteneingang auf die Krigestorngasse treten. Ich drehte mich um, konnte aber weiterhin keinen Verfolger erspähen. Etwas beruhigt wandte ich mich nach rechts, um in Richtung Rheinufer zu gehen.

Doch da war es wieder, das gewisse Schlurfen. Der Teufel hatte es irgendwie vermocht, mich aufzuspüren!

Blitzartig machte ich kehrt und lief in die entgegengesetzte Richtung zum Steynweg. Wohin sollte ich nun? Das Versteck bei den Minoriten! Das hatte der Verfolger nicht entdeckt, darauf konnte ich mich verlassen! Ich lief die Dravergasse hoch, bog in die Herzogstraße ein und gelangte unter St. Kolumba in die Rosengasse.

Aber o Schreck! In der Rosengasse stand ein großer Karren im Wege, vollgepackt mit Steinen, die die Mönche und einige Knechte über die Mauer hievten, wohl um den Spalt zu schließen. Wie dem auch sei, ich konnte nicht dorthin und ebenso wenig stille stehen. Ziellos lief ich die Breite Straße hoch – ziellos freilich bloß, bis ich an die Ecke zum Berlich kam, dort nämlich fiel mir Maria ein. Sie war mir gegenüber natürlich zu nichts verpflichtet, doch ich hoffte, sie würde mir ihre Hilfe nicht verweigern. Ich hatte seit einer Weile keine verdächtigen Schritte mehr hinter mir vernommen.

Die Slunen sprachen mich an oder riefen mir Worte hinterher, die ich vor Angst kaum aufnehmen konnte, bis sich eine von ihnen bei mir einhakte und den anderen bedeutete: »Der Peter, der gehört mir.«

Es war Maria und ich versuchte, sie dankbar anzulächeln.

»Maria«, sagte ich dann jedoch ernst, »ich bin auf der Flucht. Kannst du mich bitte so geleiten, dass ich unerkannt entweichen kann?«

»So, so«, grinste Maria, »auf der Flucht nennt man das …«

Doch als sie mich ansah, erkannte sie wohl, dass ich keinen Spaß gemacht hatte, und sie sagte: »Du zitterst ja.«

Sie ging mit mir zum Schankhaus und zeigte mir den Hinterausgang, den sie benutzte, wenn sie sich heimlich verdrücken musste, etwa weil sie einen Hurenbock nicht leiden mochte. Ich hatte nicht einmal einen Pfennig, um sie für ihre Minne zu entlohnen.

»Komm mich bald mal wieder besuchen und bringe Zeit

mit zu verweilen«, flüsterte sie mir hinterher, als ich auf die Schwalbengasse hinaustrat.

Mit beklommenem Herzen und gespitzten Ohren ging ich durch die Kupfer- bis zur Rorengasse, um von dort einen erneuten Anlauf zu nehmen und über den Hof auf der Vorderseite der Dombaustelle unbeobachtet zum Rheinufer zu gelangen. Weder in der Kupfer- noch in der Rorengasse hatte das Lauschen auch nur die geringste Aussicht auf Erfolg, weil die Schmiede so laut hämmerten, dass ich nichts anderes als das metallische Klingen vernehmen konnte. Wenn der Teufel mich nun doch am Hille'schen Lagerhaus erwarten würde?, dachte ich mit Schrecken. Das sei nicht wahrscheinlich, überlegte ich weiter, denn zwar wusste *ich*, dass ich dorthin wollte, der Verfolger dagegen nicht. Würde er sich aufs Geratewohl ins Lagerhaus begeben und dort ausharren, bis ich – oder Johann – zufällig wieder vorbeikommen würde? Das war freilich nicht wahrscheinlich. Aber meine Angst betäubte meinen Verstand. Ich lauschte. Mir im Rücken befand er sich jedenfalls nicht.

Als ich hinter dem Fischmarkt angelangt war, blieb ich einige Schritte vor dem Lagerhaus stehen, wandte den Kopf um, konnte aber nichts Verdächtiges entdecken. Ich versuchte nun abzuschätzen, ob es aus der Ferne an der Burg etwas Ungewöhnliches wahrzunehmen gäbe. Witwe Hille saß am Eingang und wiegte den Kopf, als sei nie etwas geschehen. Ich musste es wagen, schlich mich hin und setzte mich neben Witwe Hille.

»Hille, du musst dein Schweigen brechen, ich weiß, dass du sprechen kannst, ich habe es selbst gesehen. Hab keine Angst, du kennst mich doch, wir tun dir nichts, Johann und ich, du musst mir einfach berichten, was an dem Abend geschehen ist, an dem der Bettler ... starb ... erschlagen wurde, bitte, es ist wichtig, es ist eine Möglichkeit, dass du dich und deinen ... verstorbenen ... vortrefflichen Gatten rächen kannst, rächen an den Webern, die doch Schuld daran tragen, wie du immer gesagt hast, dass er ... er sich ... dass er sich das Leben genommen hat«, redete ich auf sie ein. Es half alles nichts, sie blieb stumm.

Als ich ihren Gatten erwähnte und wie er dahingeschieden war, wandte sie mir den Blick zu, und ich sah eine Träne über ihre graue Wange rollen. Sie öffnete verzweifelt den Mund, und ich gewahrte eine schreckliche, klaffende Wunde. Sie würde nie wieder etwas sagen können, auch wenn sie wollte. Ich kann euch gar nicht sagen, wie ich mich fühlte. Vielleicht war das Entsetzen größer noch über diese sinnlose Gewalttätigkeit als über den Tod von Vater. Was hatte das arme Weib angestellt, derart gepeinigt zu werden? Es war mir, als fühlte ich selbst den Schmerz. Meine Zunge tat mir weh, ich röchelte.

»Herr Henken?«, fragte ich, als ich schließlich meine Beherrschung zurückgewonnen hatte.

Witwe Hille schüttelte den Kopf.

Ich hatte eine unklare Vorstellung, die aus dem tiefsten Inneren kam, und malte ein »E« in den Staub wie dasjenige, das unter dem Drohbrief an Gernard gestanden hatte: »Herr Edmund Birkelin?« Das konnte auch nicht sein, mir fiel jedoch nicht ein, welchen Namen ich sonst nennen konnte.

Wie erwartet schüttelte Witwe Hille erneut den Kopf. Dann ritzte sie drei Kronen in die Erde, darunter ein Weberschiffchen. Das Wappen des Wollenamptes. Witwe Hille nickte dazu und verzog ihren fest geschlossenen Mund in grausamem Leid.

Die Weber, jedoch nicht Henken. Ein Weber, grübelte ich, der alles mitbekommen haben musste. Wo war gleich mein Herr Vater gewesen, bevor er meiner Frau Mutter wutentbrannt angedroht hatte, ihrem Weberfreund gehe es an den Kragen? Was hatten meine Geschwister berichtet? Im Wollenampt. Hatte er dort von seiner Entdeckung berichtet, Henken sei ein Friedensbrecher? Mit wem hatte er gesprochen in der irrigen Meinung, Unterstützung gegen den Wolf im Schafspelz zu bekommen? Mit dem Amptmeister, das wäre folgerichtig. Everhard der Grieche. Und nun fielen mir all die Dinge ein, die ich bisher nicht bedacht hatte: Everhard war für eine überstürzte, eigenmächtige Aburteilung von Edmund Birkelin durch die Weber eingetreten. Everhard hatte schließlich auch mitbekommen, wie ich mit Henken über den Verdacht gesprochen hatte, Vater sei in die Jülich-Brabanter Fehde verwickelt. Was hatte er bei Henkens Verhör beim Erzbischof gesagt? Dass ein Friedensbruch, Henken nachgewiesen, die ganze Weberherrschaft in Gefahr brächte. Und dann der mir unverständlich erscheinende hämische Blick, als die Sprache auf Witwe Hille kam! Er hatte sie zum endgültigen Schweigen gebracht, bevor er sie entlassen hatte. Er hätte sie ja schlecht kurzerhand umbringen können, weil bekannt war, dass sie sich in der Gewalt des Wollenamptes befand. Er brauchte nicht zu fürchten, hatte er wohl gemeint, dass seine Grausamkeit offenkundig werden würde, da Witwe Hille sowieso als stumm galt – nur dass ich sie am Tage nach Vaters Tod noch hatte reden sehen … und jetzt sollten Johann und ich ausgeschaltet werden. Aber wie viele weitere Zeugen müsste er beseitigen, um Henkens Schuld zu verwischen? Wie viel Blut sollte noch fließen? Ich ahnte ja nichts von den Ereignissen, die kommen sollten!

»Everhard der Grieche!«, rief ich erschaudernd.

Witwe Hille nickte erneut. Der Strom ihrer Tränen war jedoch versiegt, ihr Schmerz fand keinen Ausdruck mehr. Völlig in sich zusammengesunken saß das arme, unschuldige Weib da, das mehr Leid ertragen musste, als es je hätte verdienen können.

Ohne Rücksicht auf die Gefahr, in der ich zu stehen wähnte, rannte ich los, um meine neue Erkenntnis den Schöffen zu berichten. Everhard der Grieche war der Mörder! Nicht nur der Mörder meines Herrn Vaters, sondern auch der von Gernard Gir von Covelshofen! Ich achtete auch nicht auf den Lärm, der vom Heumarkt herüber über den großen Markt schwappte, sondern hielt schwer keuchend erst inne, als ich vor dem Rathaus stand.

Die Schöffen und die anderen hochwohlgeborenen Herren der Stadt jedoch befanden sich nicht *im* Rathaus, sondern hatten sich davor versammelt. Viele von ihnen waren bewaffnet. Und was für herrliche Waffen! Manche von ihnen natürlich mehr zum Anschauen gemacht als zum wirklichen Kämpfen, andere jedoch von hervorragendem Material. Ich bildete mir ein, jedes Stück, das aus der Hand von Bernardus gegangen war, erkennen zu können. Neben den Vertretern der edlen Geschlechter waren da noch jede Menge Wachen, Boten und Gewaltrichter. Ich suchte den Schöffen Franz von Kusin und rief immer wieder: »Herr Schöffe, so hört mich doch! Herr Everhard war es! Everhard der Grieche! Herr Franz, bitte, er hat den Herrn Vater ermordet! Everhard, der Wollenamptmeister! Er hat sie alle gemeuchelt! Er ist auch hinter mir her, Herr Franz, so helft mir doch!«

Ein Ratsherr, der, soweit ich mich entsann, zum Geschlecht der Lyskirchener gehörte, sagte zu mir: »Die Weber haben Herrn Henken von Turne befreit. Herr Teilmann Gir von Covelshofen hat es gesehen und gemeldet. Sie versammeln sich auf dem Heumarkt und tragen Herrn Henken als ihren Helden auf den Schultern, wie damals, vor einem Jahr.«

Schöffe Franz bahnte sich den Weg zu mir.

»Herr Peter«, sagte er aufs Höchste erregt, »das Maß der Weber ist voll.« Dann rief er aufpeitschend in die Menge: »Auf zum Heumarkt, zeigen wir's den Raitzluden!«

*

Unter großem Geschrei setzten sich die Bewaffneten in Bewegung. Ich ging langsam zwischen den Übrigen hinterher, denn ich war trotz meiner ausgezeichneten Waffenkenntnisse noch nicht im Kampfe geübt, das war natürlich den Mitgliedern von Zechen, Gaffeln und Ämptern vorbehalten. Schon in der Gasse Unter Kästner kam es zum ersten Zusammenstoß mit den Schwerter und Dolche schwingenden Webern und ihren Freunden. Aus den Häusern und Werkstätten strömten Menschen. Manche, die über keine Schwerter verfügten, hatten Holzscheite, Schürhaken oder anderes Gerät in der Hand. Es war für mich nicht genau auszumachen, wer gegen wen focht, doch es wurde mir klar, dass unaufhaltsam der Krieg ausgebrochen war. Diejenigen der Marktleute, die sich nicht ins Schlachtgetümmel warfen, rafften zusammen, was sie an Habseligkeiten tragen konnten, und suchten das Weite.

Würde Everhard der Grieche fürbass als Schatten durch die Gassen schleichen, um Johann und mich zu erwischen, oder sich seinen Leuten anschließen? Es war doch eher wahrscheinlich, dass er als ihr Amptmeister sich an ihre Spitze stellen würde. Ich dachte daran, dass sich unser Haus unmittelbar südlich an den Heumarkt anschloss. Ich musste Johann, meiner Frau Mutter und meinen Geschwistern Bescheid geben, denn es war gut möglich, dass sich das Kampfgeschehen dorthin ausweiten würde. Vergessen aller Zwist! Ich musste um meiner Ehre willen die Familie retten!

Gegen den Strom des Volkes, das auf den Heumarkt zustrebte, nahm ich die Gegenrichtung und kämpfte mich bis zur Kirche St. Alban vor. Ich hörte eine lärmende Schar Bettler, die »Nieder mit den Webern!« riefen. Weil die Weber den Reichen immer neue Abgaben auferlegt hatten, waren die Almosen immer spärlicher geflossen, sodass die Bettler sich wohl ebenfalls gegen die Weber erhoben und den Geschlechtern, den sonst so verachteten Reichen, anschlossen. Mein Ziel war es, den Heumarkt zu umgehen, um in die Rheingasse zu gelangen. Am Quatermarkt stürmte ich in das Haus der von Troyens, um Johanns Mutter Druda zu warnen. Die Männer des Hauses aber waren schon in den Krieg gezogen und hatten Druda mit den Mägden verängstigt zurückgelassen, offenbar ohne sich dicke darum zu scheren, was hinter ihnen geschah.

»Verrammelt Türen und Fenster!«, rief ich den Weibern zu und setzte meinen Weg ohne weiteren Aufenthalt fort.

Am Malzbuchel begegnete ich einem Trupp von Webern und anderen Handwerkern, die den Geschlechtern den Tod wünschten. Sie ließen mich durch, vermutlich weil sie erkennen konnten, dass ich zum Kämpfen zu jung war, nicht aber ohne mir aufzutragen, jedem Bescheid zu geben, dass man sich gegen die ungerechten Schöffen zur Wehr setzen müsse.

»Was geschieht da draußen?«, fragte meine Frau Mutter, als

ich ins Vaterhaus kam. Auch sie schien alle Misshelligkeiten, die gestern ausgesprochen worden waren, vergessen zu haben. »Wir hören schreckliche Dinge!«

»Verschließt Türen und Fenster«, befahl ich, besonders an den starken Vetter Gerwin gerichtet, weil natürlich ich es war, der die Familie nun führen musste. Markus wäre diese Obliegenheit ja eigentlicher zugefallen, aber er übernahm sie nicht, und Vetter Gerwin hatte nicht genug im Kopf dazu, vermutete ich. Meine Schwester drängte sich eng an Mutter, die sie gestern noch verwünscht hatte. Das Gesinde hatte sich in der Küche versammelt. Ich schaute nach und sah, dass Knecht Bruno bei ihnen ausharrte.

»Alle müssen sich bewaffnen«, sagte ich zu ihm, »auch die Weiber. Bewacht jeden der Ausgänge und auch die ebenerdigen Fenster. Seid wachsam und zieht demjenigen eins über, der versucht, ins Haus einzudringen.«

Ich rief nach Johann, aber Markus erklärte mir, er sei aufgebrochen, um seine Frau Mutter zu beschützen.

»Der Narr!«, schrie ich. »Er wird nicht mehr durchkommen. Ich habe in seinem Vaterhaus schon Warnung gegeben.« Aber natürlich war es ungerecht, ihn einen Narren zu schelten, denn er konnte ja nicht wissen, dass ich zuvor schon dort gewesen war.

Ich stutzte einen Augenblick, glaubte aber nicht, dass ich Johann im Gewühl würde finden können. Jetzt musste ich fürbass zu Elisabeth. Elisabeth war die Wichtigste von allen. Wie konnte es nur sein, dass ich nicht an sie zuerst gedacht hatte? Hoffentlich würde mich Gott für diese Nachlässigkeit nicht strafen …

Der Kampfeslärm, der vom Heumarkt herüberschallte, hatte sogar noch zugenommen, als ich wieder auf die Rheingasse trat, doch hinter Stephan fand ich die Gassen fast leer gefegt vor. Ganz Köln befand sich offenbar entweder auf dem Heumarkt im Kampf oder hatte sich in den Häusern verkrochen. Manche mutigen Weiber rissen allerdings hin und wieder die Fenster auf, schauten heraus und riefen Verwünschungen wider die Weber. Vielleicht sind das die Witwen, dachte ich, denen der Beschluss der Weber, ihnen das Erbrecht abzusprechen, hart zugesetzt hatte.

Bei Elisabeth hatten sich einige Garnmacherinnen versammelt. Die Garnmacherinnen verfügten noch nicht über einen eigenen Amptbrief, das machte jedoch keinen großen Unterschied, sie regelten ihre Angelegenheiten nicht weniger selbstständig als die übrigen Handwerker.

»Die Weber sind unsere Freunde«, rief eine der Garnmacherinnen gerade, als ich eintrat. Es war niemand anderes als das Mastschwein Sophia. »Sie sind es, die uns unser Garn abkaufen. Wir müssen sie unterstützen.«

»Die Abgaben drücken uns«, entgegnete Elisabeth. »Wir können das Garn auch anderswohin veräußern.«

»Du mit deinen Verbindungen nach Florenz«, fauchte eine andere, ich glaube, sie hieß Magdalena. »Wir aber bedürfen der Weber.«

Als sie mich gewahrte, nahm mich Elisabeth vor allen Leuten in den Arm.

»Ich hatte solche Angst um dich!«, sagte sie glücklich. »Was ist geschehen?«

»Herr Everhard der Grieche hat Vater ermordet ... wahrscheinlich auch deinen Schwager, Herrn Gernard ... er hat einen Bettler erschlagen und versucht, Johann ... sogar mich zu töten ... er hat Witwe Hille die Zunge aus dem Halse gerissen ... und die Weber haben vorhin Herrn Henken von Turne, den Friedensbrecher, der sich an der Jülich-Brabanter Fehde beteiligt hat, aus dem Gefängnis befreit ... Die Geschlechter jedoch haben den Kampf aufgenommen, während zahlreiche Bürger ihnen zu Hilfe eilen.« Zuerst hatte ich stammelnd zu Elisabeth gesprochen, mich dann aber mit erhobener Stimme an die Versammelten gewandt.

»Wie geht es jetzt weiter?«, fragte Elisabeth.

»Ich muss Johann suchen«, antwortete ich großspurig. Ich fühlte mich gestärkt durch die ersehnte Umarmung. »Er irrt irgendwo da draußen herum.«

»Bleib doch hier«, bat sie händeringend. »Ich könnte es nicht ertragen, wenn … wenn dir etwas zustieße.«

Ich hörte, wie eine Garnmacherin zur anderen in einem mit Abschätzigkeit gemischten, mitleidigen Tone flüsterte, allerdings so laut, dass es allerseits zu vernehmen war: »Das wäre ja auch was, wenn sie alle Verehrer abgewiesen hätte und nun *ihn* verlieren würde.«

»Ich könnte auch nicht ertragen, nicht zu dir zurückzukehren«, sagte ich und tat ebenso wie sie, als habe ich nichts gehört. Was sollte uns Geklatsche scheren? »Darum werde ich auf mich aufpassen. Bete für mich. Bis bald. Und haltet Türen und Fenster verschlossen, auf dass ich alle hier gesund antreffen werde, wenn ich zurückkehre.«

Ich löste meinen Gürtel und reichte ihn ihr als Unterpfand, ganz so, wie es in den Liedern gesagt wird. Obzwar es nur der Gürtel von meiner Frau Mutter war, so war es jedoch das einzige Wertvolle, das ich bei mir trug und das würdig war, als Zeichen meiner nie enden wollenden Minne zu gelten.

Zum ersten Male empfand ich es, als sie mich zum Abschied küsste, nicht als mütterlich …

*

In völlig unangemessener Hochstimmung, genau wie die Königin Mutter im Eneasroman ihrer an der Güte der Frau Minne zweifelnden Tochter Lavinia die Wirkung derselben beschreibt, bewegte ich mich zum Quatermarkt.

> Aber Mutter widersprach:
> Fürchte nicht das Ungemach.
> Merke, wie ich dich bescheide:
> Großes Glück kommt aus dem Leide.
> Ruhe kommt nach Ungemache.
> Ei, ist das nicht tröstlich' Sache?
> Vom Schmerze kommt die Wonne.

Dann scheint dir so die Sonne.
Derart ist der Minne Zeichen:
Alle Sorgen müssen weichen.

Was Elisabeth betraf, hatten Mutter und das Klatschmaul Sophia vielleicht doch recht. Unter anderen Umständen wäre mein Glück jetzt vollkommen gewesen, und ich hätte die Güte von Frau Minne über alle Maßen gepriesen. Nun allerdings beschloss ich, als Erstes zu überprüfen, ob Johann in seinem Vaterhaus angekommen war. Die Fensterläden waren dicht, und ich befand mich auf der Gasse, soweit ich es sehen konnte, ganz allein. Ich bollerte heftig gegen die Pforte und rief einige Male laut: »Frau Druda, ich bin es, Peter Nicol vom Eisenmarkt. Befindet sich Johann bei Euch?«

Das hätte ich nicht tun sollen. Es zeigte sich, dass ich zum Krieg wahrlich noch nichts taugte! Wie aus dem Nichts sah ich mich plötzlich von Bewaffneten umringt. Ich hatte mich darauf gespitzt zu lauschen, ob ich einen Laut vernehmen könnte und Antwort von innen bekäme, das eine Ohr an das Holz gehalten und die Augen sogar geschlossen, sodass ich die Kämpfer weder herannahen hörte noch sah. Eine tödliche Unaufmerksamkeit, völlig unverzeihlich im Kampfe.

»Da ist ja ein Richerbube!«, hatte ich jemanden rufen gehört.

Ich öffnete die Augen und überblickte nun unmittelbar meine ausweglose Lage, umringt von Feinden, die offensichtlich nichts sehnlicher erwünschten, als meinem jungen Leben durch einen vorzeitigen Tod ein schmähliches Ende zu bereiten, angestachelt von ihrer unbändigen Unminne wider die Kaufleute.

Jemand … Mein Entsetzen konnte nicht größer werden, als ich in dem Bewaffneten, der gerufen hatte, niemand anderes als Amptmeister Everhard den Griechen erkannte.

Ich sprang auf die andere Seite der Gasse, wo sich zwischen zwei Häusern ein Spalt auftat. Kaum hatte ich einen Schritt in den erbärmlich stinkenden Matsch zwischen den Häusern gemacht, musste ich mit Schrecken erkennen, dass es dort kein Durchkommen gab. Weiter hinten im Dunkel gelegen befand sich nämlich eine Mauer. Ich drehte mich wieder um und sah einen Bewaffneten mit erhobenem Schwert am Eingang meines Unterschlupfes warten. Ich saß in der Falle. Unentrinnbar. Der Bewaffnete grinste siegesgewiss. Sein Schwert war allerdings nicht gut ausgewogen. Ich sah, dass der Weber es zu weit über dem Kopf hielt, sodass er aufgrund des Übergewichts einen Lidschlag zu lange brauchen würde, es nach vorn sausen zu lassen.

Das war meine Gelegenheit. Ich nahm Anlauf und senkte den Kopf kurz vor dem Aufprall so weit, dass ich den Weber mit meiner harten Schädeldecke in seine Magengrube traf. Es gab ein dumpfes Geräusch, und der Angreifer küsste den Boden, während sein Schwert im hohen Bogen durch die Luft flog. Zitternd blieb es in der Pforte der von Troyens stecken. Ich war gestolpert, raffte mich aber auf und wollte mich gerade umblicken, wohin ich flüchten konnte, als ich hörte:

»Überlasst *den* mir.«

Wiederum Everhards Stimme. Schon holte er zum wuchtigen Schlage aus, sodass mir kaum Zeit blieb auszuweichen, geschweige denn sein Schwert in Augenschein zu nehmen. Ich fühlte den Hauch, den die Klinge erzeugte, als sie an meiner Seite entlangzischte, und hörte einen metallischen Klang. Das Schwert von Everhard war dergestalt auf das im Holz der Pforte steckende Schwert seines Genossen geprallt, dass dieses herunterrasselte. Glücklicherweise gelangte es solcherart in meine Reichweite. Ich bückte mich und hob es nur mit einiger Mühe auf. Es wäre gelogen, würde ich nicht zugeben, dass ich niemals mit Vaters herrlichem, wenn auch nicht von Meister Bernardus stammendem Schwert zu hantieren versucht hätte, aber mir fehlte jegliche Übung. Die anderen Weber hatten ihre Schwerter gesenkt und sahen lachend zu, wie ich ungelenk versuchte, das meine zu erheben. Welch Unglück es zudem war, dass meine erste und wohl auch letzte Kampferfahrung mit einem stümperhaften Schwert vonstattengehen sollte! Hätte der

Herr, wenn er mich denn hier verderben wollte, mir nicht wenigstens die Gunst erweisen können, dieses eine Mal ein Schwert des großen Bernardus in der Hand zu halten? Everhard führte einen neuen Streich aus, ehe ich auch nur annähernd mein Schwert zur Gegenwehr bereithatte. Stattdessen warf ich es ihm verzweifelt vor die Füße und wich erneut mit knapper Not aus. Er musste einen Schritt zurückweichen, auf dass das fallende Schwert ihn nicht verletzen möge, aber dies gewährte mir eine bloß allzu kurze Verschnaufpause, denn schon ging er aufs Neue auf mich los. Ich drückte mich gegen die Pforte und sah keinen Ausweg mehr.

Everhard der Grieche hatte Vater ermordet, und er würde nun auch mich gen Himmel schicken. Mein letzter Gedanke sollte Elisabeth gelten, der ich doch großspurig versprochen hatte, unversehrt zurückzukehren. Ich tröstete mich dergestalt, dass ich mir sagte, ich hätte sie ohnehin nicht bekommen können, so wie es mir Johann wieder und wieder vorgehalten hatte, und darum wäre mein weiteres Leben sowieso nichts wert gewesen. So würde ich sterben wie einst die Königin Dido, als sie sich für den Helden Eneas verzehrte. Sie stürzte sich, wie uns der Dichter versichert, in ihr Schwert, durchbohrte solcherart ihren liebreizenden, zarten Leib, welcher daraufhin in die Flammen niedersank, wo ihr Fleisch schmolz und ihr Herz verbrannte. Ich hingegen würde, dank der überreichen Gnade des Herrn, von dieser schlimmen Sünde verschont. Denn ich würde nicht Hand an mich selbst legen müssen, sondern hier und jetzt den Heldentod finden. O Gott, betete ich, nimm dich der sündigen Seele deines ungetreuen Dieners an!

Während ich auf den tödlichen Schlag wartete, spürte ich, wie die Pforte in meinem Rücken unversehens nachgab. Ich fiel in den Eingang und sah vom Boden aus, wie Johann mit einem – tatsächlich durch den lächerlichsten aller lächerlichen Wimpel verunzierten – Dolch, den er mit beiden Händen krampfhaft in den Händen vor seinem Bauch nach vorne gerichtet hielt, auf Everhard zuraste. Hinter Johann traten seine Mutter Druda und die Mägde hinaus, jedes der Weiber hatte irgendeinen schweren Gegenstand in der Hand, hoch erhoben über den Köpfen. Sie gingen brüllend und schreiend auf die Weber los.

Dann sackte Everhard in sich zusammen. Johann hatte ihm den Dolch in den Magen gerammt. Mein Freund schrie vor Schmerz auf, denn Everhards Schwert stak ihm im Bein. Ich sah, wie Johann es todesmutig herauszog und Everhard auf den Kopf sausen ließ. Wer hätte ihm jemals eine solche Heldentat mit einem so untauglichen Werkzeug zugetraut?

Die anderen Weber stoben in alle Richtungen auseinander und schrien: »Der Amptmeister ist tot! Der Amptmeister ist tot!« Denn daran, dass er das war, konnte kein Zweifel bestehen, während sich sein Blut und Hirn über den glitschigen Lehmboden verteilten.

Die Weiber zogen Johann und mich ins Haus und schlossen die Pforte. Die Mägde holten sauberes Brunnenwasser und Verbandszeug. Johann wimmerte.

»Ist nur eine Fleischwunde«, sagte eine Magd beruhigend.

»Jetzt sind wir quitt«, sagte ich und tätschelte ihm ermutigend den Arm. »Danke, du hast mir das Leben gerettet.«

»Du mir, ich dir«, sagte Johann und biss die Zähne zusammen, um sich ein Lächeln abzuzwingen.

»Der Sieg!«, frohlockte Druda und hob ihre Hand an ihr Ohr. »Hört, wie sie jubeln!«

Es war nun kein Kampfeslärm mehr zu hören, stattdessen drangen Hochrufe zu uns herüber. Auch die Menschen, die nicht mitgekämpft hatten, strömten jetzt auf die Straßen, und alle zusammen sangen und tanzten. Die Mägde der von Troyens öffneten die Fensterläden, und wir atmeten die frische Luft der Freiheit.

Am Ende dieses langen Tages aber lagen zahllose Männer tot in den Straßen und Gassen rund um den Heumarkt, die braven wie die bösen, darunter eben auch Amptmeister Everhard der Grieche. Erdolcht von dem Helden des Tages, meinem Freund Johann! Nachdem der Amptmeister gefallen war, sank den Webern der Mut, und sie gaben sich geschlagen. Herr

Henken aber, der Zage, hatte sich in die Immunität St. Pantaleon geflüchtet und in Sicherheit gebracht. Andere führende Weber, die überlebt hatten, machten sich aus der Stadt davon und hinterließen ihre Familien ebenso wie ihr ganzes Hab und Gut, denn die Geschlechter hatten einen glänzenden Sieg davongetragen, unterstützt von vielen wachsamen Kölner Bürgern, die der Lügen, des Mordens und der drückenden Last der Akzien, Abgaben und Schöße müde geworden waren.

# Nachspiel

Ihr wollt wissen, wie es sich wahrhaftig zugetragen hat? Nun denn, Herr Henken von Turne hatte keinen der drei Morde begangen. Es gab leider Gottes genügend Zeugen dafür, dass er sich jeweils an anderen Orten als jenen, an denen sie geschehen waren, aufgehalten hatte. Man fand jedoch dicke Zeugen für seine Beteiligung an der Jülich-Brabanter Fehde, und um derentwillen wurde er von der Kirche an den Rat ausgeliefert sowie hernach gehenkt. Die Schuld von Everhard dem Griechen ließ sich hingegen meistenteils leicht erweisen. Den Mord an dem Bettler, der einer Verwechslung zum Opfer gefallen war und an Johanns statt starb, hatte außer Witwe Hille noch einer der anderen dort ansässigen Bettler beobachtet. Auch fand man heraus, wer den Drohbrief an Herrn Gernard überbracht hatte. Jener konnte bestätigen, ihn aus keiner anderen als Herrn Everhards Hand empfangen zu haben. Der Amptmeister wollte Herrn Gernard wohl aufscheuchen, offensichtlich weil dieser von der Wahrheit etwas ahnte, und eine falsche Fährte legen. Was die Erschlagung meines Herrn Vaters angeht, nun ja, es fand sich einfach keine andere Erklärung, als dass Herr Everhard es getan haben musste. Durch Zeugen erwiesen ist bloß, dass sich mein Herr Vater wirklich im Wollenampt mit Herrn Everhard unterredet hatte, bevor er zu Hause den Streit mit Mutter vom Zaune brach und sich dann zu Herrn Gernard Gir von Covelshofen aufmachte.

Herr Everhard hatte es vermutlich getan, weil er die Weberherrschaft sichern wollte, die er durch die Anklage, die Vater gegen Herrn Henken vorbereitete, gefährdet sah. Anstatt die »nova ordinatio« zu sichern, hat er sie jedoch dieserart gestürzt. Die Geschlechter konnten sich ihrer wiederhergestellten Herrschaft allerdings nicht lange erfreuen, sind doch die Ämter inzwischen erneut zu Macht und Ansehen gelangt, was sie darin ausdrücken, dass sie zurzeit für eine unausdenklich große Summe einen Turm bauen lassen, der den Kirchen in nichts nachstehen soll. Böse Zungen reden von einem neuen Turmbau zu Babel, aber noch hat Gottes Zorn nicht eingegriffen und denselben zerschmettert.

Herr Edmund Birkelin hat die Bürgerrechte wiedererlangt, und wir, mein Bruder Markus und ich, zahlten ihm das Darlehen zurück, welchselbiges er unserem Herrn Vater einst gewährt hatte, während die undankbaren Söhne von Frau Geberga sich nicht blicken ließen. Stattdessen haben wir den Handel abgeschlossen und, ohne einen eigenen Lohn zu beanspruchen, den Verdienst der guten alten Frau Geberga überlassen, auf dass sie glücklich lebe bis an das selige Ende ihrer Tage.

Zu unser aller Überraschung hat sich Vetter Gerwin doch noch zu einem tüchtigen Kaufmann entwickelt. Er tat sich mit Elisabeth zusammen. Meinen Segen haben sie inzwischen, obwohl ich bisweilen immer noch einen Stich von Eifersucht empfinde.

Und was ich zum Schlusse noch erwähnen will: Mit sündiger Genugtuung, wie ich zu sagen pflege, habe ich vernommen, dass Herr Teilmann Gir von Covelshofen, mein Nebenbuhler am Busen meines Freundes Johann, nachdem er zunächst im Rat der Stadt zu großen Ehren gekommen war, einige Jahre später wegen Unterschlagung von städtischen Geldern ins Gefängnis geworfen wurde und dort verstarb.

# Glossar

*Akzie:* Weineinfuhrsteuer.

*Ampt:* Für »Zunft«; in Köln ist die Verwendung dieses Begriffs seit der zweiten Hälfte des 14. Jahrhunderts belegt.

*Arsch:* Mittelhochdeutsch »ars«, neutrale Bezeichnung des Körperteils, kein Tabuwort (obwohl sie auch schon im Zusammenhang mit vergleichsweise eher milden Beschimpfungen gebraucht wurde, die weit weniger Schärfe als »Bube« oder »Schalk« aufwiesen).

*Barfüßer:* Volkstümlicher Name für die Minoriten (Franziskaner).

*Beinling:* Bis zur Hüfte reichender Strumpf, Vorläufer der Hose.

*Buben:* Mittelhochdeutsches Schimpfwort in der Bedeutungsbreite von »Pöbel« und »Verbrecher«. Steigerung: Erzbuben.

*Cupido:* Die lateinische Bezeichnung für den griechischen Liebesgott Amor, Sohn der Venus und Bruder des Sagenhelden Eneas.

*Dicke:* Im »Eneasroman« für oft, häufig, viel, sehr (heute noch in »dicke Freunde«).

*Dreikönigsgroschen:* Sehr verbreitetes Geldstück, das Mitte des 14. Jahrhunderts vom Trierer Erzbischof Kuno von Falkenstein eingeführt wurde; eine Silbermünze im Wert von 24 Pfennig (Doppelschilling), auch Albus oder Weißpfennig genannt. Er zeigt auf der einen Seite die Heiligen Drei Könige (daher der volkstümliche Name) und auf der anderen Seite Maria mit dem Jesuskind auf dem Arm.

*Eneasroman:* Auf Virgils »Aeneis« basierende, durch Heinrich von Veldeke Ende des 12. Jahrhunderts in das Mittelhochdeutsche übertragene Erzählung, die Homers »Ilias« fortsetzt.

*Enger Rat:* Institution der Kölner bürgerlichen Selbstverwaltung, deren Vertretung auf den engen Kreis der alteingesessenen Geschlechter (Patrizier) beschränkt war.

*Feh:* Aus Sibirien stammendes, graues Eichhörnchenfell, war Rohmaterial für die teuersten und exklusivsten Kleidungsstücke des Hoch- und Spätmittelalters. Für einen Mantel wurden bis zu tausend Felle verarbeitet.

*Florin:* Florentiner Münze aus 24-karätigem Gold, 3,54 Gramm.

*Gaffel:* Gildenartige Bruderschaft.

*Gebende:* Stramm um das Kinn gebundene Kopfbedeckung für Frauen, die das Sprechen schwer machte, um sie in der Tugend der Schweigsamkeit zu unterstützen.

*Gugel:* Integrierte Kopf- und Schulterbedeckung.

*Hanse:* Von Lübeck ausgehender norddeutscher Bund von Kaufleuten, um den Fernhandel zu sichern; ab dem 11. Jahrhundert. Gegen Mitte des 14. Jahrhunderts schlossen sich ganze Städte der Hanse an. Köln trat erst 1280 dem Bund bei (vorher hatte Köln im Handel mit England eine eigene »Hanse« betrieben), blieb allerdings ein passives Mitglied. Selbst an dem 1367 in Köln abgehaltenen Hansetag – auf den der »Hansasaal« im Kölner Rathaus zurückgeht – enthielten sich die Kölner bei dem Beschluss der Stimme, gegen den Dänenkönig Waldemar Atterdag zu kämpfen. Ironischerweise wurde der Kriegsbeschluss unter der Bezeichnung »Kölner Konföderation« in die Tat umgesetzt, und die Kölner beteiligten sich immerhin indirekt durch die Finanzierung der Kriegsflotte.

*Hüne:* Aus »Hunne«; das mittelhochdeutsche Wort ist »hiune«, die heutige Wortgestalt hat sich aus dem mittelniederdeutschen »hune« erst im 19. Jahrhundert ergeben.

*Iden:* Nach lateinischer, im Mittelalter für Gebildete gebräuchlicher Tageszählung die Mitte eines Monats.

*Immunität:* Klosterbezirk, in welchem keine beziehungsweise eine nur beschränkte Wirksamkeit der weltlichen Macht gegeben war.

*Jubeljahr:* Seltenes Kirchenjahr mit besonderen Feierlichkeiten, zu denen der Legende nach auch die Neuverteilung von (Land-)Besitz gehörte.

*Kontor:* Im 14. Jahrhundert aus dem französischen »comptoir« gebildetes Wort, das zunächst für Rechentisch und dann für Schreibstube stand.

*Kruseler:* Modisches Kopftuch mit gekräuseltem Besatz, zweite Hälfte des 14. Jahrhunderts.

*Lasche:* Mittelhochdeutsch für Lappen, Fetzen; übertragen für Weichling, Feigling (heute noch in »lasch«).

*Libanon:* Im »Hohelied« 4,11 wird der Libanon im Zusammenhang mit dem legendären, den Israeliten versprochenen »Land, in welchem Mich und Honig fließt« genannt.

*Magd:* Sehr weit gefasster Begriff, der je nach Zusammenhang junges (unverheiratetes, jungfräuliches) Mädchen, Dienstmagd oder Prostituierte bedeuten konnte.

*Mark:* Im Mittelalter nicht Münze, sondern Gewichtseinheit; die Kölner Mark betrug 233,856 Gramm. Aus einer Mark Silber konnten zum Beispiel 256 Pfennige geprägt werden.

*Meister Eckhart (1261–1327):* Einflussreicher thüringischer Kirchenpolitiker und bedeutendster Mystiker des Mittelalters, lehrte und predigte die letzten Jahre seines Lebens in Köln. 1327 wurde er aufgrund einer Intrige der Ketzerei angeklagt. Er starb, während er sich im darauffolgenden Jahr vor dem Papst in Avignon zu rechtfertigen versuchte.

*Minne:* Sehr weit gefasster Begriff, je nach Zusammenhang für Freundlichkeit, Loyalität, (platonische) Freundschaft, Liebeswerben, körperliche Liebe und sogar Gottesverehrung. Der synonym gebrauchte Begriff »Liebe« wurde vergleichsweise selten benutzt. Unminne: Unfreundlichkeit.

*Meulenstößer:* Verachtete Gruppe von Menschen, die sich als Antriebskräfte für Radkräne am Hafen ihr Geld verdienten.

*Nova ordinatio:* Neue Ordnung. So bezeichneten die Weber 1370/71 die von ihnen ausgehende Umstrukturierung der

Ratsherrschaft. Im »Weiten Rat« waren die Zünfte (»Ämpter«) und nicht mehr wie bisher (und danach) die Gemeinden und Kirchspiele vertreten.

*Pfellel:* Mittelhochdeutsch für purpurnen Seidenstoff.

*Pfennig:* Kleinste Silbermünze. Kaufkraft in der zweiten Hälfte des 14. Jahrhunderts (ungefähre Schätzung): 1 Pf. einige Eier oder einige Pfund Roggenbrot; 3 Pf. ein Huhn; 1 Albus (24 Pf., Doppelschilling, Dreikönigsgroschen) ein Schaf; 50 Pf. ein Mastschwein; 8 Schilling (96 Pf.) eine Seite Speck; 120 Pf. ein Ballen Leinenzeug; 1 (Silber-)Mark (256 Pf.) eine Kuh oder eine Tonne Hering; 2 (Silber-)Mark (512 Pf.) ein Pferd.

*Post:* Im 14. Jahrhundert entstanden von den italienischen Handelszentren ausgehend die ersten regelmäßigen Postverbindungen durch ein Geflecht von reitenden Boten, die an den Poststationen die Pferde wechselten beziehungsweise die Briefe einem weiteren Boten übergaben, der den Weg fortsetzte. Das Wort geht auf das italienische »posta« (Poststation) zurück, das mit dem lateinischen »posita« (Position) verwandt ist.

*Raitzluden:* In dem Gedicht »Weberschlacht« für die Weber benutzter Schimpfname; »luden« heißt »rauben, plündern«. Die Zusammensetzung könnte als »plündernde Ratsmitglieder« gedeutet werden.

*Rechentisch:* Während sich im Mittelmeerraum schon im Spätmittelalter das Rechnen mit arabischen Zahlen durchgesetzt hatte, wurden von den Kaufleuten in Nordeuropa noch lange Steine (»Rechenpfennige«) auf dem Rechentisch verschoben. Das Rechenverfahren entspricht in etwa dem am Abakus.

*Richer:* Mittelhochdeutsch für reicher Mensch.

*Schalk:* Im Mittelhochdeutschen ein derbes Schimpfwort, mit »Teufel« gleichzusetzen. Die Wendung »den Schalk im Nacken haben« bedeutet also ursprünglich: den Teufel im Nacken haben.

*Schelm:* Wie »Schalk« eine schwerwiegende Beschimpfung im Mittelhochdeutschen.

*Schoß:* Vermögenssteuer; in der Zeit der »Weberherrschaft« nicht nur den Patriziern, sondern wohlhabenden Bürgern insgesamt auferlegt.

*Slune:* Niederdeutsch für »Hure«, in Köln gebräuchlich.

*Storchen:* Mittelhochdeutscher Euphemismus für Geschlechtsverkehr.

*Tonsur:* Kreisrund kahlrasierte Stelle auf dem Hinterkopf der Mönche. Symbolisiert die Unterwerfung unter Gott.

*Waldemar Atterdag (1320–1375):* Dänischer König, der 1368 im Kampf um die Vorherrschaft in der Ostsee gegen die deutsche Hanse unterlag. Die dänischen Städte schlossen daraufhin eigenmächtig Frieden mit der Hanse.

*Weib:* Ist im Mittelhochdeutschen die wertfreie Gattungsbezeichnung; »Frau« ist ein niederer Adelstitel beziehungsweise die Ehrenbezeichnung für die (höhere) Bürgerin.

*Weiter Rat:* Städtisches Organ, in welchem auch Vertreter des Handwerks (»Ämpter«) und der Gemeinden saßen.

*Wilhelm II. (gest. 1383):* Herzog von Jülich, war in der Fehde mit Herzog Wenzel von Brabant siegreich (Schlacht bei Baesweiler am 22. August 1371), nachdem Herzog Wenzel ihm 1369 (wahrscheinlich ungerechterweise) den Bruch eines älteren Friedensvertrages vorgeworfen hatte.

*Zage:* Mittelhochdeutsch für Feigling (heute noch in »verzagen«).

*Zeche:* Gildenartige Bruderschaft von vornehmen, wohlhabenden Mitgliedern (»gemeinsames Trinkgelage«); »Richerzeche«: Bruderschaft der Reichen.

*Zers:* Mittelhochdeutsch für männliches Glied.

*Zindal:* Mittelalterlicher Seidentaft aus Italien.

# Nachwort

*Die Doppelgesichtigkeit des Ichideals leitet sich*
*aus der Tatsache ab, dass das Ichideal zur Verdrängung*
*des Ödipuskomplexes bemüht wurde, ja, diesem*
*Umschwung erst seine Entstehung dankt.*
Sigmund Freud 1923

Von der »Weberschlacht« in Köln am 20. November 1371 legt nicht mehr als ein ungelenk gereimtes Gedicht Zeugnis ab, das zudem bloß bruchstückhaft überliefert ist. Wir müssen dem unbekannten Dichter umso dankbarer sein, denn er liefert uns ein historisches Lehrstück ersten Ranges.

Im Hochmittelalter, besonders in der – entgegen dem viel zitierten Dichterwort – *glücklichen* »kaiserlosen Zeit« (Interregnum 1245/50–1273), war es um die grundsätzliche Entwicklung der abendländischen Gesellschaft gegangen: körperschaftliche Autonomie gegen staatlichen Zentralismus, Glaube gegen Dogmatismus, Vernunft gegen Herrschaft. Das Feuer der aufklärerischen Toleranzidee wurde entzündet, wenn es auch noch weit davon entfernt war, sich durchsetzen zu können, wovon in meiner El-Arab-Trilogie (»Die Konkubine des Erzbischofs«, »Die stumme Sünde« und »Credo«) die Rede ist.

In der »Weberschlacht« jedoch kündigt sich schon der Zerfall der mittelalterlichen Strukturen an. Die Geschlechterherrschaft sinkt zu einem Instrument herab, das sich mithilfe des Stadtrates wirtschaftliche Vorteile sichern will, während die Benachteiligten sich durch ihre Körperschaften bemühen, Einfluss zu gewinnen – aber nicht, um der Gerechtigkeit zum Sieg zu verhelfen, sondern um ihrerseits Privilegien zu erlangen.

Der unheilvolle Kreislauf, der daraus entsteht, ist leider sehr aktuell: Befreiungsbewegungen tendieren dazu, wenn sie erst einmal an den Schalthebeln der Macht sitzen, diese in einer noch brutaleren Weise zum eigenen Vorteil in Gang zu setzen, sodass die geschundene Bevölkerung in ihrer Not sich nicht anders zu helfen weiß, als die alte Ordnung zurückzuersehnen.

Eine ganz andere Frage stellte sich bei der Beschreibung des Erwachsenwerdens. Die Aufforderung, die Figuren aus ihrer Zeit heraus zu verstehen und darzustellen, kann ja schlecht bedeuten, dass man als Autor auf die modernen Erkenntnisse der Psychologie verzichten sollte oder müsste. Die Anwendung der Psychoanalyse auf historische Figuren und Ereignisse hat Sigmund Freud selbst in vielen Texten vorgemacht, darunter Juwelen der Essaykunst wie »Eine Kindheitserinnerung des Leonardo da Vinci« (1910) oder »Der Mann Moses und die monotheistische Religion« (1925). Man überwältigt damit nicht die Menschen der Vergangenheit posthum, sondern würdigt ihr Leiden, indem man es zu verstehen sucht und seine Schlüsse daraus zieht.

Es ist sehr unwahrscheinlich, dass die familiären Verstrickungen, die dazu führen, Gottes Gebot der Elternliebe zu missachten, erst mit Freud angehoben haben, so als ob sich die Sonne erst um die Erde drehen würde, seitdem Galilei eben dies festgestellt hat. Die mittelalterlichen Theologen und Philosophen waren sich im Übrigen sehr viel mehr darüber im Klaren, dass der Mensch von dem regiert wird, was Freud später das »Es« nannte, als die Menschen der Neuzeit. Die Diskussionen im Mittelalter darüber, inwieweit die Leidenschaften und Triebe durch die »Ratio« (Ich? Über-Ich?) gezügelt werden könnten und sollten, erinnert an ähnliche Diskussionen in der psychoanalytischen Bewegung der 1920er und 1930er Jahre. Und wenn die Ideen Freuds heute erneuten Angriffen ausgesetzt werden, ist es umso wichtiger, sie auch und gerade literarisch zu verteidigen, denn wenn die »political correctness« – egal ob in ihrer »linken« oder ihrer »rechten« Fassung – der Kunst Vorschriften machen will, muss das eine fatale Verflachung nach sich ziehen.

Ich danke Marit Obsen für ihr einfühlsames Lektorat und dem Emons Verlag für die wie immer angenehme Begleitung.

*Stefan Blankertz*

Stefan Blankertz
**DIE KONKUBINE DES
ERZBISCHOFS**
Die heiligen Wunder und
Visionen der Magdalena
von Köln, erzählt in den
Worten ihrer Magd, auf-
gezeichnet von deren Sohn,
P. Johannes OP
Broschur, 240 Seiten
ISBN 3-89705-219-9

*»Das Buch trifft den Nerv unserer Zeit: kaufen, lesen und
darüber nachdenken.«*   Karfunkel

www.emons-verlag.de

Stefan Blankertz
**DIE STUMME SÜNDE**
Aufzeichnungen des P. Johannes OP
über die absonderlichsten Begeben-
heiten im Jahre des Herrn 1274
Broschur, 304 Seiten
ISBN 3-89705-281-4

*»Detailreich, plastisch und kenntisreich
erzählt.«*   Sonntags Post

www.emons-verlag.de

Stefan Blankertz
**CREDO**
Von den mörderischen
Angelegenheiten im Jahre
der Fleischwerdung des
Herrn 1277 nebst dem
Testament des Philipp
von Pistoria
Broschur, 272 Seiten
ISBN 3-89705-316-0

*»Blankertz gibt wieder einmal einen gut recherchierten
Einblick in die mittelalterliche Gedankenwelt.«*
Pax et gaudium

www.emons-verlag.de

# M E M O N S   V E R L A G

Stefan Blankertz

## DEMUDIS
Broschur, 288 Seiten
ISNB 3-89705-366-7

*»Spannendes historisches Spektakel mit viel Raum für Verbrechen.«*
www.deutsche-krimi-autoren.de

www.emons-verlag.de